W0399636

SCIENCE FICTION

Herausgegeben
von Wolfgang Jeschke

STAR TREK in der Reihe
HEYNE SCIENCE FICTION & FANTASY:

Vonda N. McIntyre, *Star Trek II: Der Zorn des Khan* · 06/3971
Vonda N. McIntyre, *Der Entropie-Effekt* · 06/3988
Robert E. Vardeman, *Das Klingonen-Gambit* · 06/4035
Lee Correy, *Hort des Lebens* · 06/4083
Vonda N. McIntyre, *Star Trek III: Auf der Suche nach Mr. Spock* · 06/4181
S. M. Murdock, *Das Netz der Romulaner* · 06/4209
Sonni Cooper, *Schwarzes Feuer* · 06/4270
Robert E. Vardeman, *Meuterei auf der Enterprise* · 06/4285
Howard Weinstein, *Die Macht der Krone* · 06/4342
Sondra Marshak & Myrna Culbreath, *Das Prometheus-Projekt* · 06/4379
Sondra Marshak & Myrna Culbreath, *Tödliches Dreieck* · 06/4411
A. C. Crispin, *Sohn der Vergangenheit* · 06/4431
Diane Duane, *Der verwundete Himmel* · 06/4458
David Dvorkin, *Die Trellisane-Konfrontation* · 06/4474
Vonda N. McIntyre, *Star Trek IV: Zurück in die Gegenwart* · 06/4486
Greg Bear, *Corona* · 06/4499
John M. Ford, *Der letzte Schachzug* · 06/4528
Melinda Snodgrass, *Die Tränen der Sänger* · 06/4551
Jean Lorrah, *Mord an der Vulkan Akademie* · 06/4568
Janet Kagan, *Uhuras Lied* · 06/4605
Laurence Yep, *Herr der Schatten* · 06/4627
Barbara Hambly, *Ishmael* · 06/4662
J. M. Dillard, *Star Trek V: Am Rande des Universums* · 06/4682
Della van Hise, *Zeit zu töten* · 06/4698
Margaret Wander Bonanno, *Geiseln für den Frieden* · 06/4724
Majliss Larson, *Das Faustpfand der Klingonen* · 06/4741
J. M. Dillard, *Bewußtseinsschatten* · 06/4762 (in Vorb.)
Brad Ferguson, *Krise auf Centaurus* · 06/4776 (in Vorb.)

STAR TREK: DIE NÄCHSTE GENERATION:
David Gerrold, *Mission Farpoint* · 06/4589
Gene Deweese, *Die Friedenswächter* · 06/4646
Carmen Carter, *Die Kinder von Hamlin* · 06/4685
Jean Lorrah, *Überlebende* · 06/4705
Peter David, *Planet der Waffen* · 06/4733
Diane Carey, *Gespensterschiff* · 06/4757 (in Vorb.)
Howard Weinstein, *Macht Hunger* · 06/4771 (in Vorb.)
John Vornholt, *Masken* · 06/4787 (in Vorb.)

STAR TREK: DIE ANFÄNGE:
Vonda N. McIntyre, *Die erste Mission* · 06/4619
Margaret Wander Bonanno, *Fremde vom Himmel* · 06/4669
Diane Carey, *Die letzte Grenze* · 06/4714

DAS STAR TREK-HANDBUCH:
von Ralph Sander · 06/4670

Diese Liste ist eine Bibliographie erschienener Titel
KEIN VERZEICHNIS LIEFERBARER BÜCHER!

DIANE CAREY

GESPENSTER-SCHIFF

STAR TREK

Die nächste Generation

Science Fiction Roman

Deutsche Erstausgabe

WILHELM HEYNE VERLAG
MÜNCHEN

HEYNE SCIENCE FICTION & FANTASY
Band 06/4757

Titel der amerikanischen Originalausgabe
GHOST SHIP
Deutsche Übersetzung von Norbert Stresau

Redaktion: Rainer Michael Rahn

Printed in Germany 1990
Umschlagbild: Cintron / Paramount
Umschlaggestaltung: Atelier Ingrid Schütz, München
Satz: Kort Satz GmbH, München
Druck und Bindung: Ebner Ulm

ISBN 3-453-04470-3

Das Leben ist ein steter Angriff,
gerichtet gegen
das monotone Uhrwerk des Universums.

Alfred North Whitehead

Für Captain Frank R. Carey, U.S.M.C., I.R., der mir die nötigen Details besorgt hat. Danke, Paps.

Für Jack Lifton, meinen ganz privaten Chemiker und internationalen Geheimagenten. (Ach übrigens – Clive? Ärger' dich schwarz!)

Für David Forsmark, der mich beim Abfassen der wirklich harten ethischen Grundsatzprobleme – jene, auf die es keine einfachen Antworten gibt – unterstützt hat, ohne die das Buch nur noch mehr Lärm um nichts gewesen wäre. Große Geister und so ...

Für Nicole Harsch, die Expertin in Weltraumpsychologie, die alle wichtigen Artikel gefunden und uns unfehlbar den Weg durch sie gewiesen hat. Hast du's schon mal mit Fechten probiert?

Und für *Star Trek*-Redakteur Dave Stern – das Beste kommt immer zuletzt. Du machst all die redaktionellen Ringkämpfe leichter erträglich, und ich schätze dich dafür.

Gregory ... du hast es wieder mal geschafft.

Das sind jene Leute, von denen ich immer rede, wenn mich die Leser fragen, woher die Detailgenauigkeit in meinen wissenschaftlichen, militärischen und philosophischen Passagen stammt. Diese Leute meine ich, wenn ich ausweichend antworte: »Oh, ich habe meine Quellen.«

KAPITEL 1

Die *Sergej G. Gorschkow* glitt über die Wellen, als sei die See allein dafür geschaffen, solche Schiffe aufzunehmen. Wie jeder Seemann in der Tiefe seines Herzens wußte, hatte es vor der Erfindung des Schiffes keinen Ozean gegeben, und der Ozean war nur deshalb so unermeßlich geworden, weil Schiffe dieser Größenordnung damit begonnen hatten, seine entlegensten Küsten aufzusuchen, seine Grenzen immer mehr zurückzudrängen, die Weiten des Meeres dank ihres unermüdlichen Forschergeistes zu erobern. Die Schiffe, immer größer, immer mächtiger, immer majestätischer, waren die Tapferkeitsmedaille der Menschheit.

Wenigstens denken Seeleute so.

Für den Bäcker ist es das Brot in seinem Ofen, dem die Menschheit größere Beachtung schenken sollte.

Eben Ansichtssache.

Arkadij Reykow knöpfte den tiefblauen Overall der sowjetischen Marine auf und streifte den schweren Mantel von der Schulter. Sein persönlicher Adjutant fing den Mantel auf und verstaute ihn. Reykow bedankte sich nicht für den kleinen Dienst, marschierte statt dessen auf die Brücke, ohne Mantel, aber mit intakter Autorität. Heute ruhten die Augen des Politbüros auf ihm und seinem Schiff.

Sein erster Offizier näherte sich ihm mit jener verbissenen Verläßlichkeit, die Reykow etwas störte und die ihm irgendwie doch stets willkommen war. Die beiden Männer nickten einander zu, wandten sich im selben Augenblick um und sahen auf die erstaunliche Landefläche des zweiten Volldeck-Flugzeugträgers der Sowjetunion hinab. Die Werft von Nikolajew lag weit hinter ihnen. Vor ihnen befanden sich die offenen Weiten des Schwarzen Meers. Um sie herum, in einem Radius von mehreren Meilen, stampften die Hilfsschiffe des Flugzeugträgers durch die See, gerade jenseits des Horizonts. Es waren vier schwere Kreuzer und sechs Zerstörer; die Tankerflotte würde sie morgen einholen.

Reykow war ein hochgewachsener Mann mit geraden Schultern und einer Neigung zur Gesetztheit, jene Art von Russe, der immer dann in Komödien und Dramen auftauchte, wenn dieses Klischee für die Geschichte nötig war; nur der obligatorische Schnurrbart fehlte. Der erste Offizier Timofei Vasska war schlanker, blonder, und jünger, doch beide sahen gut aus, was ihnen — um der Wahrheit die Ehre zu geben — in ihrem Beruf nicht gerade zum Vorteil gereichte. Wenigstens fiel ihnen das Aufstehen am Morgen etwas leichter.

Man wollte einfach gut aussehen, wenn man ein Schiff wie dieses führte, diesen atomaren Berg auf hoher See. Es hatte lange gedauert, bis man das nötige Wissen erworben hatte, ein solches Schiff zu konstruieren. Marinearchitekt wurde man nicht einfach so, und selbst wenn das der Fall gewesen wäre, woher hätte man die nötigen Wirtschaftsstrukturen nehmen sollen, die dieses Wissen überhaupt erst anwendbar machten? Selbst die Produktion eines schlichten Kugelschreibers erforderte ein enormes Maß an Technologie, Einfällen, Fabriken, Maschinen, genauen Meßlatten, genauem Abwägen, gründlicher Überlegung, exakten Produktionsmethoden und steter Überprüfung. Und ein Flugzeugträger ist etwas teurer.

Reykow war stolz auf die *Gorschkow*, ein Schiff der Lenin-Klasse. Sie war groß, und Russen liebten große Dinge. Überdies war sie mit einer Waffe ausgerüstet, die die erste und einzige ihrer Art darstellte. Ihr ganzer Stolz. Etwas, das noch nicht einmal die Amerikanskis hatten.

Reykow blähte seine Brust in einem tiefen Atemzug. Sein Schiff. Na ja, wenigstens konnte er sich einreden, es wäre seins.

Er fühlte den Puls der fünftausend Männer seiner Crew, ein stetes uhrwerkhaftes Pochen, während er im Turm des Flugzeugträgers auf der Brücke stand.

»Wir nähern uns dem Manövergebiet, Genosse Kapitän.«

Vasskas Stimme klang melodischer, als die Worte es erforderten.

Reykow bestätigte mit einem schnellen Blick. »Teilen Sie dem Flugoffizier mit, er soll die MiGs für die Zielübungen starten.«

Ein leichter Schauder überkam ihn, als er den Befehl erteilte. Es war das erste Mal, daß die neuen MiGs bei einer Demonstration für Würdenträger vom Flugzeugträger aus abheben würden. Bislang hatten nur militärische Augen dieses Schauspiel zu Gesicht bekommen. Nach langer Zeit hatte die Sowjetunion endlich das Geheimnis der Titanverarbeitung entdeckt, und nun gab es eine neue Klasse von MiGs, die leicht genug waren, um auf Flugzeugträgern eingesetzt werden zu können. Über Jahre hinweg hatte das Mutterland sein Titan an die USA verkauft, während sowjetische Flugzeuge immer noch aus Stahl bestanden. Zu schwer, zuviel Treibstoffverbrauch. So war es mit einem gewissen inneren Vergnügen, daß Arkadij Reykow zusah, wie die MiGs über das Ende des Flugdecks rasten und in den Himmel aufstiegen, eine nach der anderen — sieben insgesamt.

»Lassen Sie die Maschinen aus fünfzig Meilen mehrere unangekündigte Angriffe auf unser Schiff fliegen. Bereiten Sie das Lasersuchgerät und die Radaranlage vor, damit wir zeigen können, daß wir jede unmittelbar nach Zielerfassung vom Himmel holen können. Und raten Sie dem Politkommissar, die Würdenträger aus ihren Betten zu holen. Ich denke, heute wären Sie ausnahmsweise lieber mal in Rot anstatt in Grün.«

Vasska bemühte sich nach Kräften, die Befehle an die entsprechenden Stationen weiterzuleiten. Dennoch wurden seine Wangen rot, und seine Schultern zuckten verdächtig. »Sie waren ziemlich grün, nicht wahr, Genosse Kapitän?« murmelte er leise, die Augen auf die anderen Brückenoffiziere gerichtet.

Der Kapitän lächelte. »Und richten Sie ihnen aus, sie sollen sich anziehen, bevor sie auf Deck erscheinen. Die amerikanischen Satelliten könnten sonst die Haare an ihren Beinen zählen.«

»Sind Sie denn nicht über den neuesten Geheimdienstbericht im Bilde?« gab Vasska zurück. »Bürokraten haben keine Haare auf den Beinen.«

Reykow lehnte sich auf eine derart natürliche Weise zu ihm hinüber, daß es nach all den Jahren, in denen sie nun zusammenarbeiteten, kaum mehr auffiel. »Sie sollten die ganzen Bürokraten in den Gulag stecken. Vielleicht kämen die Dinge dann einmal ins Rollen.«

Vasska grinste ihn an und warf ihm einen verstohlenen Blick zu. »Sie waren früher selbst mal einer.«

»Allerdings«, entgegnete der Kapitän, »und sie hätten mich damals knebeln sollen. Vielleicht wären Sie dann jetzt Kapitän, und ich schon im Politbüro.«

»Ich will gar kein Kapitän sein. Wenn das Geknalle losgeht, brauche ich jemand, hinter dem ich mich verstecken kann.«

Reykow zog einen Mundwinkel nach oben. »Schon in Ordnung. Mein heimlicher Wunsch ist es, nie im Politbüro sitzen zu müssen. Sind die Drohnen einsatzbereit? Hat man sie vorher noch mal überprüft?«

»Einige davon. Heute morgen haben wir zwei davon hinausgeschickt, und eine hat versagt. Hoffen wir, daß wir bei der Vorführung besser abschneiden.«

»In der guten alten Zeit«, bemerkte Reykow mit gewohnter Trockenheit, »wären die Ziele mit einem Selbstzerstörungsmechanismus ausgestattet gewesen. Nur für den Fall, daß wir vorbeigeschossen hätten.«

Die beiden Männer teilten ein Grinsen.

»Die Raketen sind wieder und immer wieder überprüft worden. Dieser Satz dürfte aller Wahrscheinlichkeit nach so zünden, wie er soll. Lauter Zielübungen und nichts, worauf man schießen kann.« Vasska betrachtete die See, die am breiten Bug der *Gorschkow* vorbeidonnerte.

»Mhm«, pflichtete ihm Reykow bei, die Lippen zusammengekniffen. »Wissen Sie, Timofei, daß ich nun schon dreißig Jahre diene und bisher niemand auch nur ein einziges Mal auf mich geschossen hat?«

Vasska richtete sich auf, das jungenhafte Gesicht von einem mühsam zurückgehaltenen Grinsen angespannt. »Woher wissen Sie dann, daß Sie im Falle eines Angriffes nicht einfach zusammenbrechen?«

»Sie kennen doch meine Frau.«

Vasska verschränkte die Hände hinter dem Kopf und senkte seine Stimme aufs neue. »Wie läuft es denn mit Borka?«

»Ich habe mit ihm geredet... ich habe ihn allein erwischt.«

»Irgendwelche Fortschritte?«

Reykow hob die Brauen und zuckte die Achseln. »Ich kann nicht jede Minute auf ihn aufpassen. Und immer wenn ich ihn aus den Augen verliere, mache ich mir Sorgen.«

»Womit haben Sie's versucht?«

»Vernunft... Drohungen... Belohnungen... nichts funktioniert. Ich fürchte, es ist an der Zeit für härtere Maßnahmen.«

Vasska nickte mitfühlend. »Seien Sie streng, Kadij. Ich wünschte, ich könnte dabei sein. Das kommt eben von zu großer Freizügigkeit. Rebellion. Mit der Zeit wird es schon werden. Irgendwann wird Borka seine eigenen Entscheidungen treffen, und dann können Sie stolz behaupten, daß Ihr Enkel den Windeln entwachsen ist.«

Noch während er es sagte, richtete Vasska seinen Blick auf das dichte braune Haar des Kapitäns mit dem kleinen Silberstreifen knapp über der linken Braue. Auf einmal hatte er Schwierigkeiten, sich Arkadij Reykow als Großvater vorzustellen. Das Gesicht des Kapitäns war beinahe faltenlos, die Augen noch genauso klar und lebhaft wie an jenem Tag vor acht – oder waren es neun? – Jahren, als er ihm das erste Mal begegnet war. Damals waren Vasska noch Pilot und Reykow Flugoffizier auf der *Moskau* gewesen. Es waren keine schlechten acht Jahre gewesen, zumindest nach den ersten beiden, als sie sich endlich gegenseitig davon überzeugt hatten, daß sie offen miteinander reden konnten – was in vielen Beziehungen nie zustande kam.

»Stellen Sie sicher, daß sich keine anderen Flugzeuge in unserem Gebiet aufhalten, Genosse Vasska. Starten wir das Zielflugzeug und beginnen mit der Vorführung, bevor wir Hunger kriegen und den Job überhaupt nicht mehr erledigen können.«

»Sollten wir nicht warten, bis der Politkommissar uns mitteilt, daß die Würdenträger auch tatsächlich zusehen?«

Ein bleistiftdünnes Lächeln breitete sich auf Reykows Gesicht aus, während er jede Alternative mehrfach abwog. Schließlich richteten sich seine Gedanken auf seine Privilegien als Kapitän. Er lehnte sich zu Vasska, ein erneuter privater Gedankenaustausch. »Tun wir *nicht*!«

Vasskas Wangen zogen sich zusammen, als er sich vorstellte, wie die Würdenträger an die Decken ihrer Luxuskabinen gehen würden, wenn die Schießübungen anfingen. Er richtete sich auf und wandte sich mit fester Stimme an den Offizier vom Dienst. »Beginnen Sie mit den Abtastmanövern, Genosse Mijakischew.«

Die Vorführung mit echten Kampfflugzeugen lief wie am Schnürchen, vor allem deshalb, weil man auf dem Papier vorher alles genau durchgeplant hatte. Die Waffen feuerten erst, nachdem die unbemannten Drohnen einen großen Kreis über den Weiten des Schwarzen Meers gezogen und die *Gorschkow*, genau wie vorherberechnet, angegriffen hatten. Dann wurden die Blindraketen mit einem Hagel von Patronen aus extrahiertem Uran beschossen, deren Gewicht allein schon ausreichte, um jede angreifende Rakete aus der Bahn zu werfen, sofern sie sie in einem ausreichenden Abstand trafen. Immerhin befanden sich Würdenträger an Bord, und so überließ man nichts dem Zufall. Es gab einige Fehlzündungen, die eine oder andere Fahrkarte und diverse Fehlstarts, und obwohl die Vorführung nicht perfekt ablief, konnte man sie doch als perfekt *interpretieren,* wenn man die richtigen Worte benutzte. Reykow war sicher, daß die Worte mit derselben Sorgfalt gewählt werden würden, die eine Mutter anwendet, wenn sie ihrem Säugling das erste Mal die Fingernägel schneidet.

Dennoch schenkte ihm diese unbestreitbare Tatsache – was die Berichte in den sowjetischen Medien anging – nur wenig Trost. Schließlich wandte sich Reykow an Timofei Vasska und gab mit ruhiger Stimme jenen Befehl, der sie beide an den Sitz fesselte: »EMP-Test vorbereiten.«

Während die Waffenschau der letzten Stunde noch immer in seinen Ohren dröhnte, zog sich alles in Vasska innerlich zusammen, obwohl er sorgsam darauf achtete, seine Besorgnis nicht offen zu zeigen. Was für ein Gerät! Das erste seiner Art, das auf einem mobilen Fahrzeug eingesetzt werden konnte. Selbst die stationären Prototypen waren im Grunde nichts weiter als Testkanonen gewesen. Diese allerdings war echt, fest im Zentrum der Waffenzentrale der *Gorschkow* eingebaut. EMP – der kontrollierte elektromagnetische Puls.

»Signalisieren Sie der *Wladiwostok.* Sie sollen die blinden Raketen abfeuern. Und Vasska«, fügte Reykow schnell mit erhobenem Finger hinzu, »stellen Sie sicher, daß sie nur jeweils eine davon abfeuern und uns dazwischen vierzig Sekunden Zeit lassen, den Pulsor wiederaufzuladen.«

Vasska schüttelte den Kopf. »Wäre es nicht toll, wenn auch unsere Feinde so kooperativ wären und nie mehr als eine Rakete auf einmal abfeuern würden?«

Reykow zuckte mit den breiten Schultern. »Wir arbeiten noch daran. Für den Anfang reicht es, wenn wir das Lenksystem bei einer Rakete nach der anderen durcheinanderbringen. Verlangen wir nicht zuviel. Machen wir die Ingenieure nicht zum Narren.«

Vasska nickte Mijakischew zu, der den Befehl weitergab.

»Anflugziel«, kam die trockene Mitteilung wenige Augenblicke später. »Eine Rakete, Kurs Vier-Null. Bestätigt.«

»Schon sichtbar?«

»In sechs Sekunden, Sir.«

»Wenn sie im Sichtfeld ist, EMP-Feuer auf meinen Befehl.«

»Jawohl, Genosse Kapitän. Sichtbar in drei... zwei... eins... *Jetzt*.«

Sie blinzelten in die klare blaue Luft und sahen die anfliegende Rakete. Obwohl sie nur ein silbernes Glitzern am Himmel war, bescherte selbst die Blindrakete jedem einen Kloß in der Magengrube. Reykow stellte sich vor, wie die Würdenträger in diesem Moment eine Gänsehaut bekamen.

»EMP – Feuer frei.«

Mijakischew berührte seine Kontrollen, und die Vier-Meter-Antenne auf dem Turm unter ihnen schwang auf die anfliegende Rakete zu. Als der Pulsor feuerte, zuckten alle zusammen...

Fast gleichzeitig ertönte ein lautes *Knack*, und ein weißer Blitz leuchtete auf. Zunächst schien es so, als ob das Geräusch zuerst gekommen wäre, doch nun, wo es vorbei war, waren sie sich nicht mehr sicher.

Oben am Himmel geriet die Rakete ins Trudeln, schraubte sich nach unten und stürzte weitab vom Ziel ins Meer – ein Opfer ihres gestörten Lenksystems.

Die Brücke brach in Jubel aus.

Erleichtert ließ Reykow die Luft aus seinen Lungen entweichen. »Laden Sie den Pulsor wieder auf, Genosse Vasska.«

»Aufladung läuft, Genosse Kapitän.«

»Guter Mann...« Reykow holte tief Luft und versuchte, das Gefühl bevorstehender Probleme zu verdrängen. Er war nicht wirklich nervös, aber aus irgendeinem Grunde fühlten sich seine Hände kalt an.

»Genosse Kapitän...« Mijakischew beugte sich über die Schultern des Offiziers an der Radarstation.

»Genosse?« ermunterte ihn Reykow, der seine Hände mittlerweile hatte sinken lassen.

Auch Vasska, den irgend etwas in Mijakischews Stimme alarmiert hatte, beugte sich nun über die Radarstation.

»Wir haben ein Anflugziel... und es ist keine von uns.«

Vasska stürzte an das TBS und hatte den Hörer schon am Ohr, als Reykow bellte: »Nehmen Sie Verbindung mit der *Wladiwostok* auf.«

»Sir, Kapitän Feklenko meldet, daß sie nicht geschossen haben. Sie haben *nicht* auf uns geschossen.«

»Was ist es dann?«

»Ich weiß nicht.«

»Was ist es? Ein Amerikaner?«

»Anscheinend nicht.«

»Was dann? Ein Franzose? Ein Brite? Ein Albanier? Haben die Afrikaner solche Raketen? Wem gehört sie?«

»Sir, wir haben keine Berichte darüber... Ich bin mir nicht mal sicher, ob es überhaupt eine Rakete ist.« Mit einem Schnippen seiner Finger erteilte Vasska den anderen bemannten Stationen stumme Befehle.

Reykow drängte sich an Mijakischews Schulter. »Milliarden von Rubeln für euch Genies, und keiner weiß, was es ist. Ich will wissen, was da auf uns zufliegt. Was ist da draußen?«

»Es kommt direkt auf uns zu.«

Reykow richtete sich auf, kniff die Augen zusammen und suchte den Himmel ab. Zum ersten Mal in seinem Leben traf er jene Art von Entscheidung, von der er gehofft hatte, er müsse sie nie treffen.

»Richten Sie den EMP darauf. Feuer nach eigenem Ermessen.«

Wie der Kopf eines ungewöhnlichen Insekts schwang das breite Rechteck der Antenne herum, und einmal erklang das schreckliche *Knack-Blitz*, als der elektromagnetische Puls mit wissenschaftlicher Kühle durch die Atmosphäre raste.

Es hätte funktionieren müssen. Der Puls hätte das Lenksystem jeder Art von Flugzeug oder Rakete lahmlegen sollen.

Jeder Art.

»Es folgt dem Strahl – beschleunigt jetzt!« Mijakischews Stimme rasselte in seiner Kehle.

»Selbst die Amerikaner haben nichts Derartiges...«, flüsterte Vasska.

Reykow wirbelte herum, bahnte sich einen Weg durch die Brückencrew zur Luke und starrte auf das Schwarze Meer hinaus.

Da war tatsächlich etwas, und es war keine Rakete.

Am Horizont – und die Entfernung zur *Gorschkow* wirkte für dieses Phänomen wie ein Kinderspiel – war eine Wand.

Eine elektrische Wand. Sie knisterte und knackte, warf Farben an den Himmel, formlos und häßlich; mehr als alles andere glich das Phänomen einer Infrarot-Fehlfarbenaufnahme. Farben über Farben, doch ohne erkennbare Form. Es kroch über das Meer und hatte die Größe eines Wolkenkratzers.

»Radar ausgefallen«, murmelte Mijakischew hinter ihm erstickt. »Funkverbindung ausgefallen. Wir erhalten Rückkopplungen...«

Reykow schnappte zweimal nach Luft, bevor er etwas sagen konnte. »Volle Wende! An alle! An...«

Seine Stimme erstarb. Um ihn herum fielen alle Instrumente aus. Selbst die mechanischen Geräte versagten ihren Dienst, als ob etwas die gesamte Brücke mit Zuckersirup übergossen hätte. Nicht einmal der beruhigende Klang falsch arbeitender Geräte ertönte mehr. Tatsächlich gab es nicht das geringste Geräusch.

Dann ertönte doch noch ein Geräusch – ein elektrischer Schrei, der über das Wasser schoß, während der Fehlfarbengeist den Steuerbordbug emporbrauste und den Flugzeugträger verschluckte. Er war dreimal so groß wie das ganze Schiff. *Dreimal.*

Reykows letzte Tat als menschliches Wesen bestand darin, sich zur Radaranlage umzuwenden. Er sah Timofei Vasska, der sich aufrichtete und seinen Kapitän anstarrte, die Hände an die Ohren gepreßt. Der Blick gefror, hielt die beiden Männer fest. Es schien, als ob ihr gesamtes Blut auf einmal gerinnen wollte. Reykows letzter Eindruck war, wie sich Vasskas Brauen leicht zusammenzogen und sie gemeinsam die Ganzheit dieses letzten Augenblicks vor der endgültigen Vernichtung teilten.

Dann bedeckte das Fehlfarbenbild Vasskas Gesicht und Reykows Geist versagte mitleidvoll den Dienst.

Das Fehlfarbenphänomen durchtränkte den Flugzeugträger mit seinem elektrischen Kielwasser. Binnen weniger Sekunden existierten keine Lebensformen mehr an Bord. Das gewaltige Schiff war von Organismen aller Art gesäubert, von den Menschenhorden bis hinunter zu der kleinen Küchenschabe, die sich im Schuh des Schiffskochs versteckt hatte. Selbst das Leder auf den Sesseln in der Luxuskabine des Kapitäns war verschwunden.

Es gab nur noch Stahl und Draht und Aluminium und Titan und die verschiedenen Stoffe – Ölzeug und Uniformen –, die erkennbar anorganisch waren. Die *Gorschkow* trieb auf offener See, leergefegt.

Der Rumpf und die von ihm getragene Landebahn fingen an zu rumpeln und vibrieren. Auf Höhe der Wasserlinie sandte der Rumpf kleine Wellen aus, die sich auf dem Wasser zu Mustern formten, und mit jeder neuen Sekunde stieg die Intensität der Vibrationen, bis die *Gorschkow* ansehnliche Wellen im Schwarzen Meer verursachte.

Das Schiff schüttelte sich wie ein Spielzeug, erschauerte und zerriß in zwei Hälften, als bestünde es aus Schokoladenkuchen. Der Schrei geborstenen Metalls dröhnte über das Meer. Jedes einzelne Stück des Schiffs detonierte, ein Farbenregen im Inneren des elektrischen Strudels, einer Splittergranate nicht unähnlich.

Neunzigtausend Tonnen metallenen Schrotts regneten auf das Schwarze Meer herab.

»Captain auf der Brücke.«

Inmitten der sechs Kreuzer und siebzehn Zerstörer, aus denen sich ein Konvoi zusammensetzte, stampfte die *U.S.S. Theodore Roosevelt* (CVN-71) durch die See. Von seinem Standort neben der Navigationskonsole konnte Captain Leon Ruszkowski ohne Mühe die beiden anderen Aegis-Kreuzer ausmachen, die jeweils in einem Abstand von vier Meilen an Steuerbord und Backbord dahinglitten.

»Sehr schön«, murmelte er. »Blauer Himmel, Sonnenschein, die Fluten des exotischen Mittelmeers unter unseren Füßen, und ein Lied im Herzen. Wenn ich jetzt bloß in Paris wäre. Oder in Athen... verdammt, in irgendeiner Stadt.«

»Tut's ein bißchen Kaffee auch?« David Galanter, der Erste Offizier, tauchte auf der Brücke auf, und wie gewohnt begleitete ihn der Mokkaduft einer Tasse Kaffee ohne Milch und mit Zucker.

Der Captain nahm die Tasse. »Dave, aus Ihnen wird noch mal ein erstklassiger Oberkellner. Wir lassen uns in den Ruhestand versetzen und machen ein griechisches Restaurant in East L. A. auf. Admiral Harper wird unser Maître... Annalise kann kochen...«

Air Wing Commander Annalise Drumm riß den Blick von der Landebahn los und sah zu ihm hinüber. »Kriege ich dann ein Gratis-Frühstück?«

»Pochierter Tintenfisch auf Weizentoast, unsere Spezialität.«

Sie lachte und rollte die Augen. »Und nach einer Weile ersetzen wir den Tintenfisch durch diese kleinen rosafarbenen Radiergummis auf unseren Marinebleistiften. Den Unterschied merkt keiner.«

»Wahrscheinlich kriegen wir sogar eine gute Besprechung in *Essen & Trinken*. Dave, was ist das für ein Blip?«

»Tut mir leid, Sir... einen Augenblick. Compton, überprüf das mal.«

Der Captain kam näher, die Augen zusammengekniffen. »Jetzt ist er weg. Was war das?«

Galanter schüttelte seinen dunklen Kopf und runzelte die Stirn. »Bin mir nicht sicher, Sir. Alle Stationen: Überwachungsgebiet überprüfen.«

Kaum merklich änderte sich die Stimmung auf der Brükke. Hochtrainierte Besatzungsmitglieder gingen derart reibungslos ans Werk, daß sich ihre Beschäftigung kaum von der in jenen Momenten unterschied, als sie tatsächlich nichts taten.

Dann verkündete der Radaroffizier ruhig: »Empfange sechs Blips, Skipper... Korrektur — sieben Blips. Anscheinend Fighter.«

»Fighter von wo? Annalise, hast du irgendwas in der Luft, von dem ich nichts weiß?«

Annalise bedrängte ihn am Monitor und wirkte auf einmal sehr besitzergreifend, was ihren Luftraum anging. »Nein, Sir, alle Jets sind am Boden.«

Die Brauen des Captains zogen sich enger zusammen. »Und die *Dwight Eisenhower* ist dreitausend Meilen weit weg. Identifizieren Sie die Maschinen, Compton.«

»Allem Anschein nach sieben MiGs, Sir. Radarkennung weist Konfiguration als MiG-33 B, Marinemodell, aus.«

»Werden wir angegriffen?«

»Nein, Sir. Ihr Raketenradar ist aus.«

»Was tun MiG-33 hier? Was ist da los? Wer spricht Russisch?«

»Ich, Sir.« Compton wandte seine Augen keinen Moment vom Bildschirm ab.

Der Captain zögerte nicht. »Kommen Sie her und finden Sie raus, was da vorgeht.«

»Äh, jawohl, Sir.« Er redete in Russisch in sein Kehlkopfmikro und wandte sich wenige Sekunden später wieder an den Captain. »Skipper, sowjetische CAPs erbitten Landegenehmigung auf unserem Rollfeld. Behaupten, ihr Treibstoff wäre alle. Hoher Anflugwinkel. Sehr aufgeregt.«

Commander Drumm und der Erste Offizier drängten sich um den Captain, der die Brauen hochgezogen hatte und vor sich hin murmelte: »Sieben MiG-33 wollen auf einem amerikanischen Flugzeugträger landen? Dafür muß es doch einen verdammten Grund geben. Ich schätze, wir können nicht solange warten, bis Mutter uns einen ihrer Ratschläge gibt.«

Mit vorsichtigem Nicken pflichtete ihm Galanter bei. »Ohne Treibstoff ist ohne Treibstoff.«

Der Captain beobachtete die Statusanzeigen. »Befehlen Sie dem sowjetischen Staffelkommandanten, alle Raketen und Bomben abzuwerfen und ihre Kanonen komplett zu entladen. Annalise, jagen Sie vier Tomcats als Eskorte hoch.«

»Aye, Skipper.« Sie stürmte so rasant hinaus, daß sie ihr Verschwinden beinahe nicht bemerkt hätten.

Der Captain wußte es allerdings besser — er kümmerte sich nicht einmal darum. »Alarm für alle Mannschaften.«

Galanters Stimme wurde steif. »Aye, Sir. Bootsmann, Alarm für alle Mannschaften.«

»Alle Mannschaften, jawohl.« Der Bootsmann ging sofort an das Interkom, durchdrang das ganze Schiff mit seiner Alarmpfeife und gab dann mit täuschend ruhiger Stimme den Befehl, der zum selben Zeitpunkt durch die zweitausend luftdichten Kabinen des Flugzeugträgers dröhnte. »*Alle Mannschaften. Alle Mannschaften. Kampfstationen besetzen. Dies ist keine Übung. Kampfstationen besetzen. Dies ist keine Übung.*«

Captain Ruszkowski wartete das Ende der schwungvollen Ansage nicht mehr ab, da dies einige Minuten in Anspruch nehmen würde. Im ganzen Schiff besetzten Tausende von trainierten Männern und Frauen gerade ihre Posten, das Blut heiß vor jener inneren Erregung, die der Klang solcher Worte aus dem Interkom ganz unweigerlich mit sich brachte. Egal, wie schrecklich oder gefährlich die Situation auch sein mochte, an dieser Erregung änderte das nichts. Sie war Teil jenes Zaubers, der die Dinge auf einem Militärschiff am Laufen hält.

Ruszkowski blieb noch einige Sekunden lang ruhig, bis er das unverkennbare *kksshhhhhhhhoooooo* der F-14 hörte, die das Flugdeck in so rascher Folge verließen, daß es einem beinahe Angst machte. Es war ein gutes Geräusch, und er fing wieder an zu atmen. »Tasten Sie einen Tausend-Meilen-Radius nach anderen Schiffen ab. Ich will wissen, ob das ein Trick ist.«

Compton wandte sich in seinem Stuhl herum. »Sir?«

»Was ist, Compton?«

»Sowjetischer Staffelführer meldet 720 Pfund Treibstoffreserve, Sir. Sie willigen ein, die Waffen und alles, was Sie sonst noch fordern, abzuwerfen.«

»Fragen Sie den Staffelführer nach seiner Fahrwerkarretierung, erklären Sie ihm unser Modell und sehen Sie zu, ob die beiden kompatibel sind. Wir müssen wissen, ob ihre Schwanzhaken die Geschwindigkeit aushalten oder ob wir eine Barrikade aufstellen sollen.«

Galanter richtete sich auf. »Sollen wir ihnen das wirklich sagen? Ich meine, ist das nicht geheim?«

»Schon, aber im Moment ist mir das egal. Und melden Sie unseren Vorposten, daß sie die MiGs vielleicht bergen müssen, wenn wir sie nicht auf den Haken kriegen und sie ins Wasser knallen.«

»Sowjetischer CAP meldet bedingungslose Einwilligung in alle unsere Konditionen. Er klingt ziemlich verstört.«

»Geben Sie Landeerlaubnis, Mr. Compton. Dave, bringen wir die Piloten runter.«

Niemals zuvor in der Geschichte des Universums war es je so heiß gewesen. Ein unheimliches gelbes Licht ging an und aus und spiegelte sich in den kleinen runden Schweißtropfen auf der Elfenbeinhaut der Frau. Wie die Frau so dalag, die Augen fest geschlossen, fingen sich einige der Tropfen am Ende der langen schwarzen Augenbrauen. Das Glühen glich einem Krampf, an, aus, an, aus.

Ihre Augen flogen auf. Ihre Hände krallten sich in den Rand der Matratze. Das plötzliche Aufsitzen ließ ihren

Rücken steif werden, und doch konnte sie sich beim besten Willen nicht daran erinnern, daß sie sich aufgerichtet hatte. Unter ihrer Uniform lief der Schweiß über ihre Brust, als ob jemand ein Becherglas mit Glyzerin über ihre Schultern gegossen hätte.

»Nicht schießen... alle Systeme abschalten... Vasska... Vasska!«

Sie keuchte auf. Mehrere Sekunden verstrichen im schrecklichen Blinken des gelben Lichts, bevor sich ihr Blick auf das zierliche Blumenarrangement auf ihrem Nachttisch konzentrierte.

»*Alarmstufe Gelb... Alarmstufe Gelb...*«

Sie wandte sich um, blinzelte die Tränen aus ihren Augen. Unfrisiertes schwarzes Haar glitt über ihre Schultern und erinnerte sie daran, wer sie war. Sie versuchte, sich ihrer Identität bewußt zu werden, die am Rande ihres Geistes trieb, mal sichtbar, mal unsichtbar...

»*Alarmstufe Gelb... Alarmstufe Gelb... Counselor Troi, bitte melden Sie sich umgehend auf der Brücke. Counselor Deanna Troi, bitte melden Sie sich auf der Brücke. Alarmstufe Gelb... Alarmstufe Gelb...*«

KAPITEL 2

»Phaser, Feuer frei!«

Captain Picards präzise Aussprache gab dem Befehl einen bühnenhaften Tenor. Fast unmittelbar darauf lief das Donnern von Waffen durch das Schiff. Picard war ein hagerer, gebieterischer Mann. Wo andere nervös auf der Brücke auf und ab gelaufen wären, stand er ruhig da und verfolgte das bislang letzte einer Serie von reichlich langwierigen wissenschaftlichen Experimenten.

Aus den Augenwinkeln sah er das Blinken des Alarmsignals. Es erinnerte ihn daran, daß sämtliche Stationen bemannt waren und alle unverhofften Änderungen der Orbitstabilität mittlerweile ohne Probleme aufgefangen werden konnten. »Orbitalstatus, Mr. LaForge?«

Während er noch sprach, lief Picard über den topasfarbenen Bodenbelag ins Zentrum der Brücke und sah über die Schulter von Geordi LaForge. Daß der junge Schwarze ein Metallband über seinen Augen trug, ignorierte er dabei, wenngleich eher aus Gewohnheit. Für Menschen lag etwas Ironisches und Beunruhigendes darin, die Steuerung eines Raumschiffs einem Blinden anzuvertrauen.

LaForges Kopf bewegte sich ein Stück nach unten links — die einzige Andeutung, daß das optische Interface in seinem Gehirn tatsächlich funktionierte. »Ein derart enger Orbit ist ein wenig heikel, weil Gasriesen keine echte Oberfläche besitzen, Sir. Aber noch sind wir stabil. Ich schätze, die Föderation erhält alle gewünschten Informationen, ob es uns gefällt oder nicht.«

Picard bewegte sich stumm auf die andere Seite LaForges und legte eine Hand auf den Sessel seines jungen Offiziers. »Wenn ich einen Kommentar wünsche, frage ich danach, Lieutenant.«

LaForge versteifte sich. »Jawohl, Sir. Tut mir leid, Sir.«

Sorgfältig hielt der Captain mit seiner eigenen Ansicht hinter dem Berg. Obwohl sich das gewaltige neue Raumschiff angeblich auf einem Forschungsauftrag befand, ließ sich die Föderation reichlich Zeit damit, die *Enterprise* endlich damit anfangen zu lassen. Noch war das Schiff nicht in die unerforschten Regionen des Weltraums vorgedrungen, und der Anblick des gewaltigen Gasplaneten auf dem zimmergroßen Bildschirm vor ihm ärgerte ihn. Gut, er war eine Anomalie. Ja, er war einzigartig. Und ja, er war groß. Aber wenn die wissenschaftliche Abteilung der Föderation ihn wirklich studieren wollte, würde er gewiß nicht wegfliegen. Man brauchte kein Raumschiff der Galaxis-Klasse, nur um ihn sich näher anzusehen.

»Mr. Riker, heben Sie Alarmstufe Gelb auf. Gehen Sie auf Stufe 3.«

Auf dem Achterdeck erwachte William Riker zum Leben. »Stufe 3. Aye, Sir.« Er wollte sich nach der taktischen Station umwenden, wo sein Befehl ausgeführt werden würde, überließ die Aufgabe jedoch im letzten Augenblick dem Offizier vom Dienst. Sein eigentliches Augenmerk galt Jean-Luc Picard.

Der Captain beobachtete die Brücke, seine Leute und die Aufgaben, die sie ausführten, mit der Würde eines Vogels auf seinem Ast. Kein Raubvogel allerdings. Dieser Vogel konnte in allen möglichen Richtungen davonfliegen, in jede Richtung, die die Pflicht von ihm verlangte. Weder war er groß noch besonders eindrucksvoll — diese Aufgabe überließ er seinem Ersten Offizier —, mitunter war er regelrecht unauffällig: ein Vogel, der sich in den Baumkronen verbarg, ungesehen, bis sich die großen Flügel unvermittelt ausbreiteten. Jene um ihn herum wußten, daß es ganz plötzlich geschehen, daß er sich jeden Moment über dem Brückenpanorama entfalten konnte wie ein graziles Geschöpf des Himmels. Selbst seine Gelassenheit ließ sie auf der Hut sein.

Ich wünschte, ich brächte das auch fertig. Eine kleine

Grimasse überzog Rikers breite Gesichtszüge. Er bemühte sich, den Captain nicht dabei zu beobachten, wie jener die Brücke überwachte. Wie üblich schmerzte Rikers Rücken, weil er zu steif herumstand. Er wünschte, er könnte seine üble Angewohnheit endlich ablegen, jenes eitle Herumstolzieren, geboren aus kleinen tiefverwurzelten Unsicherheiten, die beständig an ihm nagten, als ob sie ihn in der Reihe halten wollten. Hinterher wünschte er sich immer, er hätte den Weg von hier nach da nicht derart formvollendet hinter sich gebracht. Womöglich dachte der Captain sonst noch, er wolle ihn übertreffen — ein schrecklicher Gedanke. Nächster Programmpunkt: »Die Parade des Ersten Offiziers.«

Oder schlimmer noch... wenn der Erste Offizier mangelndes Selbstvertrauen an den Tag legte. War das nicht noch schlimmer? Und dazwischen gab es einfach nichts. Wenigstens hatte Riker es noch nicht entdeckt. Er wollte ein Bollwerk sein, aber keines, über das der Captain in einem fort hinwegklettern mußte.

Ständig vortäuschen zu müssen, er sei eins mit einem Vorgesetzten, den er persönlich einfach nicht genügend kannte, ermüdete ihn. Und dennoch mußten sie sich der Aussicht stellen, die nächsten Jahre Seite an Seite zu verbringen. Konnte das auf der Ebene der Förmlichkeit geschehen, die sich zwischen ihnen ergeben hatte?

Riker bemühte sich, beiläufig auf der Brücke auf und ab zu gehen, ohne dabei ziellos zu wirken. Das war der komplizierte Teil. Mitunter tat es sogar weh — sein Rücken, seine Beine schmerzten. Wie gerade jetzt. Wenn man dabei etwas falsch machte, wurden die Bewegungen pompös und zwiespältig. Dann würde er ein Opfer der simplen Tatsache werden, daß ein Erster Offizier verdächtig wenig auf der Brücke zu tun hatte. Darüber machte er sich ohnehin die ganze Zeit Gedanken. Gut, daß er für gewöhnlich das Kommando über die Landetrupps innehatte; zumindest dabei konnte er sich nützlich fühlen.

Picard besaß all das. Ruhige Autorität. Verläßliche Beinahe-Präsenz. Man konnte leicht vergessen, daß er überhaupt auf der Brücke war. Er verfolgte einfach alles von seinem Ast herab.

Riker zwang sich zum Wegsehen, bevor ihn das münzengleiche Profil des Captains völlig verzauberte.

»Stimmt etwas nicht, Mr. Riker?«

Ertappt.

Riker wandte sich um und verzog den Mund zu einem Grinsen, das einfach gequält aussehen mußte — noch ein Fehler. »Nein, Sir. Alles bestens.« Er fühlte, wie sich seine Augen zusammenzogen. Weil er das Grinsen nicht außer Kontrolle geraten lassen wollte, schürzte er schließlich seine Lippen und täuschte enormes Interesse an den taktischen Anzeigen vor.

Gut — der Captain sah wieder weg. *Entspann dich, Riker. Runter mit der einen Schulter. Jetzt die andere. Guter Soldat.*

Eine beiläufige Drehung sagte ihm, daß sich niemand um ihn kümmerte. Jedermann war mit dem Riesen beschäftigt.

Einen Augenblick später traf ihn der Bann erneut, doch diesmal rührte er nicht von der kaum spürbaren Gegenwart Captain Picards her. Dieses Mal erwischte ihn der Gasriese, der den breiten, vom Boden bis zur Decke reichenden Bildschirm ausfüllte. Er hielt ihn fest, hüllte ihn ein in seine unvergleichliche Blauheit.

Ach, der Bildschirm. Er war das einzige auf dem gesamten Schiff, das die Größe und Erhabenheit des Kreuzers angemessen wiedergab. Er beherrschte die Brücke, war ein halbes Universum für sich.

Die andere Hälfte lag hinter Rikers Schulter: die neue *Enterprise*. Kaum eingefahren, von der Grazie eines Schwans, erstreckte sie sich hinter ihm wie die Flügel eines Vogels.

Vögel. Auf einmal dreht sich alles in mir um Vögel, dachte Riker und warf Jean-Luc Picard einen Blick zu.

»Lagebericht, Mr. Data«, forderte der Captain in diesem

Moment und richtete sein Augenmerk auf die neben der Taktik gelegene Wissenschaftsstation.

Riker wandte sich rechtzeitig nach achtern, um mitanzusehen, wie sich der schlanke Humanoide an der Wissenschaftskonsole aufrichtete. Das Gesicht verblüffte ihn nach wie vor, der puppenhafte, an Katzenglanz erinnernde Schimmer, gemildert nur durch den wie eingemeißelt wirkenden Gesichtsausdruck. Datas Gesichtsausdruck, so er denn einen zur Schau stellte, war von einer kindlichen Naivität, die die Strenge seines zurückgekämmten Haars und die Cartoon-Farben seiner Haut etwas milderte. Zum hundertsten Mal fragte sich Riker unwillkürlich, wie jemand, der so klug war, einen derart komplizierten Androiden zu erschaffen, zugleich zu dumm dazu sein konnte, das Gesicht hinterher in der richtigen Farbe anzustreichen oder etwas Farbe auf die Lippen zu bringen. Wenn ihn seine Erbauer schon mit allen nur denkbaren Daten über die Menschheit ausgestattet hatten, hätte sich unter diesen Daten doch auch die Information befinden müssen, daß Chrom normalerweise kein Bestandteil der Palette menschlicher Hautfarben darstellte. Es schien, als ob sie sich über die Maßen bemüht hatten, ihn einem Menschen so ähnlich wie möglich zu machen, und sich dann noch mehr angestrengt hatten, ihn mit kleinen Schildern auszustatten, die lauthals verkündeten: »Hey, ich bin ein Androide!«

Datas Pinselstrichbrauen hoben sich. »Die Ergebnisse der Phaserstrahlechos kommen gerade herein, Sir. Völlig leblos – hohe Konzentrationen von nicht erfaßten chemischen Verbindungen, extrem komprimiert... ausgesprochen seltene Reaktionskinetik, Captain. Diese Informationen werden sich als sehr wertvoll erweisen.«

»Gibt es eine Sicherheitsmarge, wenn wir versuchen wollen, mit den Abtastern zum Kern des Gasriesen vorzustoßen?« fragte Picard.

Der schwarze Kragen der einteiligen Uniform bildete einen perfekten Rahmen für Datas Gesicht, dessen eigentümliche Farbe vom Senfgelb auf der Brust wieder aufgenommen wurde, seit dem Urknall die Standardfarbe von Starfleet. »Eine breite Marge, Sir. Ich würde den Versuch empfehlen.«

Riker preßte die Arme an die Seiten. Es lag etwas Unwirkliches in Datas Stimme. Seine Worte klangen abgerundet, mit offener Kehle geäußert, menschlicher als menschlich, als ob es immer etwas härter daran arbeitete, als eigentlich nötig.

›Er‹. Nicht ›Es‹. Dem Rest der Crew zuliebe – denk: ›Er‹. Sinnlos, das Vertrauen, das die anderen in ihn haben mochten, dadurch zu zerstören, daß man die Tatsache hervorhob, daß er lediglich eine Maschine war. Als er Picards Blick spürte, riß sich Riker von diesen Gedanken los, und in diesem Moment sammelte er die nötige Autorität, um den unausgesprochenen Befehl des Captains auszuführen.

Er räusperte sich. »Phaser auf volle Wirkung. Finden wir heraus, was im Herzen dieser Schönheit steckt.«

»Er ist schön, nicht wahr? So was findet man nicht alle Tage«, fügte Beverly Crusher hinzu. Mit verschränkten Armen saß sie auf dem Platz direkt neben dem Sitz der Counselor, das Recht des Schiffsarztes wahrnehmend, auf der Brücke sein zu dürfen, wenn sie sich gerade danach fühlte. Dr. Crusher war ein weiterer Farbklecks auf den bisquitfarbenen Wänden und Bodenbelägen. Ihr Haar türmte sich über ihrer kobaltblauen Uniform wie eine Krone aus Terrakotta – und es war einfach etwas Besonderes an einem Rotschopf. Sie war schlank und flink, klug und anmutig, und neigte trotz ihrer schmalknochigen Schönheit zu vernünftigen Schuhen. Riker mochte sie. Der Captain ebenfalls. Besonders der Captain.

»Ja«, murmelte Picard, der die Unterhaltung als Vorwand dafür nutzte, ihr einige Schritte näher zu kommen, »und er ist zweimal so groß wie gewöhnliche Gasriesen. Phaser, Feuer frei.«

Wieder summte das dumpfe *phhhiiiuuuuuu* durch das

Schiff, und auf dem Schirm schoß ein Energiebündel nach unten auf den oberflächenlosen Strudel zu.

»Sensoren zeigen verschiedene Gaskonzentrationen an«, berichtete Data. »Kondensieren in flüssigen Aggregratzustand, verdichten sich an manchen Stellen zu fester Materie... Erfassung der chemischen Verbindungen läuft, Sir.«

»Ausgezeichnet«, gab Picard zurück. »Ich bin sicher...«

Der vordere Turbolift neben dem Bereitschaftsraum des Captains glitt auf, und Deanna Troi stürzte auf die Brücke, so anders als gewohnt, daß sie sämtliche Blicke auf sich zog. Sie war ein Wrack — so weit von ihrem üblichen Verhalten entfernt, wie es überhaupt möglich war, ohne vorher aktiv an einer Schlammschlacht teilgenommen zu haben. Ihr Haar, das normalerweise zu einem so engen Knoten zusammengeschürzt war, daß der bloße Anblick die Muskeln anderer schmerzen ließ, war eine unförmige Masse aus Schwarz, die über ihre Schultern und ihre perlmuttartigen Wangen herabfloß. Ihre Augen, jene großen Augen mit dem gewissen Anflug von Fremdartigkeit, von jenem Obsidian, das auch aus einem griechisch-römischen Fresko blickte, hatten sich aufgrund irgendeiner fürchterlichen Tragödie zusammengezogen. Sie atmete schwer. War sie durch jeden Korridor gerannt?

Riker bahnte sich einen Weg durch das Brückenkontingent zu einer Stelle direkt unterhalb ihrer Plattform. »Deanna... stimmt etwas nicht?«

Sie keuchte einige Male, die bleistiftdünnen Brauen so sehr zusammengekniffen, daß sie zwei Falten über ihrer Nase bildeten. »Warum... warum sind wir auf Alarmstufe Gelb?«

Selbst in diesem Augenblick war ihre Stimme seidenweich, die Worte geprägt von jenem leicht fremdartigen Akzent aller Betazoiden. Sie bemühte sich nach Kräften, sich zusammenzureißen, doch irgend etwas bedrängte sie ganz offensichtlich.

In der Hoffnung, sie ein wenig zu beruhigen, trat Riker einen Schritt auf sie zu. »Wir versuchen gerade einen engen Orbit um das da.« Er deutete auf den Bildschirm, doch seine Gedanken galten ebensowenig dem Schirm wie die ihren. Er öffnete die Lippen, um zu einem weiteren Satz anzusetzen, doch Data unterbrach ihn.

»Wir feuern in die Atmosphäre, um aufgrund der Rückkopplung einige Daten zu erhalten. Obwohl der Kern noch nicht gezündet hat, strahlt der Planet dreimal soviel Energie aus, als er eigentlich sollte, das meiste davon in Langwellenstrahlung. Wir sind deshalb auf Alarmstufe Gelb, weil es zu Schockwellen oder Schwerkraftrück...«

»Data«, bellte Riker. Er brachte den Androiden mit einem rauhen Blick zum Schweigen, wünschte sich einmal mehr, daß er einen Ausschalter hätte, und wandte sich dann wieder an Troi. »Ich hätte den Computer anweisen sollen, die Standardvorschrift zu umgehen und Sie nicht eigens auf die Brücke zu beordern. Es war meine Schuld.«

Sie hob ihre Hand zu einer beschwichtigenden Geste, doch während sie noch sprach, verwandelte sich die Geste zu jener Art Bewegung, mit der eine Frau normalerweise nach einem Halt suchte. »Nein... es war nicht Ihre Schuld.«

Zu Rikers Linken glitt der Captain heran. »Was bedrückt Sie, Counselor?« fragte er sanft, doch mit einem Unterton der Ungeduld.

Die kohlschwarzen Augen unter den zusammengezogenen Brauen zogen sich zusammen. »Ich spüre etwas... in meinem Geist...«

»Können Sie es beschreiben?« wollte Riker wissen. Ein Stechen zog sich sein Genick empor. Ihre halbtelepathischen Fähigkeiten machten ihn stets nervös. Es war nicht etwa Unglaube, da niemand das Vorhandensein mentaler Fähigkeiten bei Betazoiden bestreiten konnte, eher eine Art Mißtrauen.

Sie wich einen Schritt zurück. »Tut mir leid...« Sie blinzelte, holte tief Luft und gab vor, sich wieder gefangen zu haben. »Captain, die Unterbrechung tut mir leid. Ich wollte Ihre Tests nicht durcheinanderbringen. Bitte entschuldigen Sie mich.«

Bevor einer der beiden Männer ein Wort herausbringen konnte, vollzog sie einen raschen und nervösen Abgang.

Riker starrte auf die Lifttür. »So habe ich sie noch nie erlebt«, murmelte er.

Data stand auf und trat einige Schritte auf die Rampe zu. »Ist Counselor Troi krank?«

»Es ist etwas anderes«, beschied Riker, eher an sich selbst denn an Data gewandt.

»Sie benahm sich anomal.«

Nun wandte er seine Augen vom Lift ab und bedachte Data mit einem Blick, der den Androiden schwer beschäftigt hätte, wäre er ein echter Schlag gewesen. »Ich glaube nicht, daß Sie sich in diesem Punkt ein Urteil anmaßen sollten«, bellte er.

Picard neigte lediglich die Schulter, als er sich ihm zuwandte. »Erlaubnis zum Verlassen der Brücke erteilt, Nummer Eins. Für kurze Zeit.«

»Danke, Sir«, entgegnete Riker. »Es wird nicht lange dauern.« Er mußte sich beherrschen, um nicht auf den Lift zuzustürzen. Er warf Data einen zweiten säuerlichen Blick zu, bevor er die Brücke endgültig verließ.

Picard glättete die Wogen mit einer ruhig angeordneten Fortsetzung der wissenschaftlichen Untersuchungen. »Setzen Sie Phaserfeuer in regelmäßigen Abständen fort.«

Data überging die verwirrende, durchaus schmerzhafte Reaktion Rikers ihm gegenüber und ließ sich wieder an der Wissenschaftskonsole auf dem Vorderdeck nieder. »Stationen erhalten laufend Informationen über den Planetenkern, Captain.« Er senkte seine Stimme, wie er es so oft bei Menschen beobachtet hatte, und meinte zu LaForge: »Commander Riker hat sich über mich geärgert.«

LaForge zuckte nur die Achseln. Er warf dem Androiden einen Blick zu, sah dabei jedoch nicht, was ein normales Menschenauge sehen würde. Die Körperwärme des Androiden verteilte sich unregelmäßig über den gesamten, hochtechnischen Körper, ein Körper, der sehr viel dichter war als der eines Menschen gleicher Größe. Die Infrarotanteile konzentrierten sich, hatten schärfere Umrisse als die verwaschenen Infrarotflecken eines menschlichen Körpers, und LaForge konnte ohne Mühe jene Stellen ausmachen, wo sich das organische Material in die komplizierte Mechanik einfügte. Data strahlte eine elektromagnetische Aura aus, doch ein Toaster war er gerade nicht.

»Sie können sich bemühen, nicht so steif zu sein«, schlug LaForge vor. »Lernen Sie ein bißchen Slang oder so was.«

Datas Lippen wurden zu einem dünnen Strich. »Slang. Umgangssprache. Nicht standardisierte Idiome. Die Stimme des Volkes ... Das scheint mir ziemlich unpräzise. Ich habe mich bemüht, diese Art der Kommunikation in meine Sprachbanken einzugliedern, doch die korrekte Sprachmelodie scheint sich mir zu entziehen.«

»Weil Sie sie dauernd mit unsichtbaren Anführungszeichen einrahmen. Sie verwenden lediglich die einzelnen Worte, statt die Bedeutung des gesamten Satzes zu erfassen. Sie müssen sich wirklich anstrengen, diese Art von Slang etwas beiläufiger zu verwenden.«

»Welchem Zweck dient Slang eigentlich?«

LaForge lehnte sich zu ihm hinüber und meinte leise: »Er macht Sie etwas zugänglicher. Lassen Sie sich einfach freien Lauf.«

Während seine Lippen stumm die letzten Worte nachmalten, überzog ein verwirrter Ausdruck Datas Gesichtszüge. Anders als in jenen Augenblicken, wenn er zu hart an seinem Mienenspiel arbeitete und am Ende eher wie ein Vaudeville-Clown wirkte, sah er in diesen Momenten menschlicher aus, als er es bewußt hätte heraufbeschwören können, jene Momente, in denen unerwartete Gefühle ganz plötzlich in seinem Gesicht auftauchten. »Freien Lauf ... ein Begriff aus dem Sport – oh! Eine Anstrengung. Ein Versuch. Natürlich! Freier Lauf. Ich laufe. Computer, zeig mir alle verfügbaren Vokabel- und Dialektbanken über irdischen Slang, Schnelldurchlauf.«

Auf der Konsole vor ihm erwachte der Computer zum Leben und fragte mit sanfter weiblicher Stimme und einer Betonung, die sehr viel ungezwungener war als Datas eigene: »*Welche Ära und welche Sprache?*«

Geordi LaForge ließ sich in seinen Sessel zurücksinken und murmelte: »Ich hab' immer gewußt, er braucht ein Hobby.«

Unvermittelt ertönte ein Geräusch auf dem Achterdeck, einem Knurren vergleichbar, das jedoch ebenso unvermittelt wieder verstummte und dem volltönenden Baß von Lieutenant Worf wich, der gerade auf seinen Monitor starrte.

»Unmöglich!«

Captain Picard wandte seine Aufmerksamkeit von dem blauen Riesen ab und ging auf seinen eigenen Kommandosessel zu, hinter dem sich ein hufeisenförmiges Geländer nach oben schwang, an der taktischen Station vorbei. Jenseits davon stand Worf mit dem Rücken zur Brücke und starrte derart unzufrieden auf seine Statusanzeigen, als ob er sie mit seinen Blicken durchbohren wollte. Einem Klingonen war so etwas durchaus zuzutrauen.

Picard bemühte sich um jenes automatische Extramaß an Ruhe, das er sich im Umgang mit Worf angewöhnt hatte.

»Lieutenant?« forderte er ihn dann auf. »Ist irgend etwas?«

»Ich bin nicht sicher, ob ich was gesehen habe«, fauchte der Klingone.

Doch Sicherheitschefin Tasha Yar drehte ihren angespannten Körper herum, ohne ihre Hände von ihrer taktischen Station zu nehmen. »Ich hab's auch gesehen«, sagte sie zu ihm.

»Was?« wollte Picard wissen.

»Einen Energiepuls, Captain.« Das Mädchen strich eine Strähne ihres blonden, sehr jungenhaft geschnittenen Haares zurück. »Einen ungeheuer großen. Quer durch das ganze Sonnensystem.«

Ein einziger Schritt trug Worf den ganzen Weg bis an Tashas Seite. »Sehr ausgeprägt und stark, Sir. Eine Refraktionsabtastung. Vergleichbar mit einem simultanen Sensorpuls.«

»Es war zu schnell für einen Sensor«, schoß Tasha zurück.

»Was dann?« donnerte Worf. »Es gibt keine Spur mehr davon.«

Während ihrer Diskussion ging Picard die Rampe hoch zur taktischen Station und sah sich die Kontrollen selber an. Es war nichts mehr zu sehen. »Könnte es eine Störung gewesen sein? Eine Rückkopplung von unseren Experimenten?«

»Sir, es kam von außerhalb des Sonnensystems«. Tashas Kehle spannte sich um ihre Worte, wie sie es immer tat, wenn sie es zuließ, daß sie etwas erregte.

»Suchabtastung.«

»Nichts mehr da«, meinte Worf rauh.

Picard hob seinen Kopf. »Reden Sie nicht in diesem Ton mit mir, Lieutenant. Noch sind wir nicht in einer Krisensituation.«

Worfs breites braunes Gesicht wirkte nicht im mindesten reumütig. Sein gerippter Schädel, ein Zeichen seiner Klinzhai-Abstammung, jenem Genom, das sich während der letzten klingonischen Säuberungsaktion als dominant erwiesen hatte, verlieh ihm ein ausgeprägt animalisches Aussehen. Er wirkte eindrucksvoll, mehr noch, ausgesprochen furchteinflößend, da die anderen Besatzungsmitglieder stets erkennen konnten, daß Selbstbeherrschung harte Arbeit für ihn war und er den Kampf eines Tages vielleicht verlieren würde.

»Tut mir leid, Sir«, brummte er. »Während unserer letzten Phasersalve war es da, jetzt ist es verschwunden.« Er legte seine großen Hände auf die taktische Konsole und schoß dem Hauptschirm einen durchbohrenden Blick zu. »Das gefällt mir nicht. Es ist, als ob man uns beobachtet.«

Einen nachdenklichen Augenblick lang stellte sich Picard wieder auf die Absätze und kniff die Augen zusammen. »Könnte ein anderes Schiff sein. Stellen wir sicher, daß sie uns nicht verpassen. Kontaktaufnahme ist ein Teil unseres Auftrags. Sensoren auf Breitband-Abtastung. Lieutenant Data, senden Sie Grüße in allen interstellaren Sprachen und Kodes auf der gängigen Frequenz. Schalten Sie den automatischen Universalübersetzer zu.«

»Klemme mich sofort dahinter.«

»Lieutenant LaForge, nehmen Sie uns aus dem Orbit. Verzichten Sie auf weitere Experimente mit dem Gasriesen, bis wir die Lage in diesem Sonnensystem geklärt haben.«

»Aye, Sir. Hebe Orbitallage auf.« LaForge drückte mit den Fingern auf die Signalkontrollen, die in Handgelenkhöhe auf der formschönen Konsole angebracht waren. Mehr war nicht nötig, um das massive Raumschiff aus dem Schwerkrafttrichter des Gasriesen zu heben. Während des Manövers, als das Schiff sicher unter der Kontrolle des Navigationscomputers stand, nahm er sich die Zeit, um dem links von ihm sitzenden Data einen schnellen Blick zuzuwerfen.

Wenn er die anderen Besatzungsmitglieder betrachtete, sah er die verschiedenen Infrarotschichten, die er je nach Bedarf verstärken konnte. Er sah das Blut durch die Arterien, Arteriolen und Kapillaren fließen, und doch sah er es besser als jeder Computer, da sein Gehirn als Dolmetscher fungierte und er intuitiver als ein Computer war. Vor dem Infrarotbild, vergleichbar einem Nylonstrumpf, den man einem Mannequin übergestreift hatte, sah er Haut und das verschwommene Leuchten feiner Härchen. Das Mannequin schien von innen heraus zu leuchten und besaß einen schwachen Schimmer.

Data dagegen – Data war ein Kunstwerk. Nur Geordi konnte die exotischen, hervorragend miteinander verbundenen Substanzen erkennen, aus denen sich der Androide zusammensetzte, die verschiedenen Schichten von Hitze und Kälte, die unterschiedlichen Dichten, wo Metall an Synthetik und Synthetik an organisches Material grenzten und miteinander verschmolzen. Er sah die Dichte von Datas Körper, und all die Abermillionen schwacher elektrischer Impulse, die ihn am Leben erhielten und die wie Insektenschwärme durch seinen Körper strömten, wann immer er ein wenig härter arbeiten, sich ein wenig stärker konzentrieren oder neue Kräfte schöpfen mußte. Und doch hatte der Anblick nichts mit dem der Computerkonsolen vor ihm oder der Mechanik hinter dem Kaffee- und Lebensmittelspender an der Wand gemein. Nicht das geringste. Das waren Maschinen.

Mitunter überkam LaForge das Gefühl, daß die Menschen vergessen hatten, daß sein Gehör durchaus in Ordnung war. Er hatte Rikers Tonfall bemerkt, kurz bevor der Erste Offizier die Brücke verlassen hatte. Auch die leichten Schwankungen in Datas Stimme, als jener bemerkte, daß Riker wohl nicht sonderlich zufrieden mit ihm sei, waren ihm aufgefallen. Data war mechanisch, doch für Geordi LaForge war er alles andere als eine Maschine.

Geordi gestattete sich einen nachsichtigen Blick auf Datas Gesicht, als der Androide vor Konzentration aufglühte. Er sah die Struktur der synthetischen Gesichtsknochen, winzige, blutdurchströmte Ligamentfasern, die mit Impulsinterpretern verbunden und von jenem kalten Involucrum überzogen waren, das in Wahrheit Datas Haut darstellte. Geordi sah ein gutaussehendes Gesicht, das sich seiner eigenen Züge nicht schämte, ein Gesicht, das zahlreiche Gefühle ausdrükken konnte, von Mut bis hin zu kühler Berechnung, von Verwirrung bis zur Leidenschaft, vorausgesetzt, man war empfindsam genug, um die kleinen Veränderungen in ihm zu bemerken. Und so schwefelgelb Datas Augen sein mochten, verströmten sie doch eine nie versagende Sanftmut.

Geordi schüttelte den Kopf und murmelte: »Maschine, meine Fresse.«

Picard sah auf. »Lieutenant?«

»Sicherheitsabstand, Sir.«

»Dann reden Sie ein wenig lauter.«

»Ja, Sir.«

Der Türsummer war nicht zu überhören, doch Troi reagierte nicht darauf. Einmal mehr huschten Lichter über ihr Gesicht, doch diesmal waren es nicht die Signale für Alarmstufe Gelb. Sie saß an ihrem Schreibtisch und betrachtete ein Hologramm, das die Bewegungen eines kleinen Fleckens blauen Meerwassers simulierte. Am Ende des dreißig Zentimeter durchmessenden Hologramms verschwamm das Meer und wurde wieder Tisch. Genau im Zentrum des brodelnden Wasserflecks stand das dreidimensionale Bild eines alten Militärschiffs. Es hatte die Form eines Keils und war mit stahlgrauen Metallaufsätzen ausgestattet, die für sie nicht den geringsten Sinn ergaben. Auf dem Schirm an ihrem Handgelenk erschien die schlichte Beschreibung: *Erstes Dampfschiff mit Eisenschraube, S.S.* Great Britain.

Sie runzelte die Stirn und tippte auf den WEITER-Knopf. Das 3-D-Bild faltete sich zusammen, als ob es implodieren würde, verschob sich ein wenig und formte sich dann zu etwas völlig Neuem, einem größeren, flacheren Objekt, das ungeschlacht über ihren Schreibtisch zu tukkern schien. Der dunkle Bildschirmstreifen darunter verkündete: *Tanker,* Edmund Fitzgerald, *mit allen Mann an Bord untergegangen, Lake Superior, Michigan, Vereinigte Staaten, Erde 1975.*

Beinahe wütend hieb Troi auf den Kopf. Falsch. Alles falsch. Fast augenblicklich tauchte ein neues Bild auf, ein großes, schwarz-weiß-rotes Schiff, sehr elegant und schlank diesmal, augenscheinlich zum Transport von Passagieren gedacht. Passagiere — ja, das stimmte. Sie sah auf das Display. *Luxuskreuzer* Queen Elizabeth II., *Cunard Line, Erde.*

Nein... nein... Trois maulbeerfarbene Lippen verloren ihre perfekte Form. Nein. Wieder bewegte sich ihr Finger.

H.M.S. Dreadnought. *Kriegsschiff, Großbritannien, Erde, 1906.*

Sie beugte sich vor, als sie ein Bestandteil wiedererkannte — die Farbe, das Aussehen des Schiffes... dichter dran.

Wieder tippte sie auf den Knopf. »Diese Art von Schiff«, sagte sie diesmal.

»Dies ist ein Marineschiff zu Angriffs- und Verteidigungszwecken, wie es während und nach dem Ersten Weltkrieg im Einsatz war«, informierte sie der Computer höflich.

»Weiter.«

Das Hologramm blinkte auf, und dann glitt ein anderes Schiff derselben Art durch den kleinen runden Flecken Meer. Sein schiefergrauer Bug hob und senkte sich mit der See, allenfalls der Aufnahmewinkel unterschied sich. Das Computerbild rotierte, als ob Troi das Schiff in einem Flugzeug umkreisen und von allen Seiten betrachten würde. Es besaß eine ungeschlachte Anmut, verströmte Stärke, gewiß, und doch trug es keinerlei Außenbeleuchtung. Die Farben eines Raumschiffs gingen ihm völlig ab, die blitzenden gelben und weißen Lichter, das glühende Rot, sein elektrisches Blau.

Aegis-Kreuzer. Gebaut von SYSCON für die US Navy. Erde 1988.

Wieder summte die Tür.

»Oh — ja. Herein.«

Sie ließ das altmodische Schiff weiter durch die winzige See gleiten, sah auf und bemerkte den hereinstürmenden Will Riker. Kaum hatte sich die Tür geöffnet, als sich sein Blick auch schon mit dem ihren verschränkte. Wie lange hatte er schon da draußen gewartet? Sie erinnerte sich jetzt dunkel daran, daß sich der Türsummer schon einmal gemeldet hatte.

»Ich habe mir Sorgen um dich gemacht«, sagte er. Er ließ sich in den anderen Sessel nieder und lehnte sich mit seinem Ellenbogen dicht neben dem Hologramm auf den Tisch. Der massige Kreuzer platschte weiter auf ihn zu und blieb doch an derselben Stelle. »Ich habe nicht gewußt, daß du dich für Geschichte interessierst.« Er deutete mit dem Kopf auf den Aegis. »Sieht gut aus.«

Troi neigte ihren dunklen Kopf. »Ich habe so etwas noch nie gesehen.«

Das war also das Ende der einfachen Einleitung, erkannte Riker. Irgend etwas in ihrem Tonfall sagte ihm, daß ihre Bemerkung bedeutsamer war, als sie zu sein vorgab.

»Was ist passiert?« fragte er, nun offensichtlich nicht mehr willens, sie vor ihrem Verhalten auf der Brücke in Schutz zu nehmen.

Sie schenkte ihm ein untypisches Achselzucken und schüttelte den Kopf. Ein selbstbewußtes Lächeln umspielte ihre Lippen. »Hast du gesehen, was ich getan habe? Ich schäme mich so. Ich habe noch nie einen Traum mit der Wirklichkeit verwechselt. Es muß wirklich komisch ausgesehen haben. Hat irgend jemand gelacht?«

»Gelacht?« meinte Riker frech. »Du hättest sie sehen sollen. Captain Picard mußte von der Brücke abtransportiert werden. Worf war...«

»Ach, du!« Sie schlug auf sein nächstgelegenes Knie und lächelte über sich selbst.

»Ich würde mir darüber nicht den Kopf zerbrechen.« Riker lehnte seine massige Gestalt im Sessel zurück. »Früher oder später passiert das jedem einmal. Und je stoischer man ist, um so schlimmer kommt einem der Fehler vor.«

»Bin ich stoisch?« fragte sie. Das Lächeln verbreiterte sich wieder.

»Ich weiß nicht, Counselor«, gab er zurück. »Ich kann mich nicht daran erinnern, wann ich dich das letzte Mal angeschaut und nur die Fachfrau in dir gesehen habe. Mit dir verbinden mich blumigere Erinnerungen.«

Troi schürzte die Lippen, lehnte sich vor, ignorierte das Hologramm des Schiffes, das seine Nichtreise weiter fortsetzte, und stützte ihr Kinn in eine Hand. »Erzähl mir davon, Bill, daß ich mich wieder besser fühle.«

»Unfair. Rechne es dir selbst aus. Du solltest das doch am besten können.«

Sie ließ sich wieder zurückfallen. »Das ist kein besonderer Trost für jemanden, der gerade voller Panik von der Brücke gestürmt ist.«

Spitzbübisch blitzten Will Rikers helle Augen vor ihr

auf. »Trost willst du? Was hältst du davon: Unmittelbar nach meiner Beförderung zum Lieutenant Commander hat man mich als Zweiten Offizier auf einen Zerstörer abgestellt – das war vor etwa tausend Jahren, wenn mich die Erinnerung nicht trügt. Ich habe meine Order auf Starbase 18 in Empfang genommen, die Koordinaten in den Transporter eingegeben, mich auf die Plattform gestellt, und, zack, da war ich. Ich bin dann eine Weile herumstolziert, ganz der allmächtige Zweite Offizier, aufgeplustert wie ein Hahn. Wir waren bereits zehn Stunden vom Raumdock entfernt, als mir endlich aufging, daß ich auf das falsche Schiff gebeamt worden war.«

»Oh, Bill! Oh, nein...«

»Und das Schiff, auf dem ich gelandet war, war nicht mal ein Zerstörer. Es war die U.S.S. *Yorktown* – ein Raumschiff der Excelsior-Klasse, unterwegs mit einem Zweijahresauftrag. Gegen ihren Captain ist Picard ein regelrechter Franz von Assisi. Ihr Abflug hatte sich wegen diplomatischer Verwicklungen ohnehin schon um vier Tage verzögert, und da stand er nun, der Zweite Offizier Riker, und mußte sich beim *echten* Zweiten Offizier melden.«

Inzwischen hatte sie die Hand vor den Mund geschlagen. Sie spreizte ihre Finger gerade weit genug, um atemlos zu fragen: »Was haben sie dann gemacht?«

Er breitete die Arme aus. »Was hätten sie schon machen sollen? Sie wendeten das Schiff, das ganze riesige Schiff, und flogen den ganzen Weg zurück, um sich mit dem Zerstörer zu treffen, auf dem ich eigentlich hätte sein sollen. Und da war er dann, der Zerstörer, der eigens ein Raumschiff treffen mußte, um seinen Zweiten Offizier abzuholen, der sich eigentlich schon vor zehn Stunden an Bord hätte melden sollen.«

»Ach du meine Güte...«

»Also hör schon auf, dich zu beschweren.«

»Ist das wahr? Oder hast du das nur erfunden, damit ich mich wieder besser fühle?«

»Erfunden? Deanna, kein vernünftiger Mensch könnte eine derart fiese Geschichte erfinden. Es ist wie ein böser Streich, dem man einem Bräutigam in seiner Hochzeitsnacht spielt, außer, daß ich mich selber überlistet habe.« Versonnen schüttelte er den Kopf. »Seither sehe ich Transporterplattformen mit völlig anderen Augen. Ich frage mich laufend, ob ich nicht durch irgendeinen dummen Zufall in die Dusche irgendeines Unschuldigen beame. Und das Schlimmste kam erst noch. Zwei Jahre später hat man mich wirklich als Zweiten Offizier auf die *Yorktown* abgestellt und ich mußte mich ein *zweites* Mal bei ihrem Captain melden.«

Sie kicherte und verlieh ihrem Verhalten damit eine unerwartete Mädchenhaftigkeit. »Hat er sich an dich erinnert?«

»Erinnert? Als erstes hat er mich gefragt, ob ich mich die ganze Zeit im Laderaum versteckt hätte.«

Ihr Gelächter verschränkte sich, erfüllte den düsteren Raum und vertrieb das Unbehagen.

Während Riker sie noch beschützend ansah, bemerkte er, daß sie seine Gefühle aufgefangen hatte und nun stellvertretend für ihn errötete. Zunächst fühlte er sich versucht, sich wieder in sich selbst zurückzuziehen, doch er wußte, daß es im Grunde keine Rolle spielte. Im Falle von Deanna wirkte selbst Zurückhaltung wie ein starkes Signal. Es hatte einfach keinen Sinn. Er wünschte sich, daß er dem Rest der Besatzung ebenso entspannt gegenübertreten konnte.

Gemeinsam saßen sie da und grinsten einander an, sicher und warm in ihren Erinnerungen und der Abgeschiedenheit einer Beziehung und einer Vergangenheit, die sie keinem anderen an Bord anzuvertrauen wünschten. Es war, als ob sie noch einmal von vorne anfangen würden, ein völlig neues Leben. Ihre beiderseitige Zuneigung hatte eine zweite Chance erhalten, weil kein anderer etwas davon wußte. Niemand auf dem ganzen Schiff *ahnte* etwas davon.

Riker wandte seinen Blick von ihrem sanften Gesicht ab und betrachtete das ungewöhnliche Hologramm neben sich. »Hast du einen Alptraum gehabt?«

Ihre Miene wischte sein Lächeln fort. Er zwang sich dazu, nicht weiter in sie zu dringen, ihr eine Chance zu geben, sich die nötige Zeit für ihre Antwort zu lassen, während er sich an der Gegenwart ihrer verstörten, onyxfarbenen Augen erfreute.

»Ein Alptraum«, murmelte sie. »Aber in diesem Alptraum konnte ich die Gefühle der Fremden wahrnehmen. Es war nichts, das ich wiedererkennen würde... klare Bilder von Gegenständen, die ich nicht kenne. Namen, die ich nie zuvor gehört habe.«

Riker spitzte die Ohren. »Was für Namen?«

Sie kramte in ihrer Erinnerung und zwang sich zu einer Antwort. »Da gab es Vasska, Arkadij, Gork... Gorsha... Ich bin mit diesen Klängen nicht vertraut. Und ich verstehe nicht, warum ich ausgerechnet Namen höre. Dazu bin ich gar nicht in der Lage. Ich kann nur Emotionen wahrnehmen. Ich war nie dazu fähig, komplette Unterhaltungen aufzufangen.«

Er rückte ein wenig näher. »Aber du bist Betazoidin. Was ist so verblüffend daran, wenn du...«

»Ich *kann* es einfach nicht. Das konnte ich noch nie«, beharrte sie und fragte sich zugleich, ob sie es ihm je begreiflich machen konnte. »Du weißt nicht, was es heißt, mit einem stummen Geist Kontakt aufzunehmen. Du hast keine Ahnung von den Schwierigkeiten und Qualen, die immer dann entstehen, wenn wir es mit Rassen zu tun bekommen, die ihre Gedanken nicht abschirmen können. Es ist, als ob ein Mensch mit normaler Sehkraft plötzlich eine Welt chaotischer Lichter und Farben betritt, als ob ein Mensch mit normalem Gehör plötzlich einen Ort aufsucht, an dem es nichts gibt außer unkontrollierten Geräuschen. Das Licht würde ihn blenden, der Lärm ihn in den Wahnsinn treiben... Ich habe hart daran gearbeitet, meine Gedanken von denen der anderen zu trennen, und es ist mir auch geglückt. Verstehst du jetzt, weshalb es mich derart verstört, wenn ich etwas derart Ungewohntes erlebe?«

»Deanna, es war nur ein Traum«, meinte er besänftigend und legte seine Hand unter die ihre.

Ihre Stimme sank zu einem Flüstern. »Aber das stimmt nicht«, beharrte sie. »Wenigstens... nicht ganz.«

Er glaubte ihr. Deanna Troi war der Inbegriff der Professionalität und neigte keineswegs zu jenen Ego-Höhenflügen, die ihre betazoidischen Artgenossen so häufig zur Schau stellten. Ohne Pause fragte er: »Hast du den Computer gebeten, die Namen nachzuschlagen?«

Troi lehnte sich in ihrem Sessel zurück und entspannte sich schließlich wieder. »Computer aus.«

Das Hologramm gab ein elektrisches Knacken von sich, schrumpfte zu einem winzigen Lichtball zusammen, wie ein Luftballon, der plötzlich alle Luft verlor, und erlosch.

»Hast du?« spornte er sie an.

»Ich schätze, das muß ich wohl.«

»Warum drückst du dich so seltsam aus?«

»Ich gebe nicht gerne meinen Träumen nach.«

Riker starrte sie zweifelnd an.

»Bill«, fragte sie ihn, ohne ihm genügend Zeit zu geben, eine Antwort auf ihre Bemerkung zu formulieren. »Was denkst du? Glaubst du, ich könnte meine Fähigkeiten auf andere Weise besser nutzen?«

»Damit meinst du doch nicht etwa, daß du das Schiff verlassen willst?«

»Vielleicht«, entgegnete sie. »Wenn das die Art ist, in der ich der Föderation am besten dienen kann.«

Verzweiflung überfiel ihn. So sehr er ihr aus Angst, ihre einstige Beziehung könnte seine Effizienz als Erster Offizier beeinträchtigen, bislang aus dem Weg gegangen war — ja, das war das Wort —, schnitt der Gedanke, sie könnte unvermittelt aus seinem Leben verschwinden, doch wie eine scharfe Klinge in sein Fleisch. »Gefällt es dir denn hier nicht?« fragte er mit vorsichtigem Tonfall. »Gefällt dir der Dienst auf einem Raumschiff nicht?«

»Doch«, gab sie zurück. »Sehr sogar. Aber es gibt Zeiten... kannst du dir vorstellen, wie es ist, auf der Brücke zu stehen und sich plötzlich darüber klarzuwerden, daß man eigentlich nichts zu tun hat?«

Mit einem weiteren Kopfschütteln trommelte Riker mit seinem Finger auf den Tisch. »Ob ich es mir vorstellen kann?« platzte er dann heraus. »Das brauche ich gar nicht. Das ist das Vermächtnis aller Ersten Offiziere im ganzen Universum. Wenn du *Erster Offizier* im Marine-Handbuch nachschlägst, steht da nur der Satz: ›Nur in Krisenzeiten öffnen.‹ Es dauert eben seine Zeit, bis sich ein neuer Posten entwickelt hat. Wenn wir tatsächlich mal auf Forschungsreise gehen, steckst du meiner Ansicht nach bald bis zum Hals in Arbeit. Uns in den Tiefen des Weltraums bei geistiger Gesundheit zu halten — das ist nicht gerade wenig. Was die Wichtigkeit angeht, kommt der Schiffspsychologe auf solchen Flügen direkt hinter dem Schiffsarzt.«

Seine ehrlichen Bemühungen entrangen ihr ein leichtes Lächeln. »Und welcher Platz bleibt für den Schiffstelepathen?« murmelte sie dann.

Darauf hatte Riker keine Antwort parat.

Troi spürte seine Unruhe und zwang sich zu einem halben Lächeln, um seine Besorgnis abzumildern. Sie stürzte sich in seine großen blauen Augen, wie sie es vor so langer Zeit getan hatte, und bahnte sich ihren Weg durch sie, wie der holographische Kreuzer sich seinen Weg durch den kleinen Flecken blauer See gebahnt hatte. Wie konnte sie es ihm nur begreiflich machen? Konnte überhaupt ein Mensch verstehen, wie unbehaglich sie sich die ganze Zeit fühlte? Sie wußte, daß sie den Menschen Unbehagen einflößte, weil jene sie für eine Art Voyeur hielten, der in einem fort durch die kleinen Schlüssellöcher ihrer Gedanken spähte. Gedankenschlampe, so hatten einige sie genannt. Viele waren ihr aus dem Weg gegangen, und so hatte sie sich bemüht, etwas geschäftlicher und stoischer gegenüber ihrem ausgesprochen ungewöhnlichen Talent zu sein; doch selbst diese Taktik war nach hinten losgegangen.

Kalt, so nannten sie sie. Eine *gefühllose* Gedankenschlampe.

Wie konnte sie ihnen jemals sagen, daß ein überfüllter Korridor einen sehr leeren Ort für Deanna Troi darstellte? Unfruchtbar und einsam. Sie hatte sich so sehr bemüht, sich in sich selbst zurückzuziehen, daß sie außer ihren Blikken von allem anderen abgeschnitten war, eines Verbrechens angeklagt, das zu begehen sie sich weigerte. Selbst ihrem eigenen Volk konnte sie nicht länger mehr ungezwungen gegenübertreten; sie hatte sich mit derartiger Besessenheit um Disziplin bemüht, daß sie sich in der kurzen Zeit, die sie unter anderen Betazoiden verbrachte, einfach nicht mehr gehenlassen konnte. In beiden Gemeinden verloren und von beiden fälschlicherweise als zu reserviert betrachtet, war sie zu einer Frau voll intensiver Gefühle geworden, die ihren Lebensweg in völliger Einsamkeit zurücklegen mußte.

Selbst jetzt verbarg sie diese Einsicht vor William Riker und seinen sanften Wellen der Besorgnis.

Sie schluckte unmerklich und teilte ihre Lippen aufs neue. »Und nun frage ich dich – was ist los? Was bedrückt dich?« Sowohl mit ihrem Geist als auch mit ihren Augen erkannte sie, wie er abwog, ob er ihr seine Gedanken preisgeben sollte oder nicht. Dann, ganz plötzlich, überlegte er es sich anders.

»Es gefällt mir nicht, daß du Schmerzen empfindest, die nicht deine eigenen sind«, gab er zu. »Das ist einfach nicht gerecht.«

»Es liegt in meiner Natur«, entgegnete Troi. »Das Erbe meiner mütterlichen Vorfahren. Das ist das Wesen der Telepathie. Oh, ich könnte natürlich meinen Geist abschirmen, noch einsamer werden, aber ich habe entdeckt, daß mein Weg auch nützliche Seiten hat. Ich habe Glück.« Sie rang sich ein Lächeln ab. »Ich kann die Emotionen fühlen und ihnen gegenüber dennoch objektiv bleiben.«

Er dachte an das seltsame Schiff auf dem Tisch neben ihm, das sich gerade mit einem Klick in nichts aufgelöst hatte, und zuckte die Achseln. »Ich schätze, von dieser Warte habe ich das noch gar nicht betrachtet.«

Sie zog ihre Hand unter der seinen hervor, legte sie auf seine und drückte leicht. »Es gibt noch andere Gefühle außer Schmerz. Liebe kann ich gleichfalls fühlen.«

Riker erlaubte sich ein sentimentales Lächeln. Für einen Augenblick lang teilten sie etwas, von dem keiner von ihnen völlig sicher war, daß es noch zwischen ihnen existierte. Die Anziehung war unbestreitbar, und doch durchbohrten ihn im selben Augenblick die damit ebenfalls verbundenen Gefahren.

»Ich kann nicht bleiben«, sagte er. »Ich muß wieder nach oben und mich unentbehrlich machen.«

»Ich weiß.«

Er schob seinen Zeigefinger unter ihr Kinn. »Versuch, dich zu entspannen. Solche Träume haben wir alle mal. Ich wollte nur sichergehen, daß es dir gut geht.«

Troi lächelte warm. »Ich bin in Ordnung.«

Er drückte ihre Hand und verspürte irgendwie das Gefühl, daß es ihm nicht ganz gelungen war, das zu vollbringen, dessenthalben er eigentlich gekommen war. Na ja, es brachte auch nichts, das Ganze über die Kitschgrenze hinaus auszudehnen. Er trat auf die Tür zu und vollzog einen seiner Meinung nach recht ungeschickten Abgang.

Die Tür schob sich auf, entließ ihn in den leeren Korridor und schloß sich hinter ihm automatisch wieder. Er ging ein, zwei Schritte auf den Turbolift zur Brücke zu...

Und hielt jäh inne.

Da stand jemand vor ihm. Er hätte schwören können, daß der Korridor noch vor einem Augenblick völlig menschenleer gewesen war. Die Luft war kühl und schwer.

Der Mann war groß, beinahe so groß wie Riker. Und vielleicht fünfzehn Jahre älter. Seine Augen waren bereit für Riker, sie wandten sich nicht ab, richteten sich konzentriert auf ihn. Eine silberne Locke war die einzige Unregelmäßigkeit in seinem dichten, schwarzen Haar, und unter seinem Arm steckte eine Uniformmütze. Tatsächlich — er trug eine Uniform, irgendeine dunkelblaue Uniform.

Verschwommen erkannte Riker den Zuschnitt wieder, wenngleich das Erkennen eher aus einem rassischen Gesamtgedächtnis denn aus persönlicher Erfahrung resultierte.

Ohne Speichelabsonderung teilten sich die blassen Lippen des Mannes. In seinem Gesicht arbeitete es, als ob er sprechen wollte, doch da lag eine unsichtbare Wand zwischen ihnen. Es gab kein Geräusch, kein Gefühl der Wärme — tatsächlich wehte nun sogar ein kalter Luftzug durch den Korridor.

Aufrecht stand der hagere Mann da und streckte beschwörend seine Hand nach Riker aus. Vielleicht war es auch eine fragende, eine flehende Geste, doch dann erschienen Falten in dem gutaussehenden Gesicht. Die Augenbrauen zogen sich zusammen, und Falten der Frustration formten sich auf beiden Seiten des Mundes.

Riker stand in diesem Moment da wie angekettet. Er war schon bereit, an alles mögliche zu glauben, als sich die Gestalt des anderen Mannes in einen Schleier hüllte, langsam durchsichtig wurde und verschwand.

KAPITEL 3

»Captain, ich empfange einen Energieimpuls...«

Tasha Yar unterbrach sich, sah auf ihre Anzeigen und schnitt eine verwirrte Grimasse. Eine Handvoll Strähnen war ihr ins Gesicht gefallen, als ob sie darauf bestünden, daß ein Teil von ihr stets gegen Disziplin und Ordnung rebellieren würde.

Ihre zarte litauische Haut rötete sich ein wenig, als sie die Instrumente kraft ihres Blickes dazu zwingen wollte, vernünftige Informationen zu übermitteln, besonders jetzt, da Captain Picard an ihrer Seite auftauchte und auf besagte Instrumente hinuntersah.

»Jetzt ist er wieder weg«, meinte sie verbittert. »Wie ist das möglich? Worf, haben Sie etwas?«

»Nichts«, donnerte der Klingone und verstärkte damit nur ihre Ungeduld. »Das *gefällt* mir nicht.«

»Ruhig Blut! Das gilt für Sie beide!« entgegnete Picard. Die Werte schienen absolut normal. Auf die beiden Hitzköpfe konnte man sich zwar verlassen; dennoch wünschte sich der ungläubige Thomas in ihm, daß Data und LaForge den Energieblitz, von dessen Existenz Worf und Yar so überzeugt waren, ebenfalls gesehen hätten.

Plötzlich drosch Yar mit der Handfläche auf die Konsole und rief: »Da ist er wieder! Aber er ist im Inneren des Schiffs!« Ohne die Befehle Picards abzuwarten, hieb sie auf den Schalter des Interkoms. »Sicherheitstrupp nach Deck Zwölf, Sektion A-Drei!«

»Im Inneren?« Picard trat näher. »Sind Sie sicher?«

»Es ist wieder weg!«

»Überprüfen Sie Ihre Instrumente auf Fehlfunktionen. Worf, dasselbe mit den Fernabtastern.«

Yar holte tief Luft. »Aye, Sir.«

»Überprüfung läuft.« Worf schien sehr viel weniger verlegen als Yar.

Picard richtete sich auf. »Und rufen Sie Mr. Riker auf die Brücke.«

Nachdenklich starrte Troi auf den leeren Fleck, in dem zuvor die Hologramm-Schiffe über ihren Tisch getuckert waren. Ihr Blick war unkonzentriert und beschaulich, und obwohl sie bereits mehrmals die Hand zum Startknopf des Computers gehoben hatte, hatte sie irgend etwas doch jedesmal davon abgehalten. Sie konnte sich nicht einmal dazu aufraffen, dem Computer mündlich den Befehl zur Wiederaufnahme des Programms zu erteilen. Weitermachen hieße nachgeben.

Ein Traum. Aber keiner, der in ihrem eigenen Geist Gestalt angenommen hatte, dessen wurde sie sich immer sicherer.

Die Tür öffnete sich aufs neue, diesmal ohne höflichen Summton, und Riker marschierte herein. Beinahe im selben Augenblick gewann Troi die Beherrschung über ihre sorgenvolle Miene zurück.

»Hast du dich die ganze Zeit im Laderaum versteckt?« fragte sie mit ironischem Funkeln in den Augen.

»Wieviel Saft speist du eigentlich in die Maschine?« wollte Riker wissen.

Sie blinzelte. »Wie bitte?«

Er blieb stehen, den Schenkel dicht an der Tischkante. »Deine Hologramme. Sie breiten sich aus.«

Sie wollte antworten, wurde jedoch vom Interkom unterbrochen.

»Commander Riker, die Brücke benötigt Ihre Anwesenheit. Bitte melden Sie sich auf der Brücke.«

Riker berührte den Insignienkommunikator. »Riker. Ich komme sofort.«

Er wandte seine Aufmerksamkeit wieder Troi zu. »Deine Geschichtslektion. Sie verbreitet sich bis in den Korridor.«

Ihre Lippen schlossen und teilten sich, während sie versuchte, seine Frage zu verstehen und die richtige Antwort zu finden. Seine Miene, sein Tonfall machten sie irgendwie glauben, daß es eine Antwort geben mußte, und sie legte keinen Wert darauf, daß er sich so lächerlich vorkam, wie sich seine Behauptung angehört hatte — aber wovon redete er eigentlich?

Schließlich riß sie sich zusammen und meinte kühl: »Aber das ist unmöglich.«

Riker wechselte auf sein anderes Bein. »Natürlich ist es möglich. Laß die Wartungstechniker den Energieverbrauch der Einheit überprüfen!«

Troi bemühte sich nach Kräften, dem Unvermeidlichen aus dem Weg zu gehen, und versuchte, die Verantwortung einfach abzulehnen. »Nein«, entgegnete sie, »es kann nicht sein. Erinnerst du dich nicht? Ich habe es abgeschaltet, bevor du gegangen bist. Und seither habe ich es nicht wieder eingeschaltet.«

Obwohl sich Riker äußerlich kaum veränderte, nahmen seine blauen Augen doch einen Ausdruck verwirrter Härte an, der indes weniger gegen sie als gegen ein plötzlich aufgetauchtes Geheimnis gerichtet war. Sein Mund zog sich derart leicht über seinem zerfurchten Kinn zusammen, daß es ihr nicht aufgefallen wäre, hätte sie nicht genau auf derartige Veränderungen geachtet.

Troi verschränkte ihre Hände im Schoß und widerstand der Versuchung, ihn zu berühren. Eingenommen von der ominösen Wahrnehmung in seinen Augen, fügte sie hinzu: »Völlig kalt...«

»Das ist verrückt«, beschwerte sich Yar. Sie kniff ihren kleinen Mund zu einem engen Strich zusammen und zwang sich dazu, dem wartenden Captain einen angemesseneren Lagebericht zu erstatten. »Sicherheit meldet keine ungewöhnlichen Vorgänge auf Deck Zwölf, Captain. Meine Instrumente funktionieren perfekt. Ich verstehe das nicht.«

Captain Picard stand auf dem Vorderdeck und hatte den Navigations- und Operator-Stationen den Rücken zugewandt. So entging es ihm, daß Data beinahe seine Meinung kundgetan hätte, wenn LaForge den Androiden nicht mit einer Geste zum Schweigen gebracht hätte. Alle anderen sahen die Bewegung freilich und wußten ihre Klugheit zu würdigen, besonders als Picard seine Stimme erhob und losbrüllte. »Jetzt reicht's mir aber mit dem Geschwafel. Wenn die Störung das nächste Mal auftaucht, möchte ich, daß die Computer des Schiffes für eine Aufzeichnung bereitstehen. In den Speicherbänken und Matrizen dieses Schiffes steckt die fortgeschrittenste Technologie, die die Föderation zu bieten hat, und Sie verlassen sich immer noch auf Ihre Intuition und Ihre Augen. Hören Sie auf damit, und lassen Sie das Schiff seine Arbeit tun!«

Sein Tonfall machte unmißverständlich klar, daß er damit nicht sagen wollte, daß das Schiff die Arbeit *für* die anderen tun sollte, sondern daß seine Offiziere ihre Arbeit besser und vollständiger erledigen konnten, wenn sie sich der Systeme unter ihren Händen bedienten. Picard war einfach jener Typ von kommandierendem Offizier, dem es nicht gefiel, wenn etwas aus der Reihe tanzte.

Er wirbelte herum und starrte finster auf den Hauptbildschirm, als ob er etwas suchte und es doch nicht finden konnte, als ob er die Dunkelheit des Weltraums zu einer Antwort zwingen konnte. »Verdammt zu jung«, sinnierte er.

Der Backbord-Turbolift glitt auf, und Riker trat heraus. Er stützte Troi am Ellenbogen. Seltsam... sie wirkte nach wie vor ein wenig unvorbereitet für den Brückendienst. Ihr Haar hing immer noch herab, sie trug ihre bequeme Freizeituniform anstatt des üblichen Einteilers, an den sie sich gewöhnt hatte, und die beiden standen gemeinsam vor Picard, die Gesichter sorgenvoll.

»Captain«, fragte Riker. »Können wir uns kurz mit Ihnen unterhalten?«

Trois Sorgen waren nicht mehr derart offensichtlich; inzwischen hatte sie sie sorgfältig unter dem Deckmantel ihrer Professionalität versteckt, und nur jene, die sie sehr gut kannten, sahen, daß sie ihre Hände etwas zu eng über ihrem Schoß verschränkt hatte, als sie in ihrem Sessel im Kommandobereich Platz nahm und die Geschichte ihres Traums erzählte. Ohnehin gab es nur eine einzige Person, die sie derart gut kannte.

Will Riker beobachtete sie und zwang sich dazu, sie nicht zu unterbrechen, nichts zu sagen, nachdem er den Zwischenfall im Korridor beschrieben hatte, egal, wie lächerlich es sich auch anhören mochte. Er stand einfach nur da, als die anderen ihr Augenmerk auf Troi richteten. Es war nicht einfach für sie gewesen, dem Captain zu gestehen, daß sie einen Traum gehabt hatte, den sie nicht mehr loswurde; ebenso mühsam, wie es für Riker gewesen war, jene Person — oder was immer es gewesen sein mochte — im Korridor näher zu beschreiben. Nur die beflissene Aufmerksamkeit, die Captain Picard ihren lächerlichen Geschichten schenkte, verriet ihnen, daß er in der Galaxis schon genug erlebt hatte, um solche Geschichten nicht von vornherein als lächerlich abzutun.

Nun stand der Captain neben Troi, nahm das Schema ihres Traums in sich auf und versuchte es mit dem in Beziehung zu bringen, was Riker ihm erzählt hatte. Irdische Schiffe, Menschen in Uniform — irgendwo gab es einen gemeinsamen Nenner. Er war entschlossen, ihn zu finden.

»Können Sie Ihre Wahrnehmungen etwas genauer beschreiben, Counselor?«

Troi neigte ihren hübschen Kopf. »Ich werde mich bemühen, sie in sprachlicher Form auszudrücken, Captain. Aber ich muß Sie darauf aufmerksam machen, daß es sehr ungenaue Erklärungen sein werden. Telepathische Eindrücke sind mitunter zu vage für eine Interpretation.«

»Versuchen Sie Ihr Bestes!«

Sie nickte einmal. »Mein Geist zeigte mir verschiedene Perioden der Geschichte, nicht alle davon irdisch, obwohl die klarsten darunter menschlicher oder humanoider Art zu sein scheinen. Vielleicht liegt das an meiner teilweise menschlichen Abstammung — ich weiß es nicht. Andere wiederum ... andere sind so fremdartig, daß mir die Worte fehlen, um meine Eindrücke zu beschreiben.«

»Fremdartig, sagen Sie?«

»Sogar sehr augenfällig. Aber das Schiff in meinen Visionen stammte zweifellos von der Erde.«

»Darauf kommen wir gleich zurück. Fahren Sie fort.«

Sie unterbrach sich kurz, aber nicht für lange Zeit. Picard war niemand, den sie warten lassen wollte. »Da war ein Nebel aus Besorgnis ... Dringlichkeit ... Widerstand. Aber keine Absicht zur Gewaltanwendung.«

»Da können Sie nicht sicher sein!« unterbrach sie Tasha vom Achterdeck herab mit ihrer üblichen Gelassenheit. Sie spürte Rikers Blick und seine Ablehnung, fuhr aber fort. »Ich meine nur ... wenn es fremdartige Gefühle waren, könnte Deanna sie völlig falsch deuten. Anderen Mitgliedern dieser Spezies könnten sich diese Eindrücke als feindselig, aggressiv und gefährlich darstellen.«

»Sie sind zu mißtrauisch, Tasha«, erwiderte Riker, der sich in die Defensive gedrängt sah.

»Ich erledige nur meinen Job«, konterte sie. Nicht einmal ein Anflug des Bedauerns beeinträchtigte ihre Überzeugung. Sie wußte sehr gut, wie aufbrausend sie war — und sah das als Vorteil an. Im Gegensatz zu Worf, der ständig daran arbeitete, sein klingonisches Temperament zu beherrschen, bekannte sich Tasha zu dem ihren. Riker erkannte es in ihren Augen, als er sich zu ihr umdrehte, in der unterschwelligen Wildheit ihres Gesichts, und tatsächlich sorgte es dafür, daß er klein beigab. Erst nachdem er einige Sekunden stumm nachgedacht hatte, wurde ihm klar, wie wirksam sie ihre Ansicht verbreitet hatte.

Troi spürte die entstandene Spannung noch im selben Augenblick, obwohl sie dafür keine Telepathin hätte sein zu brauchen. Es nagte an ihr; ihr Job war es, die Gefühle und den Geisteszustand der Raumschiffbesatzung im Auge zu behalten, Auswege aus derartigen Krisen aufzuzeigen, die wirklich gefährlichen Pannen zu vermeiden, die in dieser Art andauernder Trennung kamen und gingen. Wie schrecklich, daß sie auf einmal der Grund für all das sein sollte ... wie entsetzlich.

Sie klappte ihre Hand leicht nach oben. »Nein«, sagte sie dann. »Tasha hat recht. Daß ich keine aggressiven Absichten auffange« – sie unterbrach sich und sagte dann jenen Satz, der sie selbst am meisten erschreckte –, »ändert nichts an der Tatsache, daß ich Bilder von Gewalt und Zerstörung empfange.«

Picard gab den ominösen Behauptungen erst gar keine Chance, sich in der Phantasie der Brückencrew einzunisten. In der Hoffnung, Deanna und die anderen etwas zu beruhigen, ließ er sich in seinem Kommandosessel nieder. Er war sich der Wirkung nur zu bewußt, die solche kleinen Aufregungen auf seine Crew hatten, besonders in einem solchen Augenblick, wo es niemandem entgehen konnte, daß Deanna Trois übliche Ausgeglichenheit aus unerklärlichen Gründen in die Brüche gegangen war. »Können Sie sich darauf konzentrieren? Sind wir in Gefahr?«

»Das ist es ja, was mich so verwirrt, Sir«, meinte sie ruhig. »Obwohl ich Bilder der Zerstörung sehe, scheint doch keine Absicht dahinter zu stehen, obwohl es zweifellos das Werk eines denkenden Wesens und nicht ein Naturphänomen ist. Wie ich schon sagte, keine Absicht zur Gewaltanwendung.«

»Wenigstens eine kleine Beruhigung.«

»Aber Sir, Sie verstehen nicht.« Sie hielt ihn mit einer leichten Berührung seines Arms vom Aufstehen ab. »Eigentlich sollte ich überhaupt keine konkreten Bilder empfangen. Es zählt einfach nicht zu meinen Fähigkeiten, Visionen und Formen aufzufangen. Aus diesem Grund«, fügte sie widerstrebend hinzu, »bin ich mir nicht sicher, ob Sie meinem Urteil trauen sollten.«

Ein tröstendes Lächeln erschien in Picards fürstlichen Gesichtszügen. »Ich vertraue Ihrer Interpretation, Deanna.«

»Aber sie ist Telepathin«, hob Dr. Crusher hervor, die die Ereignisse bislang nur stumm verfolgt hatte. Deanna Trois Geschichte von unwillkommenen Eindrücken und unscharfen Träumen faszinierte die Ärztin sowohl in persönlicher wie beruflicher Hinsicht. Nun, da ihre Stimme durch die spürbare Anspannung schnitt, fügte sie zugleich auch jenen gesunden Menschenverstand hinzu, den sie momentan am dringendsten benötigten. »Keine Hellseherin. Das ist ein entscheidender Unterschied, wie Ihnen hoffentlich klar ist.«

»Ja, das stimmt.« Troi sah sie dankbar an. »Das ist genau, was ich sagen will. Der Unterschied zwischen dem, was ich aus eigener Kraft vollbringen kann, und dem, das zu tun mich irgend etwas zwingt.«

Picard fügte die Einzelteile im Geist zusammen, erhielt aber nur ein sehr grobes Mosaik. »Sagen Sie mir, was Sie in diesem Moment empfinden«, sagte er dann. »In einem Wort.«

Sie antwortete nicht sofort. Lange, nervöse Minuten verstrichen, als sie eine Reihe von Möglichkeiten in Erwägung zog und wieder verwarf. Jene um sie herum sahen zu, wie jede dieser Möglichkeiten über ihr Gesicht huschte und sie durch ihre Unzulänglichkeit verwirrte.

Dann hatte sie es. Oder zumindest jenes Wort, das der Sache noch am nächsten kam. Das erste Mal während der langen Minuten stummer Suche richtete sie ihren Blick auf Jean-Luc Picard, und ihre Lippen formten ein Wort.

»Leid.«

Noch während sie sprach, erschien das Leid in ihren Augen. Einen Moment lang holte das Mitgefühl sie ein, Mitgefühl für die Wesen, deren Eindrücke sie empfing — oder die zu empfangen man sie zwang. Es war, als ob sie flehentlich um Hilfe bat. Nach einer Pause holte sie tief Luft, seufzte und zog dann ihre schönen Brauen zusammen, als ihr klar wurde, daß den anderen die volle Bedeutung dieses Wortes teilweise entging. Andererseits konnten sie es nicht nachfühlen.

Picard bemerkte den Wandel in ihrem Gesicht. »Leid umfaßt sehr viele Dinge, Counselor«, sagte er zu ihr.

Sie nickte. »Allerdings«, stimmte sie zu. »Klinisch würde ich es als eine Art Dysphorie bezeichnen. Aber es wäre nicht richtig zu behaupten, daß es kein körperliches Leid gibt. Und doch spüre ich keine körperliche Präsenz. Es ist recht verwirrend, Sir. Tut mir leid.«

»Erlaubnis erteilt, sich nicht in einem fort entschuldigen zu müssen, Counselor«, meinte Picard. Er legte seine Hände auf die Knie und stand auf. »Kümmern wir uns mal um diese Schiffe.« Er führte die Versammlung hinauf zu den übergroßen Bildschirmen der Wissenschaftsstation. Worf machte Platz, damit sich alle um seine Station scharen konnten. Der Captain ergriff sogleich das Wort. »Computer, zeig mir verschiedene Militärschiffe aus der Zeit um – wann haben Sie gesagt?«

Troi trat vor und schaffte es dabei irgendwie, dicht bei Riker zu bleiben, um Kraft aus seiner Gegenwart zu schöpfen. »Das am vertrautesten aussehende Schiff stammte aus den späten Achtzigern des 20. Jahrhunderts, Captain. Ein Aegis-Kreuzer, den Daten zufolge.«

»Computer, Ausführung wie angegeben.«

Beinahe unmittelbar darauf erschien ein zweidimensionales Bild des Aegis-Kreuzers auf dem Schirm.

»Ist das das richtige Schiff?« fragte Picard.

»Oh nein, Sir. Nur das richtige... Konzept. Das richtige Zeitalter.«

»Computer, weiter in diesem Index.«

Der Kreuzer wich einem anderen Schiff, jenes einem anderen, jenes wieder einem anderen, während die sanfte weibliche Stimme die dazugehörigen Beschreibungen herunterbetete.

»Zerstörer, Marine der Vereinigten Staaten... Ausbildungsschiff, Marine der Vereinigten Staaten... Computerkreuzer der Reserveeinheiten, Königliches Kanadisches Marinekommando... leichter Amphibientransporter, Marine der Vereinigten Staaten... atomares Unterseeboot,

Marine der Union der sozialistischen Sowjetrepubliken... Kurzstart-Flugzeugträger der Invincible-Klasse, Königliche Britische Marine... Konventioneller Flugzeugträger vom CV-Typ, Marine der Vereinigten...«

»Halt!«

Troi schreckte vor ihrem eigenen Ausbruch zurück, deutete aber weiterhin auf den Schirm. »Das ist sehr dicht dran.«

»Aber?« ermunterte sie Picard.

»Aber... ich weiß nicht. Ich habe nicht viel Ahnung von Oberflächenschiffen.«

»Computer, nähere Beschreibung dieses Schiffs.«

»U.S.S. Forrestal. *CV-59. In Dienst gestellt Oktober 1955. Marine der Vereinigten Staaten.«*

»Gut, weitermachen.«

Auf dem Schirm tauchte ein neues Schiff auf. Für die ungeübten Augen der Zuschauer zeigte sich kaum ein Unterschied. *»Atomarer Volldeck-Flugzeugträger vom CVN-Typ...«*

»Ja!« Troi zuckte zusammen. »Genau das!« Sie preßte ihre Hand über ihren Mund, tief bewegt von dem Anblick.

Picard blieb gelassen und überbot ihre Reaktion durch seine eigene Unnachgiebigkeit. »Computer, nähere Beschreibung.«

»U.S.S. George Washington. *CVN-73. Flugzeugträger der Enterprise-Klasse. In Dienst gestellt Januar 1992. Marine der Vereinigten Staaten.«*

Troi nahm ihre Hand von ihrem Mund. »Das erscheint mir sehr vertraut.«

Ein spürbares Unbehagen hüllte die Brücke ein. Alle Augen blinzelten und richteten sich dann auf sie. Natürlich spürte sie es, auch ohne hinzusehen. »Will sagen, es ähnelt den Eindrücken, die ich empfangen habe«, verbesserte sie sich selbstbewußt.

»Gut«, murmelte Picard und warf über Trois dunklen Kopf hinweg einen Blick auf Riker. »Natürlich. Sie sagten etwas über Namen.«

Troi starrte den Flugzeugträger an, als fürchtete sie, er könne ebenso verschwinden wie all die anderen Bilder. »Einer lautete Vasska. Arkadij... und Gor... Gorsha – nein, das stimmt nicht. Das ist unvollständig.«

»Data, kommen Sie bitte herauf.«

Der überraschte Androide warf sich förmlich in den Sessel der Wissenschaftsstation, als habe man ihn tief beleidigt, weil man ihn nicht schon früher um seine Hilfe gebeten hatte. Riker gab seinen Vorurteilen nach und trat ein wenig weiter zurück als nötig, zwang sich jedoch dazu, über die Reaktion hinwegzusehen. Data war tatsächlich der am meisten qualifizierte. Ein Instrument, das ein anderes Instrument bediente.

Offenbar war Data bereit, die Rolle des Führers bei der Suche in den gewaltigen Datenspeichern der *Enterprise* anzunehmen. Er konzentrierte sich auf den speziellen Flugzeugträger-Typ und die Namen, die Troi erwähnt hatte; er bat sie nicht einmal darum, sie noch einmal zu wiederholen. Seine Finger verhedderten sich beinahe, so eifrig war er darauf bedacht, aktiv an diesem ganzen Gerede über Gefühle, Sinneseindrücke und Erinnerungen teilzunehmen.

Falls er enttäuscht war, ließ er es nicht zu, daß sich die Enttäuschung in seinem Gesicht bemerkbar machte.

»Sir«, fing er an, »ich bedaure, aber dies wird einige Zeit in Anspruch nehmen. Ich muß nach einem Ausscheidungsverfahren arbeiten. Darf ich vorschlagen, daß ich Sie verständige, wenn ich damit fertig bin?«

Falls es tatsächlich seine höfliche Art war, ihnen zu sagen, ihm nicht die ganze Zeit über die Schultern zu sehen, funktionierte sie.

»Also gut.« Picard verscheuchte die Meute und lehnte sich zu Riker. »Was hat er gesagt?«

»Sir...« Tasha hob ihre Hand zu einer angedeuteten Geste und senkte sie sehr rasch wieder, als Picard sich zu ihr umwandte. »Ich bin Litauerin.«

Picard schluckte die Versuchung hinunter, ihr dazu zu gratulieren. »Und?« fragte er nur.

»Und ich erkenne diese Namen wieder. Sie sind russisch.«

»Aha. Sehr gut, Lieutenant. Mr. Data, machen Sie Gebrauch davon.«

»Darauf können Sie wetten«, meinte Data kurzangebunden und drehte sich wieder zu seiner Station um. Picards verblüffte Miene entging seiner Aufmerksamkeit.

»Captain...«, wandte sich Troi unvermittelt zu ihm um. »Wenn Sie erlauben, möchte ich in mein Quartier zurückkehren. Vielleicht bekomme ich dort wieder einen klaren Kopf. Ich möchte mich besser auf diese Eindrücke konzentrieren oder zumindest zulassen, daß sie sich stärker auf mich konzentrieren.«

Picard fiel auf, daß Data ihn nach wie vor beobachtete. Als ob die Entscheidungen voneinander abhingen — Computersuche und Geisterjagd. »Eine vernünftige Strategie«, sagte er dann zu ihr, »nachdem unsere Hardware offenbar nicht in der Lage ist, das Problem schneller zu lösen. Ich wünsche allerdings, daß Sie sich vorsehen. Und nichts ist zu unbedeutend, um es nicht zu melden.«

»Jawohl, Sir«, murmelte sie. Als sie sich zum Turbolift umwandte, bemerkte sie Rikers Besorgnis. »Ich verspreche es.«

Doch die Brücke war groß, der Weg zum Turbolift unangenehm weit. Und obwohl Troi ganz bewußt darauf achtete, sich ihre Unruhe nicht anmerken zu lassen, spannten sich Rikers Beine an. Er fühlte jeden ihrer Schritte mit, wünschte sich, daß er sie begleiten, ihr auf irgendeine Weise helfen könnte. In letzter Zeit war es ihm und Deanna offenbar nicht vergönnt, mehr als nur eine Ablenkung für den jeweils anderen zu sein.

»Ziemlich fähige Puppe«, meinte Data.

So unschuldig. So trocken.

Riker hielt die Luft an. Picard schoß ihm einen finsteren Blick zu. LaForge und Worf erstarrten beide, Tasha errötete, und Bev Crusher schaute weg.

Troi hatte kaum den Turbolift erreicht. Hatte sie es noch gehört?

Data saß in einem Tümpel ewig guter Absichten, sein Sessel drehte sich kaum merklich zu den anderen herum, und als alle Augen zu ihm hochkrochen und ihm einen gemeinsamen Verweis erteilten, erschien ein verwirrter Ausdruck auf seinem Gesicht. »Biene? Hase?«

Die Türen des Turbolifts glitten auf, und die geistesabwesende Counselor des Schiffs verschwand.

»Maus? Frauenzimmer? Weibsbild?«

»Data!« riefen Picard, Riker und Yar im Chor, als die Lifttüren gerade wieder zuglitten.

Der Androide fuhr zusammen und kniff seinen Mund zusammen, als ob er schmollte. Plötzlich zeigte sich Unschuld in seinem goldfarbenen Gesicht, auf einmal wirkte er verletzlich. Unter ihren strafenden Blicken zog er sich zurück und widmete sich erneut der Datensuche in den Tiefen der Schiffsdatenbank. Picard fiel auf, wie sich Datas Schultern unübersehbar verschoben, als sich das Augenmerk wieder von ihm abwandte.

»Alle Mann auf ihre Stationen«, befahl Picard beiläufig. Solange es keinen Grund gab, war es seiner Auffassung nach besser, wenn die Stimmung auf der Brücke entspannt war. Zwar lösten sich die Spannungen nicht vollständig auf, doch lobenswerterweise bemühte sich jeder Offizier nach Kräften, sie nicht weiter anwachsen zu lassen.

Von der Seite nahm Picard das dankbare Nicken seiner Chefärztin zur Kenntnis. Er erkannte die eindeutig medizinische Geste — Crusher würde keinen Kommentar abgeben — noch nicht. Nicht, bevor nicht alle Karten auf dem Tisch lagen. Weder über Trois aufgeregten Zustand, noch über diese unklinischen Vorfälle oder sonst irgend etwas.

»Ich bin in der Krankenstation, Captain«, sagte sie unmißverständlich, »wenn Sie mich brauchen.«

Picard nickte bestätigend. Ihre Worte erfüllten ihn mit einer Wärme, die jenseits aller Logik lag, und einmal mehr drängte sich die Vergangenheit zwischen sie, der gemeinsame Ausblick und die gegenseitige Trauer, die sie vor langer Zeit zu Bekannten gemacht und doch zugleich verhindert hatten, daß sie sich jemals wirklich nahekamen. Mit einem Stich des Bedauerns sah er zu, wie sich Crusher auf dem Absatz herumdrehte und die Brücke verließ.

Picard begrub seine Gefühle und näherte sich Riker aus einem derart geübten Winkel, daß Riker ihn erst dann bemerkte, als er das Wort ergriff. »Mr. Riker.«

»Oh, Captain... Aye, Sir? Was kann ich für Sie tun?«

»Fragen Sie lieber, was Sie für sich selber tun können. Erzählen Sie mir noch einmal, was Sie im Korridor gesehen haben.«

Riker verlagerte unbehaglich sein Gewicht. Der Gedanke, daß er ›Dinge‹ gesehen hatte, gefiel ihm nicht. Nach wie vor ballte sich ein harter Klumpen in seinem Magen, zogen sich die Brauen über seinen Augen zusammen, ganz egal, wie sehr er sich bemühte, sein Gesicht wieder zu entspannen. »Ich wünschte, ich wüßte es. Es wirkte genauso massiv wie Sie in diesem Augenblick. Besser gesagt: *er*. Als er wieder verschwand, nahm ich an, daß Trois Hologramme bis in den Korridor gedrungen waren. Aber dem war nicht so. Und ich habe es mir auch nicht eingebildet.«

»Wie können Sie sich da so sicher sein?«

»Weil es nicht getan hat, was ich eigentlich von ihm erwartet hatte. Ich denke doch, daß meine Phantasie etwas so handeln lassen würde, wie ich es erwarte, aber dieser... Mann... streckte seine Hand nach mir aus und musterte mich mit einem sehr sonderbaren Ausdruck. Es ist schwierig, Sir. Ich wäre gern ein wenig konkreter...«

»Captain«, rief Data plötzlich von oben herab und wirbelte auf seinem Sessel herum. »Ich hab's, Sir.«

»Hi, Mom.«

Wesley Crusher sah auf, als seine Mutter in ihr gemeinsames Quartier neben der Krankenstation hereinstürmte. Seine Haut hatte die unverkennbare, an Porzellan erinnernde Glätte aller Sechzehnjährigen. Das Haar war ein wenig zu ordentlich gekämmt, die Kleider hingen faltenlos an seinem schmächtigen Körper. Seit ihn der Captain zum amtierenden Fähnrich ernannt hatte, legte er größeren Wert auf sein Äußeres. Beverly Crusher kam es so vor, als ob sich Wesley nur deshalb so gut pflegte, damit er unter dem uniformierten Brückenpersonal nicht deplaziert wirkte; und wie jeder Sechzehnjährige übertrieb er dabei ein wenig.

»Wes«, meinte sie statt einer Begrüßung, »ich brauche deine Hilfe.«

Freudig wandte er sich von seinen Studienbändern ab. »Klar, Mom. Worum geht's denn?«

»Sieht dein Dienstplan vor, daß du heute auf der Brücke bist?«

»Ich? Na ja, eigentlich nicht. Mr. Data hat mich gebeten, ihm in dieser Woche bei der Katalogisierung einiger physikalischer Theorien zu helfen, und eigentlich wollte ich das als Ausrede verwenden, um später...«

»Kannst du das jetzt gleich erledigen?«

Wesley stand auf, wodurch er plötzlich genauso groß wie seine hochgewachsene Mutter wurde. »Wirklich? Ich meine, wieso?«

»Spiel den Babysitter auf der Brücke.«

Wesleys glattes Gesicht legte sich in Falten. »Wie bitte?«

»Ich möchte, daß du für mich ein Auge offenhältst. Irgend etwas geht da vor, und keiner weiß genau, was. Es beeinflußt Deanna Troi, und wenn ich mich schon nicht auf ihre Expertise verlassen kann, möchte ich wenigstens im Bilde sein, was da oben vorgeht.«

Wesley schnitt eine Grimasse. »Mom«, fing er an, »ich habe keinen blassen Schimmer, wovon du redest.«

Dr. Crusher grinste ihn traurig an. »Nenn es einfach medizinische Eingebung. Nenn es, wie du willst, aber sei einfach mein Spion auf der Brücke. Ich kann nicht selber hinaufgehen, weil ich eine Reihe pediatrischer Untersuchungen an diesem Nachmittag habe, und außerdem wäre ich zu auffällig. Machst du's?«

Er zuckte die Achseln. Irgendwo mußte an dieser Sache doch ein Haken sein. »Klar.«

Sie tätschelte seine Wangen, wie sie es von Zeit zu Zeit zu tun pflegte, wenn sie sich daran erinnern wollte, daß dieser helle, lebhafte, *große* Junge immer noch der sieben Pfund schwere Säugling war, der kaum eine Nacht durchgeschlafen hatte, bevor er zwölf wurde. »Danke, Kumpel. Das vergesse ich dir nie.«

Sie ging auf den Laboreingang zu, drehte sich aber noch einmal herum, als Wesley fragte: »Mom, wonach genau soll ich eigentlich Ausschau halten?«

Mitten im Schritt, ohne abzubremsen, wandte sich Beverly Crusher einmal mehr herum. »Nutz einfach deine Phantasie.«

Zögernd betrat Riker Trois Quartier. Er wußte, daß er sie viel früher störte, als sie es erwartete.

»Wieder da, Bill?« murmelte sie und lächelte ihn an. Das düstere Quartier hellte sich um eine winzige Nuance auf.

Wie stets überraschte es ihn, dieses ›Bill‹. Nur sehr wenige Menschen nannten ihn so, und auf diesem Schiff war Troi die einzige. Nur Deanna. »Tut mir leid.« Er ging auf sie zu, setzte sich dieses Mal aber nicht. »Ob du's glaubst oder nicht, Data hat die Datei bereits gefunden. Ich wollte dir nicht so schnell wieder auf die Nerven fallen, aber...«

»Laß die Entschuldigungen«, sagte sie. »Sie passen nicht zu dir.«

Seine Brauen schossen nach oben. »Nein? Das ist schlecht.«

Troi zuckte die Achseln. »Hängt alles von der Quelle ab.«

»Die Quelle hat leider nicht den Luxus, nicht wissen zu müssen, wie man sich entschuldigt«, entgegnete er. »Vielleicht irgendwann einmal.«

»Vielleicht irgendwann mal *Captain* Riker. Glaubst du nicht?«

»Du schürfst zu tief, Deanna«, beschuldigte er sie grinsend. »Ich bin wie ein offenes Buch für dich, und glaube ja nicht, daß ich das nicht wüßte. Ich bin noch nicht bereit für den Posten eines Captains, aber ich gebe zu...«

»Daß der Posten des Ersten Offiziers unangenehm ist«, vollendete sie flüssig.

Riker lachte und ließ sich in den nächstgelegenen Sessel fallen. Zunächst lehnte er sich nur im Sessel zurück und wedelte mit der Hand herum, doch die Zeit drängte, und so lehnte er sich beinahe im selben Moment wieder nach vorne. »Ich möchte dich nicht drängen.«

»Schon in Ordnung. Ich würde die Antwort selber gerne wissen, weil sie mir vielleicht den inneren Frieden wiederbringt. Einsamkeit ist kein so willkommener Weggefährte.«

Riker fragte sich schweigend, ob sie sein Mitgefühl für sie auffangen konnte, die Unzulänglichkeit seines Verständnisses. Schließlich sah er sich außerstande, sich von ihrem gleichmütigen Blick abzuwenden. »Warum bleibst du? Was hilft es dir, unter Menschen zu bleiben? Wir müssen dich doch in den Wahnsinn treiben.«

Troi lachte. »Oh, Bill... du bist immer so entschlossen. Weißt du denn nicht, warum ich bleibe?«

»Ich bin auf Empfang, Counselor. Sagen Sie's mir.«

Ihr Lächeln veränderte sich, wurde wehmütig, und sie wandte ihren Blick nach unten. Als sie wieder aufsah, funkelten ihre kohlefarbenen Augen. »Ich mag die Menschen.«

Riker grinste. »Wirklich?«

»Doch, sogar sehr. Mehr als die Betazoiden. Sag das ja niemand weiter.« Verschwörerisch schürzte sie ihre Lippen. »Ja, ich mag sie. Obwohl ich sie unbehaglich mache, schätze ich sie sehr. Sie sind so redlich und meinen es stets so gut. Sie besitzen eine derart ausgeprägte Integrität als Spezies... und meine menschliche Hälfte hat mir etwas gegeben, was nur wenige Betazoiden besitzen.«

»Und das wäre?«

Sie straffte ihre Schultern und lehnte sich gegen den Sessel. »Disziplin. Selbstdisziplin, meine ich. Und... ich glaube, daß ich eine Intuition besitze, für deren Entwicklung andere Betazoiden gar keinen Bedarf haben. Meine Mutter und ihr Volk glauben alles unbesehen. Oft genug halten sie es für einen Scherz, in den Geist eines anderen einzudringen. Ich habe gelernt, daß man im Universum nichts so einfach unbesehen glauben darf, und dieses Wissen haben mir die Menschen beigebracht. Wußtest du übrigens, daß ich als Mischling ein breiteres Spektrum von Gefühlen lesen kann als Vollbetazoiden? Obwohl die Eindrücke nicht sehr klar sind. Meine menschliche Seite hat mir viele Vorteile gebracht, und deshalb bin ich stolz auf sie.«

Riker war merklich still geworden, überrascht von ihrer Großzügigkeit. Er wußte, wie oft sie sich alleine und verlassen fühlte. Er sah die Blicke, die man ihr zuwarf, wenn sie einen Raum betrat oder verließ. Lange Zeit schon hatte er sich gefragt, ob seine Zuneigung zu ihr in der Tat echte Zuneigung oder nur der Beschützertrieb aller Männer gegenüber etwas war, das er als die Schwäche einer Frau empfand. Troi trug einen Übermaß an Nachteilen durch ihre Position als Counselor des Schiffs, eine Position, die für Starfleet und die gesamte Föderation gleichermaßen neu war, neu und nach wie vor nicht genau festgelegt. Niemand wußte oder verstand auch nur, worin ihre eigentliche Aufgabe an Bord des Schiffes bestand. Aber alle wußten, daß sie hier war, um sie zu beobachten, um die allgemeine psychologische Verfassung der Schiffsbesatzung zu beurteilen und ihre Beobachtungen gegebenenfalls an den Captain weiterzuleiten. Ein geistiger Wächter — oder Wachhund, je nachdem. Irgendwann einmal würde die Föderation den Posten einer Counselor besser definieren, oder vielleicht würden sich die Menschen von selbst an den Gedanken gewöhnen, doch für den Augenblick mußten Deanna Troi und die wenigen anderen, die diesen Posten innehatten, jene Unbestimmtheit einfach erdulden.

»Du beeindruckst mich«, sagte er spontan.

Sie lachte erneut. »Sei nur nicht zu beeindruckt. Ich weine mich häufiger in den Schlaf, als ich zugeben möchte.«

Ihr schwacher griechischer Akzent kratzte gegen die Worte wie die Klauen eines kleinen Spatzes, der gerade über eine Marmorplatte hüpfte. Riker biß sich auf die Zunge und behielt seine unzulänglichen Beteuerungen für sich. Sie brauchte sie nicht – zumindest nicht jene, denen er Ausdruck verleihen konnte.

»Danke«, flüsterte sie, und schon wußte er, daß es ihm nicht gelungen war, seine Gefühle für sich zu behalten. »Ich werde gebraucht, Bill. Ich kann einen Beitrag leisten, zu dem selbst Vollbetazoiden nicht imstande wären. Für dieses Privileg bin ich gerne bereit, den entsprechenden Preis zu bezahlen. Ich bin mir nur nicht sicher, ob dies der richtige Ort für diesen Beitrag ist.«

Riker verschränkte seine Hände, stützte seine Ellenbogen auf die Knie, starrte einen Moment nach unten und sah dann wieder auf. »Weißt du, wieviel Schuldgefühl du mir damit bescherst?«

Troi blinzelte ihn an, schwieg einen Augenblick lang und warf dann ihren Kopf zurück. »Ja, das weiß ich.«

Der überrumpelte Riker errötete und konnte sein Lächeln nicht länger mehr unterdrücken, doch immerhin lächelte sie ebenfalls. Verdammt, sie war wirklich gut in diesen Dingen.

»Zur Brücke, Nummer Eins?« schlug sie sanft vor.

Er stand auf und griff nach ihrer Hand. »Zur Brücke, Counselor.«

»Fahren Sie fort, Mr. Data.«

Picards Stimme erklang zu Trois Rechten. Riker stand zu ihrer Linken, als ob seine Gegenwart an ihrer Seite sie irgendwie vor dem beschützen würde, was da kommen sollte. Sie wirkte recht beherrscht, wenn man bedachte, daß sie keine wie auch immer geartete Chance gehabt hatte, einen Moment lang abzuschalten und die Ereignisse zu verdauen. Data rief die Informationen ab, die er entdeckt hatte.

»Sir, ich muß mich entschuldigen«, sagte er. »Die Suche war weniger aufwendig, als ich zunächst vermutet hatte. Counselor Trois Wahrnehmungen waren präzise, und alle Informationen fügten sich zu ...«

»Also berichten Sie schon, Data. Trödeln Sie nicht rum.«

»Jawohl, Sir. Wie Sie auf dem Schirm erkennen können, handelt es sich um einen Volldeck-Flugzeugträger aus den Neunzigern des 20. Jahrhunderts. Ein sowjetisches Schiff, das im Schwarzen Meer gerade auf Gefechtsübung war, als es am 24. April 1995 auf geheimnisvolle Weise verschwand.«

»Verschwand?« brummte Picard. »Wissen Sie eigentlich, wie groß ein atomarer Flugzeugträger ist, Commander?«

Obwohl Picard die Frage eher rhetorisch gemeint hatte, hatte Data sofort eine Antwort parat. »Natürlich, Sir. Bis zu neunzigtausend Tonnen, mit einer Besatzung, die der fünffachen unseres Raumschiffs entspricht.«

Plötzlich kam es dem Captain albern vor, die Frage überhaupt gestellt zu haben. »Also gut, fahren Sie fort. Wie hieß das Schiff?«

Selbst Data war sich der Anwesenheit von Deanna Troi bewußt, als er leise antwortete: »Die *Gorschkow*.«

Trois Augen schlossen sich langsam. Sie suchte inneren Halt im Klang dieses Wortes, schlug dann die Augen wieder auf und hielt die plötzlich auf sie einstürzenden Gefühle fest im Zaum – sogar die Trauer.

»Fahren Sie fort, Data«, drängte Picard.

»Ihr Captain hieß Arkadij Reykow. Er hatte eine lange und unsichere Karriere in der Politik durchlaufen, bevor er sich von diesem Feld abwandte und zur Marine ging. Seine Ablehnung des sowjetischen Systems hatte ihm einige Probleme bereitet, doch seine Fähigkeiten als Marineoffizier überwogen diese Tatsache offensichtlich. Erfahrung stand in der UdSSR der damaligen Zeit sehr hoch im Kurs, und so gestattete man ihm, seine Karriere fortzusetzen.«

Riker hörte den vereinfachten Beschreibungen eines komplexen internationalen Gewirrs zu, jenem Tauziehen, das in dieser gefährlichen Periode gang und gäbe gewesen war, und fragte sich unwillkürlich, was Reykow wohl empfunden hätte, wenn er die Zukunft gekannt hätte. Wenn er gewußt hätte, daß er nur ein winziges Zahnrad in jenen Mechanismen darstellte, die die Erde im 21. Jahrhundert an den Rand der Katastrophe gebracht hatten.

»Und dieser Vasska?« forderte Picard.

Die Antwort, in einem Tonfall, der so zart war wie das Reißen eines Spinnfadens zwischen zwei Blättern, kam nicht von Data, sondern Troi.

»Timofei ...«

Sie wandten sich ihr zu.

Troi bemühte sich um Gelassenheit. »Timofei Vasska«, vollendete sie den Satz. »Ich glaube, er war der Erste Offizier.«

Unbehaglich wandte sich Picard an Data.

»Ja, das stimmt«, entgegnete Data nicht minder unbehaglich.

»Haben wir ein Foto von ihnen?« fragte Riker.

Data warf ihm einen Blick zu. »Möglicherweise ... ich programmiere eine Suche. Computer, zeig mir alle verfügbaren visuellen Daten über Reykow oder Vasska.«

Der Computer begnügte sich mit einem langen Summton. Lange mußten sie jedoch nicht warten, bevor seine weiche weibliche Stimme verkündete: »*Einzig verfügbares Bild von angegebenen Personen ist ein Zeitungsfoto kurz vor Stapellauf der* Gorschkow. *Auf dem Schirm.*«

Der Bildschirm tat sein Bestes, um eine körnige Aufnahme scharfzustellen, auf der mehrere Hundertschaften uniformierter Männer, anscheinend die Offiziere des Flugzeugträgers, gemeinsam auf dem großen, flachen Deck standen. Die Gestalten waren klein und standen eng beisammen, doch auf der linken Seite standen zwei Offiziere etwas weiter von den anderen entfernt. Die schlechte Qualität des Photos machte ihre Gesichter beinahe unerkenntlich.

»Da.« Riker wies auf die beiden Männer. »Computer, vergrößere die beiden Männer im Vordergrund.«

Plötzlich erschienen zwei Gesichter, etwas verschwommen zwar, doch ihre ausgeprägten, stolzen Gesichtszüge waren deutlich zu erkennen.

»Das ist er«, murmelte Riker und wies auf den großen Mann rechts. »Das ist der Mann, den ich im Korridor gesehen habe.«

Picard sah tief in die Augen des sowjetischen Offiziers und murmelte: »Reykow...«

Während er noch den Namen aussprach, wurde ihm klar, daß seine Reaktion völlig instinktiv gewesen war. Niemand hatte ihm gesagt, daß es sich dabei um den Captain der *Gorschkow* handelte, und doch wußte er es irgendwie. Irgendwie gab es da eine Symbiose, etwas im Gesicht des anderen, das er als Captain nur zu gut verstand.

Er wandte sich an Deanna Troi. »Counselor?«

Sie bemühte sich um ihre Fassung und starrte die beiden Gesichter auf dem Bildschirm an. »Ja«, meinte sie dann leise. »Reykow und Vasska.«

»Data«, sagte der Captain, »haben Sie sonst noch etwas über diese beiden?«

Der Androide nickte. »Ein wenig, Sir. Timofei Vasska war fünfunddreißig und diente schon seit langer Zeit unter Reykow. Die Daten sind unvollständig, doch einige Artikel über den Zwischenfall spekulieren, daß die beiden Männer befreundet waren und planten, mit einer neuen Technologie im Gepäck zum Gegner überzulaufen.«

»Welche neue Technologie?« platzte Riker heraus, dem es auf einmal völlig gleichgültig war, ob seine Frage den dienstlichen Gepflogenheiten zuwiderlief. Er spürte die Anspannung in Trois Körper neben sich und hätte in diesem Moment alles getan, um ihre Furcht ein wenig zu mildern. Tatsächlich fühlte er ihre Furcht derart stark, daß er hätte meinen können, er sei der eigentliche Telepath.

Data wollte gerade antworten, als die Lifttür aufglitt und Wesley Crusher mit langen Beinen auf die Brücke marschierte. Knirschend hielt er inne, als sich alle Blicke ihm zuwandten. Erstaunen traf ihn wie ein Schlag, und jegliche Gelassenheit fiel von ihm ab. Warum scharte sich jedermann um die Wissenschaftsstation?

Er blieb einen Augenblick stehen, winkte dann unbeholfen und lächelte. »Hallo, alle miteinander...«

Der Captain richtete sich auf. »Was führt Sie zu dieser Stunde hierher, Mr. Crusher?«

Wesleys Mund trocknete aus. Komisch, aber es hatte sich alles so einfach angehört, als seine Mutter davon erzählt hatte. »Ich... ich... äh...«

»Schon gut. Machen Sie sich an die Arbeit und stören Sie uns nicht weiter.«

Befangenheit überflutete ihn. Wesley ging zur zweiten Konsole der Wissenschaftsstation und bemühte sich, Arbeit vorzutäuschen, aber er konnte nicht anders, als gelegentlich einen Blick hinüberzuwerfen, um zu sehen, was die anderen da trieben.

»Weiter, Commander«, befahl Picard scharf.

Data warf ihm einen Blick zu und machte da weiter, wo er aufgehört hatte. »Die *Gorschkow* hatte ein spezielles Gerät an Bord, einen elektromagnetischen Pulsor, der anfliegende Raketen und Flugzeuge aus der Bahn werfen sollte. Man hatte die wissenschaftlichen Grundlagen gerade erst ausgearbeitet, doch die Sowjets verschwendeten keine Zeit mit längeren Testreihen, sondern konstruierten gleich einen voll ausgerüsteten Pulsor.«

»Gut«, bellte Picard. »Aber was ist mit ihnen *passiert*?«

»Oh... natürlich. Anscheinend wurde das Schiff auf unerklärliche Weise vollständig... pulverisiert.«

»Mein Gott«, keuchte der Captain.

»Es gab kaum Überreste des Schiffes«, Data schwieg einen Augenblick, »und absolut keine Überreste der Besatzung.«

Riker schob sich nach vorne. »Gar keine? Nicht einmal eine einzige Leiche?«

»Nein. Die Beziehungen zwischen den Supermächten hatten sich seit den Achtzigern stetig verbessert, doch als die Untersuchungen des Treibguts andeuteten, daß das

Schiff durch äußere Einflüsse und nicht etwa durch ein Reaktorproblem zerstört worden war, brach die Welt unter den gegenseitigen Anschuldigungen beinahe zusammen.«

»Wundert mich nicht«, flüsterte Picard.

»Aber es gab keinen Beweis, daß irgendeine Nation das Schiff blitzartig angegriffen hätte. Hinzu kam das Auftauchen von sieben sowjetischen Marineflugzeugen von der *Gorschkow*, die kurze Zeit später bei einem Flugzeugträger der Vereinigten Staaten um Landeerlaubnis nachsuchten — entschuldigen Sie, Sir. Ich wollte nicht derart unpräzise sein. Bei dem amerikanischen Flugzeugträger handelte es sich um die *Roosevelt*. Sie befand sich auf offener See, als die sowjetischen Maschinen neunundsechzig Minuten, nachdem sie Augenzeuge der Zerstörung ihres Schiffes geworden waren, in ihren Luftraum eindrangen. Die Piloten schworen, daß die Vernichtung der *Gorschkow* nicht auf eine Rakete zurückzuführen sei. Historiker haben die Theorie aufgestellt, daß es ohne die Aussage der Piloten sofort zu einem Abbruch der internationalen Beziehungen und zum Ausbruch des 3. Weltkriegs gekommen wäre. Hinzu kam noch das Glück, daß es sich bei den Piloten um Russen handelte, die ohne Belastung durch rassische Vorurteile an die wütende Regierung des Obersten Sowjets appellieren konnten. Hätte es sich bei den Augenzeugen um Amerikaner oder Briten gehandelt, wären wir heute vielleicht nicht hier. Selbst so sorgte der Zwischenfall für eine deutliche Abkühlung in den Beziehungen der Supermächte. Den Diplomaten hat's auch ziemlich einen reingewürgt.«

Picard runzelte die Stirn. »Aha... danke, Data.« Er packte Riker am Arm, zog ihn zur Seite und beugte sich zu ihm hinüber. »Warum redet er so komisch?«

Riker blinzelte, doch das Blinzeln galt weder Picard noch Data, sondern Deanna Troi, die ihrerseits die Luft anhielt und auf die Steuerkonsole starrte — auf Lieutenant LaForge. Ihr Gesicht erstarrte vor Verblüffung, als die Empfindungen LaForges zu ihr emporströmten.

Instinktiv schoß Riker der Steuerkonsole einen Blick zu.

LaForge erhob sich gerade aus seinem Sessel, langsam, wie ein Schlafwandler, die Hände flach gegen die Konsole gepreßt. Er stand so langsam auf, daß er ganz unwillkürlich alle Aufmerksamkeit auf sich lenkte.

Als Riker einen Schritt auf die Rampe zu getan hatte, hatten es auch die anderen bemerkt und beobachteten ihn angespannt – unfähig, ihre Blicke wieder abzuwenden. LaForges Mund stand offen, der Körper vornübergebeut, als habe man ihm einen Schlag in die Rippengegend versetzt. Seine Hände ruhten nach wie vor flach auf der Konsole, die Beine steif und leicht gekrümmt. Natürlich verbarg das Visor seine Augen, doch von der Haltung seines Körpers, dem Ausdruck in seinem Gesicht und auf seinen Lippen konnte sich Riker durchaus vorstellen, was sich in den Augen eines Sehenden zeigen würde. Schock.

Wesley ging einen Schritt auf die Rampe zu, den hageren jugendlichen Körper völlig verkrampft. »Geordi?«

Riker schnippte mit den Fingern und deutete auf ihn. »Wesley, bleib wo du bist.«

Doch Wesleys Bewegungen hatten Riker dazu veranlaßt, selbst einen Schritt auf die Steuerkonsole zuzugehen.

LaForge atmete in kurzen Stößen. Er reagierte nicht, starrte nur – so sah es zumindest aus – nach vorne in Richtung Steuerbord. Er drehte seinen Kopf weiter in die Richtung und wandte sich dann halb herum, um die Steuerbordseite der Brücke in ihrer Gänze aufnehmen zu können.

Riker kam um die Steuerkonsole herum. »Geordi?«

»Sir...« LaForge drehte sich weiter, eine Puppe auf einer Spieldose.

Vor ihm, entlang des gesamten Steuerbordbogens, tummelten sich menschliche Gestalten. Sie hatten nichts mit den warmen Formen der normalen Besatzung gemein; sie wirkten eher flach und leuchteten in einem elektrostatischen, von zackigen Impulslinien zerfurchten Gelb – doch sie waren unverkennbar menschlich. Nicht nur humanoid

— *menschlich*. Etwas in der Art, wie sie sich bewegten und drehten, etwas in ihren Gesten gab ihm Gewißheit.

»Sir ... da ist etwas ...«

Riker kam einen Schritt näher, die Schultern leicht nach vorne gerückt, als ein Schauder über seinen Rücken fuhr.

»Aber da ist nichts.«

»Da *ist* etwas, Sir!«

Riker streckte seine Hand zu einer beruhigenden Geste aus, die ihren Zweck völlig verfehlte. »Also gut ... Sagen Sie mir, auf welche Wellenlängen Sie momentan eingestellt sind. Helfen Sie mir, Geordi. Ich will es auch sehen.«

Geordi zuckte zurück, prallte gegen Riker, gegen seinen eigenen Sessel. Er versuchte, den unsichtbaren Wesen aus dem Weg zu gehen, die Wissenschaftsstation auf der oberen Brücke zu erreichen, doch das gelang ihm nicht einmal ansatzweise. Schließlich prallte er mit einer Schulter gegen das Brückengeländer und konnte nicht mehr weiter. So blieb er an Ort und Stelle und versuchte sich einzureden, daß er nicht den Verstand verloren hatte.

»Geordi, beschreiben Sie es.« Mit einem Blick bat Riker Picard um Unterstützung. »Was sehen Sie?«

LaForge zitterte. »Ich weiß nicht ...«

»Lieutenant«, schnappte Picard. »Geben Sie mir einen Lagebericht. Analysieren Sie die Dinge, die Sie sehen, und berichten Sie.«

»Äh ... sie sind ... enge Bandbreite ... Bildpunkte niederer Auflösung auf mehreren Wellenlängen ... nahe Ultraviolett im unsichtbaren Spektrum ... aber einige Akustikwellen geben mir Bilder von bewegten Impulsen ...«

Ungeduld, aber auch Erstaunen durchtränkte Picards Stimme. »Wollen Sie sagen, Sie können sehen, wie sie sich *anhören*?«

»Ja, Sir — mehr oder weniger. Mein Gott, sie sind überall!«

»Data«, drängte Picard.

»Ich hab's gleich, Sir. Einen Augenblick.« Data arbeitete wild an der Sensoranpassung des Computers, berührte dann einen letzten Kontaktpunkt und sah zum Hauptschirm auf.

Das Bild der Brücke machte sie schaudern. Jeder sah sich selbst, wo er gerade stand. Alles schien normal: Über die Bildschirme flackerten die üblichen Statusanzeigen, der beigefarbene Bodenbelag, die Farbstreifen auf Wesleys grauem Hemd, das Rot-Schwarz oder Gold-Schwarz der Offiziere, die azurfarbenen Uniformen, die verkündeten, daß das Bild scharf und farbecht war — was in diesem Augenblick allerdings niemanden zu trösten vermochte.

An Steuerbord schritten geisterhafte Erscheinungen über die Brücke. Über ein Dutzend menschlicher Gestalten leuchtete in gelblichem Weiß, flach wie Röntgendiffraktionsaufnahmen. Formen, Bewegungen, Gestalten ohne scharfe Konturen, ohne Tiefe, gläserne Menschen hinter einem Vorhang spektraler Impulse, umrahmt von zischend blauen Fäden. Manche bewegten sich wie Schlafwandler auf der Rampe auf und ab, vor dem großen Hauptschirm und in der Kommandozentrale. Andere standen still, als ob sie Riker beobachten würden, als er es endlich wagte, sich dem Schirm zu nähern, aufzunehmen, was dieser anzeigte. Er sah in einen Spiegel, und da waren Bilder, die neben ihm im Raum standen und ihn anstarrten.

Er wirbelte herum und musterte die Steuerbordseite, die völlig leer aussah. Seine Kehle verkrampfte sich und erstickte jedes Wort. Er konnte nichts weiter tun als zuzusehen, wie sich Captain Picard vom Bildschirm abwandte und gleichfalls musterte, was vom nackten menschlichen Auge überhaupt nicht wahrgenommen werden konnte. Im Gegensatz zu allen anderen, die sich langsam von jener Brückenseite davongeschlichen hatten, bewegte sich Picard darauf zu, sein Gesicht eine Herausforderung von granitener Härte.

»Alle Kanäle auf. Übersetzer zuschalten.« Er wartete nur einen Augenblick, bis ihm ein Klicken verkündete, daß Tasha ihre Angst abgeschüttelt und dem Befehl Folge geleistet hatte. Er hob seine Stimme. »Ich bin Captain

Jean-Luc Picard der Vereinigten Föderation der Planeten. Sie sind ohne Einladung in mein Schiff eingedrungen. Was wollen Sie von uns?«

Keine Reaktion. Riker hielt seinen Blick auf die Gestalten auf dem Bildschirm gerichtet, obwohl sich seine Nakkenhaare langsam aufrichteten. Er wußte, daß sie direkt hinter ihm standen.

»Wir fordern Sie auf, mit uns in Verbindung zu treten«, sagte Picard energisch. »Teilen Sie uns unverzüglich Ihre Absichten mit.«

Riker beobachtete den Bildschirm, unfähig, auf das leere Deck zu sehen, und eine Gänsehaut überkam ihn. Zwei der Röntgenbilder bewegten sich auf Picard zu, einer von der Seite, der andere von hinten.

Riker stürzte auf ihn zu. »Captain!«

Er bekam den Arm des Captains zu fassen und zog ihn beiseite, ein Tanz von seltener Dringlichkeit, der Riker zwischen den Captain und die heranrückenden Geister brachte. In der nächsten Sekunde landete Worf neben ihm auf dem Kommandodeck, über ihnen hatte Yar bereits ihren Phaser gezogen. In einer rein menschlichen Geste riß Riker seinen Kopf herum, auf der Suche nach dem Unsichtbaren. Sein Magen zog sich zusammen, als er auf die Schläge unsichtbarer Hände wartete.

Dann...

»Sie sind weg...« LaForge sprach laut genug, um die anderen erst *wirklich* nervös zu machen.

Riker glaubte nicht daran. Seine Magengrube bewies ihm das Gegenteil.

Doch der Captain vertraute dem wellenlängensensitiven Bildschirm, der nun nichts weiter auf der Brücke zeigte als ihn selbst und seine Crew. Selbst er konnte jedoch einen verstohlenen Rundblick über das Deck nicht vermeiden.

»In Ordnung, Mr. Riker«, murmelte er dann. »Rühren!«

Dazu war freilich keiner in der Lage. Kein einziger.

Wesley Crusher kniff seine jungen Augen zusammen und flüsterte: »Hier spukt's.«

KAPITEL 4

»Spuk?« schnaubte Captain Picard. »Abergläubischer Unfug. Schluß damit, Fähnrich.«

Er ging in die Kommandozentrale, noch nicht ganz bereit, sich wieder hinzusetzen, gequält von dem Gedanken, die Wesen könnten immer noch um ihm herumwandern. Er warf Wesley Crusher einen unnachgiebigen Blick zu, der besagte, daß derzeit kein Bedarf an der Weisheit eines Teenagers bestand, der die Sache nur noch mehr vermasseln würde. Als ihm Wesleys Miene auffiel, der Ausdruck eines verprügelten Welpen, empfand Picard einmal mehr einen Stich ob seiner Entscheidung, Wesley zum Fähnrich ernannt zu haben, eine Entscheidung, die kein guter Vater getroffen hätte, eine Entscheidung aber auch, die er als Mann, der niemals Kinder gehabt hatte, getroffen hatte, ohne im mindesten über die Folgen nachzudenken. Er hätte es besser wissen müssen, immerhin stellte er als kommandierender Offizier so etwas wie den Vater seiner Besatzung dar. Wesleys Gesicht war das Gesicht eines Kindes; kein altgedienter Offizier hätte die Rüge derart persönlich aufgefaßt. Und nachdem er sie einmal ausgesprochen hatte, konnte Picard sie nicht mehr zurücknehmen.

Es gab so viele Dinge, die er nicht zurücknehmen konnte. Es war ein Fehler und ein Bärendienst gewesen, ihn so früh, ohne den geringsten Anlaß, auf die Brücke zu holen. *Weniger ein Bärendienst für die Brücke als für den Jungen.*

Picard sah auf den Hauptschirm und wandte sich von dem jungen Gesicht ab, das seinen Geist beschäftigte. Ja, Wesley auf die Brücke zu befördern, hatte für Verstimmung bei einigen anderen Starfleet-Offizieren gesorgt, die vielleicht nicht ganz so brillant sein mochten, den Posten aber zweifellos eher verdient hätten. Wesley Crusher war zu einem billigen Schmuckstück geworden — eine hübsche Ansammlung von Talent, aber nicht wirklich einsatzbereit. Alles, was er auf der Brücke tat, mußte überwacht werden, ganz gleich, ob er sich in seinem Schädel die Dinge manchmal schneller zusammenreimen konnte als alle Computer. So war es aber.

Und warum habe ich ihm das angetan? fragte sich Picard und ließ den vertrauten Gedanken einmal mehr durch seinen Geist wandern. *Fühle ich mich so verantwortlich für den Tod seines Vaters? Schulde ich Jack Crusher derart viel für den Fehler, der ihn umbrachte, daß ich bei seinem Sohn einen weiteren Fehler begehe? Bin ich so versessen darauf, die Dankbarkeit seiner Mutter zu erringen, daß ich seine Fähigkeiten als Schaukasten für meine guten Absichten verwende? Und wenn ich jetzt riskiere, dieses Zerrbild seiner selbst zu zerstören, indem ich seinen Rang als amtierender Fähnrich zurücknehme und ihn dahin zurückschicke, wo er hingehört... Ach, Picard,* tu t'es fait avoir.

Er seufzte und wandte sich an seine Kommandocrew. »Also gut. Fähnrich Crusher hält es für Geister. Immerhin ein Ausgangspunkt.«

Worfs klingonische Brauen zogen sich zusammen. »Aber, Sir, Geister sind Ammenmärchen!«

»Vielleicht, von einem metaphysischen Blickwinkel«, entgegnete Picard gleichmütig. »Aber damit können wir uns momentan nicht befassen. Wir werden von einem rein wissenschaftlichen Ansatz an das Phänomen herangehen. Verbannen Sie alle Gedanken an Gespenster, denken Sie statt dessen an andere Lebensformen und Geistwesen. Mr. Data, was können Sie mir darüber berichten?«

Völlig überrascht, daß man Fragen zu einem derart volkstümlichen Thema an ihn richtete, blinzelte Data nur einmal und wirkte plötzlich hilflos.

Riker sprang in die Bresche, und obwohl er es eigentlich besser hätte wissen sollen, konnte er sich doch nicht mehr rechtzeitig bremsen. »Man kann von einem Androiden kaum erwarten, daß er etwas über das Leben weiß, geschweige denn über das Übersinnliche.«

Die Augen des Captain trafen ihn wie Schwerter. »Ich rede hier von geisterhaften Erscheinungen, Riker, und Ihre Bemerkung paßt wohl nicht hierher, nicht wahr?«

Riker nickte gekränkt. »Jawohl, Sir. Ich schätze, nicht.«

»Ich habe Data eine Frage gestellt.«

Data mochte die Standpauke zu seinen Gunsten zwar zu würdigen wissen. Tatsache war jedoch, daß er bei einem solchen Thema tatsächlich ins Schwimmen kam. Für ein Wesen, das sein Wissen stets aus reinen Tatsachen schöpfte, waren derart mystische Konzepte purer Treibsand. Sich der Aufmerksamkeit aller wohl bewußt, warf Data Riker einen schnellen Blick zu, richtete sich dann auf und antwortete.

»Sir«, hob er an. »Nachdem die Lebensformen von Geordis Visor und den neujustierten Brückensensoren aufgenommen wurden, neige ich zu der Annahme, daß es sich bei ihnen nicht um Produkte irdischer Thaumaturgie handelt und sie durchaus nennenswerte stoffliche Substanz besitzen.«

Picards Mund kniff sich zusammen. »Wie bitte?«

»Sie sind echt.«

»Oh. Das hätten Sie auch gleich sagen können.«

»Tut mir leid, Sir.«

»Was Sie damit sagen wollen«, fuhr Picard fort, »ist, daß etwas Körperloses nicht gleichzeitig etwas Lebloses sein muß. Traditionelle Geister sind tot, diese Wesen aber nicht.«

Data hob den Kopf. »Schwer zu sagen, Sir. Das überschreitet die Grenze zur Semantik. Wir müßten zunächst definieren, was es bedeutet... am Leben zu sein.«

Das plötzliche Unbehagen des Androiden ob dieser Worte lenkte Picards Aufmerksamkeit einmal mehr auf dessen Augen, auf die jugendhafte Unschuld eines Wesens, das den ganzen Weg durch die Starfleet-Akademie zurückgelegt und ein Dutzend Jahre auf verschiedenen Starfleet-

Schiffen zugebracht hatte und irgendwie doch die Quintessenz des Unwissens geblieben war. Man mußte Data zugestehen, daß er am Leben war ... aber kein noch so umfangreiches Studium war in der Lage, jene unbezahlbaren Freuden und Leiden zu ersetzen, die aus zwischenmenschlichen Beziehungen resultierten.

»Haben wir schon eine Analyse der wissenschaftlichen Labors?« fragte Picard.

Data spielte mit der nächstgelegenen Computerkonsole und nahm die Informationen auf, die ihm das ausgefeilte Vergleichsanalyse-System des Computers zuspielte. »Es scheint sich um eine Art phasenverschobener Energie zu handeln, Sir.«

»Was heißt das?«

»Anscheinend existieren sie nur zeitweise. Mal sind sie hier, mal nicht. Sie leben nicht die ganze Zeit an einem Ort. Es handelt sich nicht um Energie, wie wir sie kennen, eher um eine Form von Proto-Energie. Manchmal zeigt sie einige der Eigenschaften gewöhnlicher Energie und Materie, manchmal wieder nicht. Unsere Wissenschaft scheint nicht mit diesem Phänomen vertraut zu sein.« Data sah auf. »Stabilität ist offenbar nicht ihre stärkste Seite.«

»Interessante Nicht-Analyse, Mr. Data. Sieht so aus, als ob sich der Computer lieber einen abbricht, bevor er zugibt, daß er keine Ahnung hat.«

»Augenblicklich kann ich ihm das nicht verübeln, Sir.«

Picard schoß ihm einen säuerlichen Blick zu, erlebte dann jedoch eine angenehme Ablenkung, als Troi auf ihn zukam. Sie hatte ihre Hände vor dem Körper verschränkt, ein Zeichen ihrer Bemühungen, ihre Selbstbeherrschung zu bewahren. »Sir ...«

»Reden Sie weiter, Counselor. Zu diesem Zeitpunkt erscheint mir nichts mehr zu weit hergeholt.«

»Wenn es wirklich ... Geister sind, ich meine, die geistigen Überreste verstorbener Lebewesen«, sagte sie, »kann man sie dann zerstören?«

»Zerstören.« Picard kostete das Wort. »Sie meinen, ob

man sie dann töten kann, nicht wahr? In der Lage zu sein, getötet zu werden, ist ein Merkmal alles Lebendigen.«

Angespornt durch seine barsche Antwort, zwang sich Troi dazu, ihre Ansichten energischer zu vertreten. »Und wenn man sie töten kann, bedeutet das dann, daß sie am Leben sind?«

»Keiner hat bislang von Strafaktionen geredet, Counselor«, erwiderte der Captain. »Aber diese Bilder der Zerstörung, die Sie empfangen haben«, fügte er hinzu. »Ich kann sie nicht so einfach ignorieren.«

Ihre Miene machte allen klar, daß sie keine Haarspalterei betreiben wollte. Die Frage war ihr sehr wichtig, eine echte Sache von Leben und Tod. »Ja, Sir, ich weiß. Aber ich möchte sehr darum bitten, daß meine Wahrnehmungen nicht falsch verstanden werden. Ich traue mir noch nicht zu, sie zu analysieren. Ich möchte nicht, daß Sie allein aufgrund meiner Worte an Strafaktionen gehen, bevor sie nicht völlig gerechtfertigt sind.«

»Wollen Sie damit sagen, daß Sie *tatsächlich* eine Gefahr für uns spüren?«

Frustriert neigte sie den Kopf und seufzte. »Ich bemühe mich, es nicht zu sagen, aber ich fürchte mich auch vor dem Gegenteil. Wenn Sie wissen, was ich meine...«

»Oh, ich verstehe. Diese Wesen existieren auf einer Ebene, die sich so sehr von der unseren unterscheidet, daß ihre bloße Anwesenheit eine Gefahr für uns darstellt. Solchen Dingen ist die Föderation bei ihrer Expansion schon des öfteren begegnet.«

»Ja, Sir, genau das will ich damit sagen«, entgegnete Troi besorgt. »Und selbst wenn sie eine Gefahr für uns darstellen sollten, haben sie es dann verdient, umgebracht zu werden, nur weil sie in unser Schiff eingedrungen sind?«

»Hmmmm«, murmelte Picard. »Ich frage mich, ob sie bei ihrer Diskussion über uns genauso großzügig sind.« Er wanderte um sie herum und studierte den Bodenbelag. »Ich werde daran denken. Aber wie auch immer: Ich werde es nicht zulassen, daß meine Besatzung dem Aberglauben verfällt. Wir werden die Antworten finden, und sie werden eine solide wissenschaftliche Grundlage haben.«

Troi reckte ihren Rücken. »Ja, Sir.«

»Ja, Sir«, bestätigte Data und wandte sich wieder an seine Konsole.

»Ich stimme zu, Sir«, sagte Riker. »Wer auch immer diese Wesen sein mögen, müssen wir davon ausgehen, daß sie intelligent sind und gewisse Absichten verfolgen, die es erst einmal zu erkennen gilt, bevor wir handeln können.«

»Genau«, murmelte Picard. »Und die Frage steht nach wie vor im Raum«, fügte er leise hinzu. Er überflog die Brücke, die inzwischen so unheimlich und ruhig geworden war wie ein Friedhof vor Sonnenaufgang. »Was wollen sie *hier*?«

Die Worte bildeten eine eisige Pfütze um die Füße der Crew. Picard wartete nicht, bis sie sich aufgewärmt hatte.

»Mr. Riker, bitte in meinen Bereitschaftsraum. Ich möchte kurz mit Ihnen sprechen.«

Riker zwang sich dazu, der davoneilenden Gestalt des Captains in das Privatquartier neben der Brücke zu folgen. Kaum hatte sich die Türe hinter ihm geschlossen, als der Captain ihn mit einem überlegenen Blick erstarren ließ.

»Sie haben meine Autorität untergraben, Mr. Riker.«

Riker ignorierte die Furcht, die nach wie vor auf der anderen Seite der Türe herrschte, und ließ die letzten Minuten noch einmal in seinem Geist Revue passieren. »Wirklich, Sir?«

Jenseits der Aussichtsluke umrahmten Sterne die kompakte Gestalt des Captains, der nun mehr denn je als Adeliger unter Bauern erschien. »Haben Sie.«

Riker neigte seinen Kopf. »Aber ich habe die Gestalten bemerkt, die auf Sie zukamen«, brachte er dann vor. »Ich wußte nicht, was sie vorhatten.«

»Wegen mir hätten Sie keinen olympiaverdächtigen Stabhochsprung hinzulegen brauchen«, sagte der Captain. »Eine einfache Warnung hätte genügt.«

Riker zog die Schultern hoch — nicht viel, gerade genug. »Es ist meine Aufgabe, Sie zu beschützen.«

»Ja, ich kenne die offizielle Geschichte. Wenn man so oft mit heiler Haut zurückgekommen ist wie ich, hat man es verdient, daß sich jemand um einen kümmert. Trotzdem möchte ich mich schon jetzt bedanken, wenn Sie mir in Zukunft die Würde gewähren, die mir zugedachten Schläge selber einzustecken. Wegtreten.«

»Geordi, guck mal hier. Geordi, guck mal da. Geordi, guck mal, woraus das gemacht ist. Geordi, guck durch die Wände wie Superman. Klar, kein Problem. Ich gucke. Ich hab' den Durchblick, also bin ich.«

»Immer mit der Ruhe!« murmelte Beverly Crusher, während sie den winzigen Filter des miniaturisierten Sensorausgleichs in LaForges Visor neu justierte. »Eigentlich sollte sich ein Medo-Ingenieur darum kümmern.«

»Nein danke«, brummte der junge Mann, blinzelte sie aus seinen grauen, blinden Augen an und versuchte dabei, sich vorzustellen, wie sie *wirklich* aussah.

»Und Sie hätten sich ausruhen sollen, nach dem, was auf der Brücke passiert ist«, riet sie ihm gleichmütig. »Sie können von Ihrem Körper nicht verlangen, daß er dieses Sensorsystem auf dieser Belastungsstufe hält, ohne sich zwischendurch einmal auszuruhen. Deshalb haben Sie auch diese Schmerzen, Geordi. Sie sind zu eigensinnig.«

Er nickte mit seinem kakaofarbenen Kopf in ihre ungefähre Richtung. »Die Schmerzen machen mir nichts aus. Ich kann nicht einfach meinen Posten verlassen. Aber irgendwie habe ich mehr Anerkennung von Leuten erwartet, die es bis auf die *Enterprise* geschafft haben. Ich habe einfach angenommen, daß jeder, der auf diesem Schiff Dienst tut, auf einem etwas neueren Stand ist als eine normale Schiffsbesatzung.« Er rieb sich mit den Händen über die zusammengekniffenen Augen, um den hämmernden Kopfschmerz zu erleichtern, und wartete darauf, daß das Arzneimittel Wirkung zeigte. »Riker hat von mir erwartet, daß ich es ihm einfach *beschreibe*. So einfach ist das nicht. Ich kann nicht so einfach einen schnellen Blick auf etwas werfen. Ich kann mir nicht so einfach Worte für die Sensorimpulse ausdenken, die aus meinem Gehirn eine Art Computerdolmetscher machen. Wußten Sie übrigens, daß ich auf kurze Distanz jedem Sensorabtaster überlegen bin? Er übersieht gewisse Dinge, schätzt andere falsch ein. Eine Maschine versteht die Dinge nicht so wie ich.«

»Weil sie nicht die Intuition besitzt, das Gesehene zu interpretieren«, klärte ihn Crusher milde auf. »Darauf sollten Sie stolz sein.«

»Bin ich auch«, beteuerte er. »Aber ich wußte genausowenig wie die anderen, was die Gestalten auf der Brücke wirklich waren, Mr. Riker eingeschlossen. Die Leute sehen mich an, aber sie sehen mich nicht wirklich. Sie sehen nur dieses *Ding*.« Er wies mit seiner Hand in ihre Richtung; die Geste umfaßte sie und das Gerät in ihrer Hand.

»Sie verstehen es nicht«, sagte die Ärztin, »und das können Sie auch nicht erwarten. Sie werden nie verstehen, wie anstrengend es für Sie ist, mit diesem Visor umzugehen.«

»Ich weiß!« Frustriert schlug er sich mit der Hand auf sein Knie. »Ich weiß ... aber manchmal ist es schwer, vernünftig zu sein, besonders, wenn jedermann auf der Geordi-was-siehst-du-Masche herumreitet. Sie wissen einfach nicht, wie schwer es war, die Informationen verstehen zu lernen, die mir jeder Quadratzentimeter vermittelt. Ich bin keine Maschine, wissen Sie, Doc? Mein Gehirn ist nicht für so was eingerichtet. Es ist nicht so, daß ich etwas ansehe, und ein Dutzend kleiner Etiketten taucht auf und sagt mir genau, woraus es gemacht ist. Ich mußte die Bedeutung jedes einzelnen Impulses lernen, jeder Schwingung, jedes Flackerns, jedes Filters, jeder Spektralebene ... die Menschen wissen einfach nicht, wieviel es mich kostet zu sagen: ›Ich weiß nicht, was es ist.‹«

Crusher unterbrach ihre Feineinstellungen und starrte ihn an, plötzlich bewegt von ihrer Fähigkeit, zu einer so einfachen Sache imstande zu sein. Weil er ohne seine Prothese blind war, entging ihm ihre Kunstpause. Im Augenblick konnte er überhaupt nichts sehen, und darüber war sie froh.

»Es ist nicht so einfach, wissen Sie«, fuhr er fort. »Es brauchte Jahre des Umlernens — schmerzhaften Umlernens —, bis mein Gehirn dazu in der Lage war. Menschliche Gehirne sind nicht für so etwas geschaffen. Und jedesmal, wenn ich gestehen muß: ›Das weiß ich nicht‹ oder ›So etwas habe ich noch nie zuvor gesehen‹, durchfährt es mich wie ein Blitzstrahl. Es bedeutet nichts anderes, als daß ich wirklich blind bin.«

»Oh, Geordi...«, murmelte Crusher.

»Manchmal«, sagte er, »gehe ich durch zwanzig oder dreißig Analyseschritte, und jeder einzelne davon beraubt mich eines kleinen Teils meiner selbst. Wenn ich etwas nicht erkenne, kann man das nicht mit einem Sehenden vergleichen, der sich einen Kasten ansieht und nicht in der Lage ist, das Innere zu erkennen. Es ist mehr, wie wenn man seinen Atem anhält, tiefer und tiefer nach unten taucht... und auch wenn man den Grund nicht erreicht, muß man doch wieder an die Oberfläche zurück, bevor die Lungen explodieren... ach, ich kann es nicht erklären. Ich kann es Ihnen nicht *begreiflich* machen.«

In seiner Blindheit streckte er die Hand aus und fand das Visor, das sie in der Hand hielt — es war reiner Instinkt, der Instinkt eines Blinden, der ihm genau sagte, wo seine Hände waren. Mit seinen künstlichen Augen in der Hand glitt er vom Tisch und schaffte es irgendwie, zur Tür zu finden. Als sie für ihn aufglitt, trat er fehlerlos hindurch, sich an den Geräuschen und dem schwachen Luftzug aus dem Korridor orientierend, als wollte er ihr beweisen, daß er auch ohne die Bürde seiner hochtechnischen Krücke ein ganzer Mann war.

»Geordi«, rief ihm Crusher nach, doch sie tat es nur mit halbem Herzen, weil sie keine Worte hatte, die ihm helfen konnten. Sie zuckte zusammen, als Riker wie aus dem

Nichts auftauchte und Geordi mit ihm zusammenstieß. Andernfalls wäre es ein perfekter Abgang gewesen...

»Lieutenant...«, setzte Riker zu einer Begrüßung an, gaffte ihm dann aber nur mit offenem Mund hinterher, als LaForge ohne die geringste Entschuldigung an ihm vorbeistürmte. Nachdem Geordi um die Biegung des Korridors verschwunden war, wies Riker mit dem Daumen in seine Richtung. »Was ist dem denn über die Leber gelaufen?«

»Sie.« Crusher verschränkte ihre Arme und seufzte.

»*Ich*? Wie komme ich denn dazu?«

»Komisch, daß Sie mich das fragen.« Sie packte ihn beim Arm und zog ihn in die Krankenstation, pflanzte ihn in den nächstgelegenen Sessel und nahm ihre Vortragshaltung ein – jene, die vor allem Eltern so gut beherrschten. Den schlanken Knöchel gegen einen Untersuchungstisch gelegt, näherte sie sich dem Thema mit geübter Strenge. »Er macht sich Sorgen wegen der kleinen Episode auf der Brücke.«

»Er hat Ihnen davon erzählt... also gut, ich beiße an. Warum macht er sich deshalb Sorgen?«

Die hübschen Art-Deco-Gesichtszüge Beverly Crushers verzogen sich. »Sind Sie sicher, daß Sie das wissen wollen?«

Frustriert breitete Riker die Hände aus. »Seit wann komme ich jedermann so reserviert vor? Ich will es wirklich wissen.«

»Deshalb sind Sie aber nicht zu mir gekommen.«

»Nein«, gab er zu. »Ich bin gekommen, weil ich wußte, daß LaForge hier war. Ich wollte eine Analyse der physikalischen Zusammensetzung dieser Lebensformen. Ich dachte mir, daß er der beste Mann für so was ist.«

»Ich glaube, Sie sollten die Aufgabe lieber Data überlassen.«

»Warum? Plötzlich funktioniert jedermann nur noch mit halber Kraft. Geordi LaForge ist doch der Experte für Spektroskopie.«

»Aus Sachzwang«, gab sie zurück. »Nicht aus freier Wahl.«

Riker sah sie an, sah sie einfach nur an. Dann schüttelte er den Kopf. »Sie sind sauer auf mich. Haben Sie sich mit dem Captain verschworen?«

Plötzlich spannte sich ein gemeinsamer Faden um sie, und Crushers Lippen verzogen sich zu einem verständnisvollen Grinsen. »Ach... verstehe. Nein, ich bin nicht sauer auf Sie. Aber lassen Sie mich Ihnen einen Rat geben.«

»Bitte!«

»Hören Sie auf Lieutenant LaForge. Hören Sie ihm einfach nur zu.«

»Aber das tue ich doch.«

»Nein, tun Sie nicht. Sie hören auf das, was er zu sagen hat, aber Sie wissen es nicht zu würdigen. Sie glauben, daß er ganz normal sieht.«

Riker sah ihr in die tiefliegenden Augen und versuchte, die Bedeutung ihrer Worte zu verstehen, gab jedoch nach einigen Sekunden auf. »Ich weiß nicht, was Sie meinen.«

Sie legte ihre langen Hände in den Schoß. »Mein Gott, Will. Glauben Sie, er setzt einfach nur dieses Ding auf und kann wieder sehen? Gut, das ist ungerecht... ich erklär's Ihnen. Sicher, nach außen hin wirkt das so. Ich habe eben versucht, ihm das zu erklären, aber aus seiner Warte – na ja, es gibt lediglich vier Blinde, die erfolgreich mit einer optischen Prothese ausgestattet wurden, und Geordi LaForge ist einer davon. Ich meine, vier Menschen, die es gelernt haben, damit umzugehen. Vier. Mehr gibt es in der ganzen Föderation nicht.«

»Wirklich?« murmelte Riker in Gedanken versunken. »Reden Sie weiter.«

Crusher holte tief Luft und suchte nach Worten, um etwas zu erklären, das sie selber nie erlebt hatte. »Wenn er einen Apfel ansieht, muß er zwanzig bis zweihundert verschiedene Sensorimpulse interpretieren, nur um eine Vorstellung von Form, Farbe und Temperatur zu bekommen. Danach muß er das Visor neu kalibrieren, um die molekulare Zusammensetzung, die Dichte und alles andere herauszufinden. Glauben Sie mir – es ist unvorstellbar. Und genau das strengt Geordi so sehr an. Wir reden hier von mehr als tausend Impulsen, nur um einen Apfel zu erkennen. Wußten Sie, daß er sehr bald unter Erschöpfungszuständen leiden würde, wenn er das Gerät nicht mehrmals am Tag abnimmt?«

»Nein, das wußte ich nicht. Aber er nimmt es doch nie ab.«

»Er weigert sich, seiner Behinderung nachzugeben. Und eben diese Hingabe zehrt ihn auf und beschert ihm beträchtliche Schmerzen.«

Riker packte die Lehne des Sessels und drückte das Kissen zusammen. »Schmerzen? Wollen Sie mir damit sagen, daß ihm dieses Ding wehtut?«

»Er zeigt es nie.«

»Ich hatte keine Ahnung...«

Dr. Crusher rutschte vom Tisch. »Das ist die Art von Besatzungsmitglied, die Sie haben, Mr. Riker. Jetzt wissen Sie's.«

Der Erste Offizier ließ sich tiefer in den Sessel sacken und kniff die blauen Augen ein wenig zusammen, als er versuchte, sich etwas vorzustellen, zu dessen Vergegenwärtigung sein eigenes Gehirn einfach nicht geschaffen war. Doch er verstand den Schmerz, und er verstand, wie es war, ihm zu widerstehen. Und wie hartnäckig dieser Schmerz trotz allem wiederkehren konnte. Plötzlich wurde ihm klar, wie wenig Zeit er mit diesen speziellen Menschen verbracht hatte. Spezielle Begabungen, ja, aber auch spezielle Behinderungen. Data und sein mechanisches Ich. Yar mit ihrem explosiven Temperament und ihrer Überfürsorglichkeit. Das ständige Tauziehen zwischen ihm und dem Captain. Die unklare Trennung der Machtbefugnisse auf einem Raumschiff, das etliche Zivilisten unter seiner Besatzung hatte. Troi und was sie an allen Fronten durchmachen mußte. Und nun auch noch Geordi LaForge – blind und doch nicht blind, ein Mann, der entweder alles oder nichts sah, ohne daß es dazwischen noch etwas anderes gab.

Es war schwer, eine Belastung sogar. Seit dem ersten Tag hatte es Probleme gegeben – Probleme, wegen derer sie die ach so wichtigen Momente beiseite schieben mußten, in denen sich Menschen erst wirklich kennenlernten. Sie hatten soviel gemeinsam durchgemacht, und doch waren sie sich fremd. Was wußte er schon von Geordi? Was dachte Geordi über andere Dinge außer seinem Sehvermögen und der Steuerkonsole? Was war Yars Lieblingsbeschäftigung, abgesehen von der Vervollkommnung ihres kämpferischen Geschicks? Eine derart junge und vitale Frau mußte zweifellos noch anderen Vergnügungen nachgehen. Welche Musik gefiel ihr? Drückten ihre Schuhe manchmal? Und fraglos hatte Wesley mehr zu bieten als die typische Unverletzlichkeit des Sechzehnjährigen. Und Worf – war er einsam? So einsam, wie Troi von Zeit zu Zeit erschien? Was hielt ihn bei Starfleet, wenn er ohne weiteres zu seinem Klinzhai-Stamm zurückkehren und als einer der ihren aufgenommen werden konnte? Es lag nicht in der klingonischen Natur, das eigene Blut zurückzuweisen, egal, welche Umstände zur Trennung geführt hatten. Warum kehrte er nicht einfach zurück?

Irgendwie war jeder für die anderen nicht mehr geworden als ein Name, verbunden mit einer speziellen Eigenheit. Data war der Androide, Geordi war sein Visor, Worf war der Klingone, Crusher war die Ärztin, Wesley war der Junge, Troi die Empathin, Picard der Marquis...

Ich schätze, das macht mich zu seinem Knappen. Oder zum gemeinen Volk, dachte Riker. Er kümmerte sich nicht darum, ob und wie sich diese Gedanken in seiner Miene zeigten. Crusher sah ihm schweigend zu. *Ich kenne sie nicht. Ich kenne keinen von ihnen, und trotzdem haben wir die ganze Zeit unser Leben und unsere Gesundheit dem anderen anvertraut. Und Captain Picard... ihn kenne ich von allen am wenigsten. Andererseits habe ich ihm auch nicht viel von Will Riker gezeigt, oder?*

»Verdammt«, flüsterte er.

Crusher zog ihre Lippen zusammen und bemühte sich,

ein verständnisvolles Nicken zu vermeiden. Sie hatte die Veränderungen in seinem Gesicht bemerkt. Insbesondere war ihr aufgefallen, daß er auf einmal damit anfing, geistesabwesend an einem Nagel zu zupfen und schuldig dreinzusehen.

»Was?« spornte sie ihn an, sorgsam auf ihren Tonfall bedacht.

»Nichts.« Abrupt stand er auf und beging damit genau jenes Verbrechen, für das er sich geistig bereits aufgehängt hatte. Noch während er sich zur Tür herumdrehte, fiel ihm freilich auf, was er da tat. Er blieb stehen, balancierte auf einem Bein, wandte ihr seine Schulter zu und spielte bereits mit dem Gedanken, sich umzudrehen. »Wir ... wir zeigen einfach nicht ...«

»Commander Riker, sofort auf die Brücke. Alarmstufe Gelb, alle Mann, Alarmstufe Gelb. Commander Riker, melden Sie sich auf der Brücke ...«

»Etwas am Rand der Sensorreichweite, Sir.«

Tasha Yars Stimme gewann plötzlich an Härte und Festigkeit, als sie sich bemühte, das Alarmsignal zu übertönen.

Picard stand entschlossen im Zentrum der Brücke und starrte auf den Hauptschirm, sich der Gegenwart von Counselor Troi neben sich nur zu bewußt. »Abtastung.«

»Abtastung läuft.«

»Seien Sie auf dem Posten, das gilt für alle. Und wo zum Teufel steckt ...«

»Riker meldet sich wie befohlen, Sir. Entschuldigen Sie die Verzögerung.«

Picard drehte sich zum Turbolift um. »Ich wünsche, daß Sie mir die nächsten vierundzwanzig Stunden voll und ganz zur Verfügung stehen, Nummer Eins. Wir wissen nicht, worauf wir hier gestoßen sind, und ich schätze Rätsel nicht besonders. Bevor wir nicht entdeckt haben, womit wir ...«

»Stets zu Diensten, Sir. Kein Problem.« Mit einem klatschenden Geräusch landete Riker auf seinem Platz zwischen dem Captain und Troi. Einen Augenblick lang hatte Troi seinen Blick aufgefangen, und beide mußten sehr hart daran arbeiten, jene gegenseitigen Beruhigungen zu vermeiden, die zu diesem Zeitpunkt wirklich fehl am Platze waren. Er zwang sich dazu, von ihr wegzusehen, und beobachtete Yar, wie sie wütender als gewöhnlich an der taktischen Station arbeitete. »Informieren Sie mich, Lieutenant.«

Ihre blassen Brauen furchten sich. »Wir haben eine Abtastung am Rand der Sensorreichweite, Mr. Riker, aber ich kann kein festes Ziel erfassen – Moment – das... das kann nicht sein. Ich erhalte keine Echos. Nein, das kann nicht sein.«

Picard wirbelte herum. »Überhaupt nichts? Gar keine Reaktion auf die Abtastung?«

»Nein, Sir«, beschwerte sich Yar. »Nicht einmal eine Anzeige von Raummüll oder sonstiger Körper...« Sie unterbrach sich und schlug auf die Konsole, als sei sie ein kleines Kind, das verlorengegangen war. Dann richtete sie sich entschlossen auf, sich der Bedeutung ihrer Instrumentenanzeigen absolut gewiß. »Sir, soweit ich feststellen kann, absorbiert das Ziel alle Sensorimpulse.«

Picards Gesicht nahm einen Ausdruck arroganten Unglaubens an. »Das ist das Merkwürdigste, das ich je gehört habe. Holen Sie sofort die Bestätigung der Raumlabors ein.«

»Sind bereits zugeschaltet, Sir.« Ihre Augen blitzten auf. »Gleiches Resultat.«

Er wirbelte herum und schlug sich mit der Faust auf den Schenkel. »Verdammt.« Mit herrischen Schritten ging er auf das Sternenfeld vor ihnen zu und kniff die Augen zu Schlitzen zusammen. »Laden Sie die Sensoren auf.«

Yar sah erneut auf. »Wie bitte?«

»Genau. Schicken Sie einen hochenergetischen Sensorpuls über die nominellen Geräte.«

Kraftlos lag Yars Hand auf der Konsole, und sie warf

Riker einen hilflosen Blick zu. Ihr Mund formte die stumme Frage: *Aufladen?*

Riker fühlte die Last auf seinen Schultern. Mindestens zehn Zentimeter kleiner als zuvor, wandte er sich an Picard. »Sir, könnten Sie uns diese Prozedur noch mal erklären?«

Zu jedermanns Überraschung — und Erleichterung — sah Picard nur kurz zu ihm hinüber. »Natürlich.« Er trat an die Operator-Station, wo Data die Ergebnisse stumm und aufmerksam verfolgt hatte, legte eine Hand auf die kleine taktische Zugriffskonsole und tippte sorgfältig auf einige Kontrollen. »Es ist mehr oder weniger inoffiziell. Starfleets Ingenieure lehnen die Taktik normalerweise ab, weil sie zu radikal ist. Wenn man sie zu oft verwendet, können etliche Schaltkreise ausbrennen. Wir müssen die Computersensoren zuschalten, den Ausstoß auf einen hochenergetischen Strahl enger Bandbreite fokussieren, eine Blitzabtastung programmieren, damit die Energie unter Kontrolle bleibt, und dem Computer anschließend mitteilen, daß er nach eigenem Ermessen feuern kann. Bitte, da haben Sie's.«

Elegant zog er seine Hand von den Instrumenten zurück. Überrascht nahmen die anderen zur Kenntnis, daß der Captain durchaus seine spitzbübischen Seiten besaß. Tatsächlich flutete binnen weniger Sekunden ein Energiepuls durch die Sensorsysteme der Brücke hinaus in den Raum, wo er mit der ungehinderten Geschwindigkeit reiner Energie die gewaltigen Entfernungen zum Ziel zurücklegte.

»Sir!« Yar zuckte an ihrer Station zusammen. »Wir empfangen tatsächlich etwas. Mein Gott! Es kommt direkt aus dem interstellaren Raum auf uns zu — es hat uns angepeilt. Ankunft in achtundsiebzig Sekunden.«

»Hauptschirm ein«, bellte der Captain.

»Sir«, mahnte LaForge mit bemerkenswert ruhiger Stimme, »für eine Bildübertragung bei diesen Werten müssen wir die Sensoren zwölf Punkte ins Gammastrahlenspektrum umstellen.«

»Machen Sie schon, Lieutenant!« brüllte Picard.

Der junge Blinde schnitt eine Grimasse hinter seinem Visor, tastete den Code ein, hieb mit einem Fingernagel auf den Einschaltknopf und hielt dann seinen Atem an, als die Schiffsysteme unter der Belastung aufheulten. Doch die Anzeigen kamen herein.

»Sensoren auf Maximalleistung — sie ziehen immer mehr Saft ab, Sir«, meldete LaForge über das Kreischen der Energie hinweg. »Bildübertragung beinahe stabil — da!«

Das Sternenfeld vor ihnen verschwamm, knisterte und formte sich zu einem neuen Muster — und plötzlich zeigten die Brückenwände ein riesenhaftes, glasartiges Fehlfarbenbild, das durch die Tiefen des Weltraums wellenförmig, sich in einem fort verändernd, auf sie zuraste. Die Farben glichen einem Polarlicht, chaotisch, blendend in ihrem Glanz, von unverkennbar elektrischer Herkunft.

Geordi schirmte noch im selben Moment sein Visor mit den Händen ab. »Mein Gott ...«

Das Feuerwerk raste über ihre Gesichter und weckte ihre tiefsten Ängste. Es war ein völlig fremdartiges Objekt und weckte Panik in ihren Herzen — es sah aus wie Feuer, wie Elektrizität. Wie das Gesicht der Hölle selbst.

Hinter Riker und dem Captain erwachte plötzlich Troi zum Leben. Das Gewitter auf dem Hauptschirm leuchtete auf ihrer Haut und in ihren Augen, verstärkte das Entsetzen in ihrem Gesicht.

»Bleiben Sie weg davon! Kommen Sie ihm nicht zu nahe!«

Wie aus dem Boden gezaubert, stand Picard auf einmal neben ihr. »Counselor?«

Ihre schmalen Arme umschlossen seinen Arm wie Klauen. »Captain! Weichen Sie ihm aus!«

»Ich kann nicht einfach ...«

»Weichen Sie *aus*!« wiederholte sie. »Captain, was soll ich eigentlich auf diesem Schiff, wenn Sie nicht auf meine Ratschläge hören? Wenn ich mich irre, lege ich mein Amt nieder! Wenn ich sonst schon nichts in meinem Leben getan habe, so doch wenigstens das! Captain, bitte!«

Die purpurfarbenen Lichtadern zwischen ihnen formten sich zu häßlichen Mustern, als ob sie Trois Worte und die Überzeugung in ihren Augen in Grund und Boden stampfen wollten.

Der Captain hielt sie an den Armen fest und bedachte sie mit einem bohrenden Blick, der alles andere wollte, als ihre Aufrichtigkeit in Frage zu stellen. Auf einmal holte er tief Luft, und seine Stimme dröhnte über die Brücke: »Schilde ausfahren! Alarmstufe Rot!«

»Alarmstufe Rot«, wiederholte Riker und gab den Befehl an Tasha weiter. »Geschwindigkeit und geschätzte Ankunftszeit?«

»Jetzt auf Warp 6! Geschätzte Ankunftszeit einundsechzig Sekunden!« Die prismatischen Lichter auf ihrem Bildschirm ließen sie zusammenfahren. Ihr blondes Haar funkelte orange, dann violett, dann blau, dann in einem grausamen Weiß. Ihre Arme bewegten sich durch das Feuerwerk, und die Alarmsirenen heulten auf. Überall im Schiff blitzten weitere, diesmal jedoch von Menschenhand geschaffene Lichter auf, während um den breiten Rumpf und die Triebwerksgondeln herum die Hochenergie-Deflektoren zum Leben erwachten.

Picard schob Deanna Troi beiseite, auf die drei Sessel zu, von denen aus sie zu besseren Zeiten das Kommando führten, und bahnte sich einen Weg durch den Lichterglanz.

»Lieutenant Yar, setzen Sie ihm einen Phaserschuß vor den Bug. Sorgen Sie dafür, daß keinerlei Zweifel an unseren Absichten bestehen. Warnen Sie dieses Ding!«

Hinter sich hörte er Troi flüstern: »Waffen... nein!«

Doch es war zu spät.

Ohne den Befehl zu bestätigen, spielte Yar auf ihren Kontrollen, und vor ihnen stachen die Langstreckenphaser in den Weltraum, dünn wie Nadeln, die Energie zu derart schmalen Fäden gebündelt, daß sie selbst auf diese Entfernung wie feste Klingen wirken würden.

»Captain, es beschleunigt!« schrie sie dann. »Es hat enorm an Geschwindigkeit zugelegt – jetzt auf Warp Zehn... Warp Zwölf! Warp Vierzehn-Komma-Neun!«

»LaForge!«

LaForge wischte mit seinen Handflächen über die Kontrollen und warf das Raumschiff in den Notwarp. Die Geschwindigkeitsveränderung geschah so abrupt, daß selbst die hochgezüchteten Starfleet-Geräte den Effekt auf die Magengrube nicht ausgleichen konnten.

Das Raumschiff schwenkte herum und beschleunigte plötzlich auf Warp Fünf, doch Warp Fünfzehn war nicht in seinem Vokabular. Bevor das Schiff mehr als ein Lichtjahr zurückgelegt hatte, fiel das Wesen über es her.

Elmsfeuer hüllten die Brücke ein, als die neue *Enterprise* den Testflug des Jahrtausends durchmachte. Eine Milliarde winziger Feuerwerkskörper detonierten in den Schilden. Elektrokinetische Stöße verbreiteten sich fächerförmig durch das Schiff, durch den Körper jedes einzelnen, durch jeden Knochen, jeden Nerv, jeden Schaltkreis, jeden Leitungstunnel, jedes Körperhaar, durch jeden einzelnen Millimeter, ob er nun mechanischer oder biologischer Natur war.

Troi hörte sich kurz aufschreien, als sie unter dem Angriff eines Feindes zusammenbrach, den sie irgendwie wiedererkannte. Um sie herum entweihten gezackte Blitze die Brücke mit häßlich blauen Fingern und hinterließen einen Funkenregen, wo immer sie auch auftraten. Sie sah ihre Kameraden stürzen, sich winden, kämpfen. Sie hörte das Heulen des Schiffes, das sich heldenhaft dem Kampf gegen den energetischen Sturm stellte, und wußte auf einmal, daß die *Enterprise* den Angriff abwehren würde – genau wie ihre Besatzung.

Die Last von tausend Geistern schmetterte auf sie hernieder, und sie vergaß das Schiff, vergaß alles andere außer dem Schmerz. Sie schrien sie an, das schrille Gekreisch der Untoten und Gespenster, Friedhofsklänge von Wesen, über die nachzudenken Picard ihr verboten hatte.

Sie kämpfte gegen die scharfen, schneidenden Akkorde an und versuchte, sich an diesem Befehl festzuklammern. Ihre Finger leuchteten in elektrischem Blau, als sie vor ihr durch die Luft fuhren, die Augen aufgerissen und erstarrt, wie sehr sie auch versuchte, sie wieder zu schließen.

Das Gekreisch war überall, und als es schließlich ihr Gehirn entdeckte und mit ihm alle Teile ihres Körpers, die auf ihr telepathisches Selbst reagierten, ließ es ihre Muskeln einen nach dem anderen versagen. Sie sank auf das Deck, noch immer starrend, noch immer eingehüllt von blauen Blitzen.

Riker sah sie stürzen und versuchte noch, sie aufzufangen, doch auch er fiel dem Angriff zum Opfer. Ebensogut hätte man das Schiff auf einem Blitzableiter aufspießen können. Feurigblaue Adern näherten sich jeder einzelnen Konsole; unter ihnen schüttelte sich das Deck unter der aufprallenden Energie. Mehrere Sekunden verstrichen, und das Phänomen verließ Troi, ließ sie achtlos auf dem Deck liegen, während es die Brücke weiterhin nach dem absuchte, was es begehrte und doch nicht finden konnte.

Riker wollte sich gerade um Troi kümmern, als sich der Sessel neben ihm abrupt bewegte. Data wurde emporgerissen, über die Konsole der Operator-Station geschleudert und von elektrischen Peitschenhieben mißhandelt. Das Schiff schüttelte sich ein letztes Mal, bevor der silberne Blitz seinen Generalangriff auf die Brücke einstellte, zu einem hellen Punkt zusammenlief und sich auf Data konzentrierte, ihn und die Operator-Konsole einhüllte und dort weiter vor sich hin knisterte.

»Data!« LaForge stürzte sich auf den Androiden, nur um von Rikers Schulter zur Seite gestoßen zu werden.

»Fassen Sie ihn nicht an!«

KAPITEL 5

»Niemand rührt ihn an!« rief Riker über das Geknister.

LaForge drängte sich am Ersten Offizier vorbei. »Es bringt ihn um!«

Riker mußte sich herumwinden und seinen Arm packen, um ihn davon abzuhalten. Der Steuermann wollte sich weiter seinen Weg zu Data bahnen, die Hände in Rikers Arm gekrallt, doch Riker weigerte sich, ihn vorbeizulassen.

Data lag zitternd über der Operator-Konsole, umrahmt von Lichtfäden, und wie von einer unsichtbaren Hand gelenkt, öffnete sich auf einmal sein Mund. »Schiff... Kon... takt... Kon... Tod...«

»Steht er mit ihm in Verbindung?« rief Picard über den gräßlichen elektrostatischen Krach. »Data! Stehen Sie mit ihm in Verbindung? Stehen Sie in Verbindung? Data!«

Das Schiff beruhigte sich langsam, als das Phänomen es freigab und nur das Zischen und Knacken überbeanspruchter Geräte zurückblieb. Data war der letzte, der erlöst wurde. Offenbar hatten die schillernden Farben genug von ihm: Sie fielen von ihm ab, krochen in die Operator-Konsole und ließen lediglich ein verwirrtes Flackern auf den Anzeigen zurück. Data rutschte die Konsole hinab und plumpste auf den Boden, schaffte es aber noch, sich mit einer Hand an der Konsolenkante festzuhalten und auf seinen Knien zu landen. In seinem Gesicht zeigte sich eine sehr menschliche Panik, und er zitterte.

Geordi schob sich an Riker vorbei, kniete sich neben Data und bot ihm seinen Arm als Stütze an. Riker ließ ihn gewähren, ging an ihm vorbei zu Trois schlaffem Körper, hob ihn mit einer Hand an und tippte mit der anderen auf seinen Kommunikator: »Krankenstation, Notfall!«

»Alle Systeme abschalten!« befahl der Captain im selben Augenblick. »Nur Passiv-Sensoren einsetzen. *Keinerlei* Abtastung mit aktiven Sensoren!«

»Aye, Sir, Passiv-Sensoren«, bestätigte Yar mit brüchiger Stimme. In ihren mageren, einer Porzellanpuppe ähnelnden Gesichtszügen arbeitete es, als sie sich um ihre Beherrschung bemühte.

»Wo ist es?« wollte Picard wissen.

»Es hat sich zurückgezogen, Sir«, donnerte Worf. »Es schwebt in etwa zwei Lichtjahren Entfernung. Im Augenblick tut es gar nichts, es wandert nur in einer Art Muster durch den Raum.«

»Es bewegt sich?«

»Ja, Sir. Willkürliche Drehungen und Geradeaus-Flüge in einem würfelförmigen Muster. Ich glaube, es sucht nach uns, Captain.«

»Schiffsstatus?« Picard überflog die Brücke und bemerkte die elektrischen Zuckungen und Vibrationen, die sich hier und da noch zeigten.

»Schilde um neunundsiebzig Prozent reduziert«, berichtete Worf aufgebracht. »Systemausfälle im ganzen Schiff. Warp-Antrieb ausgefallen, Funkverbindung ausgefallen, Sensoren instabil. Am schwersten hat es die Schilde getroffen; ihre Aufladung wird die meiste Zeit in Anspruch nehmen.«

»Zustand der Unterkunftssektion?«

»Intakt, Sir. Es hat sie etwas durchgeschüttelt, aber nicht so schlimm wie die Brücke und die Triebwerkssektion. Scheint, als ob es sich auf die Bereiche des Schiffes mit der höchsten Energiedichte konzentriert hat.«

»Was war das?«

Worf schürzte die Lippen zu einer Art klingonischem Achselzucken und sah hinüber zu Tasha.

Sie wurde nervös. »Offenbar ein Bombardement aus reiner Antimaterie.« Sie warf einen nervösen Blick auf Geordi und Data, die nach wie vor auf dem Boden kauerten. »Der Maschinenraum meldet, daß das Wesen die

Energie aus unseren Schilden und ungefähr der Hälfte aller Bordsysteme abgezogen hat, die meisten davon in den Außensektoren. Der Computerkern ist noch intakt, aber ich glaube nicht, daß wir einem weiteren Angriff dieser Größenordnung standhalten können.«

»Bei siebenundneunzig Prozent Energieverlust im Deflektor? Das glaube ich auch nicht.«

Nun sah auch Riker, der immer noch neben Troi kniete und sie stützte, auf. »Ich habe noch nie eine derartige Beschleunigung erlebt. Was ist passiert? Warum hat es sich zurückgezogen?«

»Das weiß momentan nur das Wesen selbst«, entgegnete Picard gelassen.

Er bückte sich und half Riker, Troi in ihren Sessel zu heben. Ihre Augen glichen der Sichel des Mondes, und sie zitterte noch stärker als Data. Als zwei Sanitäter aus dem Turbolift stürzten, schickte Picard sie zu Troi und trat zur Seite, als sie sie in aller Eile untersuchten.

»Es tut mir leid... es tut mir so leid...«, stammelte sie.

»Kann mir nicht vorstellen, was«, sagte Picard sanft. »Ohne Ihre Warnung hätten wir keine Schilde ausgefahren. Mich schaudert, wenn ich daran denke, was in diesem Fall passiert wäre. Ich wünsche, daß Sie sich in der Krankenstation untersuchen lassen. Nein, kein Widerspruch, Counselor.«

Riker richtete sich auf. »Die Antimaterie hätte das Schiff zerfetzt.«

»Aber die Waffen«, quetschte Troi mit erstickter Stimme hervor. »Ich hätte Sie warnen sollen... Ich habe nicht daran gedacht...«

»An was?« forderte Picard sie auf. »Wovon reden Sie?«

»Ich wußte... ich wußte, daß die Waffen... Captain, es tut mir so leid...«

»Sie wußten, daß die Waffen das Ding auf uns aufmerksam machen würden? Ist es das, was Sie sagen wollen?«

Ihre Arme und Beine zitterten, und sie mußte sich sichtlich anstrengen, aufrecht im Sessel sitzen zu bleiben. Dennoch brachte sie ein deutliches Nicken zustande.

»Bringt sie in die Krankenstation!« Picard drängte es danach, sie wieder einsatzbereit zu sehen. »Das Thema ist noch nicht abgeschlossen.«

»Jawohl, Sir«, murmelte sie und ließ sich von den beiden Sanitätern von der Brücke führen. Sie wußte, daß Riker sie beobachtete, wußte, daß er sie gerne begleiten würde, doch da war so viel, das ihr momentan durch den Kopf ging — so viel...

»Captain«, warf Geordi ein und genoß den Augenblick. »Meiner spektrographischen Analyse zufolge besaß es im wesentlichen dieselbe visuelle Form wie die Wesen, die wir über unsere Brücken gehen sahen.«

Picard schenkte ihm einen finsteren Blick. »Wollen Sie damit sagen, es sei ein riesiges Gespenst?«

»Sir?« Yar sah von ihren Anzeigen auf.

»Was gibt's?«

»Ich erhalte gerade die Analyse des Maschinenraums. Das Wesen ist gespickt mit Antimaterie, aber es besteht nicht nur daraus. Als es das Schiff einhüllte, kam es zu einer Million winziger Explosionen, wo immer die Antimaterie auf die Schilde traf. Wenn es durchgebrochen wäre, dann...«

»Fahren Sie alle Systeme bis auf weiteres herunter. Stabilisieren unter diesen Voraussetzungen.« Picard ballte die Fäuste, ging hinüber zur Operator-Station und bückte sich ein wenig, um die Aufmerksamkeit des Bodenteams zu erregen. »Data? Funktionieren Sie noch?«

Der Androide wirkte eher wie ein eingeschüchtertes Kind, wie er so zitternd dasaß und sich an Geordi festhielt. Er sammelte sein letztes Quentchen Energie, das er aufbringen konnte, und sah zu Picard auf. »Ich f-funktioniere... Sir...«

»Hatten Sie Verbindung mit dem Wesen da draußen?«

»Mit etwas... Sir... es muß wohl so gewesen sein...«

»Irgend etwas zu berichten?«

»Nichts Genaues, Sir. Die Verbindung ergab keinen... Sinn.«

»Dann stehen Sie mal wieder auf. Sind Sie dazu in der Lage?«

»Captain?« Lieutenant Yar schien es ganz und gar nicht zu gefallen, ihn aufs neue unterbrechen zu müssen, und noch dazu mit schlechten Nachrichten; doch sie wappnete sich und preßte sich gegen die taktische Station. »Der Energieausstoß des Wesens hat seit dem Angriff um einunddreißig Prozent zugenommen.«

Riker schüttelte den Kopf. »Na toll. Das ist unsere Energie.«

Von unten fühlte sich Geordi zu einem Kommentar befleißigt. »Und wir sitzen hier herum wie ein Frosch auf einem Lilienblatt, während Willi Wesenlos da draußen drei Viertel unserer Energie aufsaugt.«

Mit dem Bewußtsein von Geordis Anwesenheit kehrte auch ein Gefühl der Verpflichtung zu Riker zurück. »Ich wette, ein Raumschiff gilt als besonders würzig. Ich frage mich, wie lang es dauert, bis es wieder Hunger hat.«

»Sehr farbig ausgedrückt, Nummer Eins, aber nicht sehr hilfreich«, meinte Picard trocken, während er Data auf die Beine half. Er hielt den einen Arm fest, Geordi übernahm den anderen, bis der Androide sein Gleichgewicht wiedergefunden hatte.

»Nein, Sir«, gab Riker zu. »Aber wenn es sich vornehmlich auf Energieträger konzentriert, sollten wir uns vor ihm verstecken können.«

Picard wirkte beeindruckt. »Genau mein Gedanke.«

»Sir?«

Der Captain reckte seinen Hals. »Was ist jetzt schon wieder, Yar?«

Sie machte sich auf eine Standpauke gefaßt, fuhr jedoch mit ihrem Bericht fort, weil er einfach zu bizarr war, um ihn für sich behalten zu können. Sie beugte sich über ihre Anzeigen und versuchte, dem Gesehenen keinen Glauben zu schenken. »Sir, ich glaube, unsere Passivsensoren arbeiten nicht mehr einwandfrei. Oder ich bin nicht sehr gut im Ablesen ...«

»Ihren Bericht. Aber sofort.«

Sie neigte ihren Kopf und hob die Brauen. »Der Energiegehalt des Wesens scheint langsam nachzulassen.«

»In dem Wesen selbst?«

»Ja, *in* dem Wesen.«

»Und was ist daran verkehrt?«

»Nun, seine Masse ist... Worf, können Sie das bestätigen?«

»Überprüfung läuft«, brummte Worf.

»Lieutenant!«

»Ja, Sir. Die Masse ändert sich nicht. Es gibt auch keine Veränderungen in der Antimaterie, und es strahlt nicht genügend Energie aus, um den Verlust aufzufangen.«

»Das ist unmöglich«, sagte Picard. »Energie kann nicht *verschwinden*. Das ist ein Grundgesetz des Universums. Irgendwohin muß sie gehen.«

»Ich wünschte, dem wäre so«, murrte sie. »Aye, Sir, das ist das Seltsame daran. Es neigt dazu, während unserer Abtastung zu phasieren. Seine Masse, seine Energie — es gibt kaum etwas an diesem Wesen, das konstant bleibt.«

»Immerhin ein Hinweis. Doch wie lautet die Schlußfolgerung? Hat jemand eine Hypothese anzubieten?« rief er lautstark und verdoppelte damit die Spannung auf der Brücke, weil sich nun jedermann um eine Antwort bemühte.

»Inter... Inter...«

»Ja, Data? Haben Sie eine Idee? Data, sind Sie noch ganz da?«

»Inter... dimen... sionalität...« Der Androide lehnte sich ganz hemmungslos bei Geordi an, doch statt Angst und Bestürzung zeigte sich nun verbissene Konzentration in seiner Miene.

»Versuchen Sie's weiter, Data«, munterte Picard ihn auf. Er trat näher auf ihn zu, widerstand jedoch der Versuchung, ihm beim Aufstehen zu helfen.

»Die einzige Erklärung«, sagte Data, »besteht darin, daß

es ... zwischen den Dimensionen existiert ... wenn es Energie verliert ... ohne sie abzustrahlen ... Sir.« Mit sichtlicher Anstrengung richtete er sich auf, warf Geordi einen dankbaren Blick zu und stand dann wieder auf seinen eigenen Beinen. »Die Energie muß in eine andere Dimension verschwinden. Nur so läßt sich erklären, daß wir die enormen Energiemengen, die das Wesen aus unseren Schilden gezapft hat, nicht mehr nachweisen können.«

Picard schaute finster drein, doch die Theorie ergab durchaus einen Sinn. Eigentlich sollte sie das auch, nachdem Data sie gleich zweimal vorgebracht hatte, ohne zu bemerken, daß er sich wiederholte.

Auf dem Oberdeck schüttelte Yar den Kopf. »Zu verrückt für mich«, murrte sie.

»Aber es ist die einzige Schlußfolgerung, die irgendeinen Sinn ergibt«, sagte Riker. »Verdammt, dagegen wirkt selbst unsere Geister-Theorie recht normal.«

»In der Tat«, pflichtete ihm der Captain wehmütig bei. »Und sie bedeutet auch, daß wir von nun an auf Ratespielchen angewiesen sind. Nach allem, was wir derzeit wissen, könnte sich das Wesen auf mindestens hundert verschiedenen Existenzebenen über hundert Sonnensysteme erstrekken.«

Riker betrachtete den Hauptschirm und das Abbild des Wesens in der linken oberen Ecke des Sternenfelds, zwei Lichtjahre backbord. »Und sämtliche Energie, die wir zu unserer Verteidigung einsetzen, wird einfach nur sein nächstes Mahl. Vielleicht sollten wir eine größere Entfernung zwischen uns legen.«

Picard ließ seine Brauen auf- und abschnellen, als ob ihm der Gedanke durchaus zusagte. »Können wir aber nicht«, sagte er dann. »Wenigstens nicht zum jetzigen Zeitpunkt. Das Wesen hat auf beinahe Warp Fünfzehn beschleunigt. Es würde sofort über uns herfallen. Momentan haben wir es getäuscht, weil wir unsere Maschinen abgeschaltet haben. Solange wir hier bleiben, sind wir sicher. Wenigstens im Augenblick.«

»Wie läuft es?« fragte Riker in privatem Tonfall. Er bemühte sich, die Annäherung an Wesley nicht zu offenkundig wirken zu lassen.

Wesley zuckte zusammen. Angesichts der Ereignisse hatte er nicht gedacht, daß ihm irgend jemand Beachtung schenken würde. »Alles klar, Sir. Es ist schon ziemlich lästig, einfach nur im Weltraum herumzuhängen.«

Riker beäugte den Hauptschirm und das entfernte Fehlfarbenbild, das auf der Suche nach ihnen war. »Mehr können wir im Moment nicht tun, bis die Systeme wieder arbeiten und wir uns einen Weg überlegt haben, wie wir dieses Gebiet verlassen können, ohne seine Aufmerksamkeit zu erregen.«

»Vielleicht ein Solarsegel, Sir? Wir könnten auf den Wellen der Sonne dieses kleinen Sonnensystems davontreiben...«

»Zu langsam. Bis dahin hat es uns schon längst gefunden. Sehen Sie es sich doch an. Es fliegt ein Suchmuster, dem wir mit Impulskraft nicht entkommen können. Ein würfelförmiges, mehrere Lichtjahre durchmessendes Muster, und es fliegt mit Lichtgeschwindigkeit. Wenn wir versuchen, uns da durchzuschleichen, und es kommt zufällig in diesem Moment gerade vorbei, solange unsere Schilde noch unten sind... na ja, Sie wissen, was dann passieren würde.«

Wesleys schmale Schultern spannten sich an. »Ich schätze schon. Manchmal wünschte ich mir, ich könnte die Dinge in meinem Kopf nicht so klar erkennen. Dann müßte ich mich ihnen auch nicht stellen. Mr. Riker, ich habe noch nie von Passiv-Sensoren gehört.«

»Oh«, murmelte Riker. »Passiv-Sensoren sind lediglich in der Lage, die Daten zu analysieren, die von fremden Objekten und Lebensformen ausgestrahlt werden. Aktive Sensoren senden einen Suchstrahl aus und warten auf das Echo. Wenn das Ding nach uns sucht, sucht es nach einer Energiequelle. Wenn wir die Aktiv-Sensoren einsetzen, geben wir ihm zugleich ein Leuchtfeuer, an dem es sich orientieren kann.«

»Das gilt auch für die Schilde«, fügte LaForge hinzu.

»Und die Waffen.« Die rätselhafte Bemerkung stammte von Yar, die auf der Steuerbordrampe stand, ein Auge auf ihren taktischen Anzeigen und das andere auf der Fehlfarbenform auf dem Hauptschirm behielt, das auf der Jagd nach ihnen durch den Weltraum streifte.

Riker wartete, bis die Wirkung ihrer Worte nachgelassen hatte. Er hatte nicht gewollt, daß die anderen das Gespräch mitanhören würden. Er beugte sich zu Wesley und senkte seine Stimme noch mehr, doch auf der seltsam ruhigen Brücke hätte er ebensogut durch ein Megaphon sprechen können. Die eine Hälfte der Systeme war ausgefallen, die andere abgeschaltet, und so war es beunruhigend leise auf der Brücke. »Ohne Aktiv-Sensoren müssen wir bei der Kursbestimmung sehr vorsichtig sein. Wir sind dann nur so gut wie alte Segelschiffe. Selbst kleinere Kurskorrekturen werden ausgesprochen heikel sein.«

Wesley nickte und fand sich mit der nackten Wahrheit ab: Es würde kein Warp-Wunder geben, das sie aus der Gefahrenzone brachte.

Captain Picard stand am Fuß der Backbordrampe nahe dem Eingang zum Bereitschaftsraum, hatte die Hände hinter dem Rücken verschränkt und sah zu, wie seine Besatzung gegen ihre eigene Hilflosigkeit ankämpfte. Er sah, wie Riker und Wesley miteinander flüsterten, und fühlte einen plötzlichen Stich der Unzulänglichkeit. Wenn er nur in seinem Inneren eine Möglichkeit finden würde, sie zu beruhigen...

Plötzlich wünschte er sich, daß er mitten in einem romulanischen Angriff stand und der Feind ihm sechsfach überlegen wäre. Seine einzige Sorge würde in diesem Fall ihm selbst gelten, seinem Schiff und einer Gruppe von Soldaten, die schon bei ihrer Bewerbung gewußt hatten, worauf sie sich einließen. Dann hätte er freie Hand, könnte es sich leisten, radikal vorzugehen, ohne den Anker der Sorge um unschuldige Ehefrauen und Kinder mit sich herumzuschleppen. Ohne sich Gedanken um sie machen zu müssen, wenn das Schiff einen raschen Ausfall machte oder gar in eine Schlacht zog, die seinen Rumpf zum Klingen brachte. Bei jedem kleinen Ruck des Schiffes drängten sich diese unschuldigen Gesichter in seine Gedanken, flüchteten sich unter den dünnen Schirm seines Schutzes und erwarteten allen Ernstes, dort sicher zu sein.

Wie er Riker so beobachtete, erlaubte sich Picard einen kleinen Anflug von Neid. Jedesmal, wenn er seinen Ersten Offizier ansah, bildete er sich ein, ihn mit einem Landetrupp auf der Transporterplattform stehen zu sehen, bereit dazu, nach unten zu beamen, bereit dazu, den Captain zurückzulassen, auf daß dieser sich um das Schiff kümmerte. In diesen Augenblicken, in diesen interessanten Augenblikken galt Rikers Verantwortung nur sich selbst und seinem Landetrupp, während Picard weiterhin für ein ganzes Schiff verantwortlich war. Wo waren die alten, abenteuerlichen Zeiten geblieben, die Raumschiffe mit ihren hageren, ungehobelten, bestens ausgebildeten Besatzungen? Wie war er so plötzlich zum Regierungschef einer kleinen, überbevölkerten Insel geworden?

Er vermißte die Tage, als er noch als Erster Offizier gedient hatte, als er Captain eines Schiffes ohne Kinder gewesen war. Captain eines Schiffes zu sein, das sich die Gefahr zum Beruf gemacht hatte — das war das beste von allem. Und nun saß er zwischen allen Stühlen: Regierungschef einer Gruppe von Familien, die es in den Weltraum zog. Nun war er weder Captain noch Erster Offizier, nun mußte er seine Entscheidungen Riker gegenüber verantworten, dessen Job zugegebenermaßen darin bestand, sich zwischen Picard und die aufregenden Gefahren zu stellen, die ein Vorrecht des Captains waren.

Eine Feuerprobe. Verdiene dir das Recht, für alle Zeiten abgeschirmt zu sein. Und so entwickelte sich der Erste Offizier, der eigentlich eine getreue Verlängerung seiner selbst sein sollte, zu einem verhaßten Hindernis.

In ihren wenigen Abenteuern, die sie gemeinsam erlebt hatten, hatte sich Picard gesagt, daß er einen Kompromiß finden würde. Aber in manchen Situationen, das war die schmerzhafte Wahrheit, gab es keinen Kompromiß. Manche Situationen erforderten entweder den Vormarsch oder einen bedingungslosen Rückzug, und dies war eine davon. Riker würde immer ein Hindernis sein. Und so würde er stets in Picards Geist erscheinen, wenn er zusehen mußte, wie sich Landetrupp um Landetrupp ohne ihn vom Schiff beamen ließ. Das Gefühl, zurückgelassen zu werden, würde niemals abklingen.

Captain. War das sein wahrer Rang? Oder war er Regierungschef der *Enterprise*?

Da waren sie nun, die ungefähr tausend Menschen, und kolonisierten ein Schiff statt eines Planeten. Sie kolonisierten den Weltraum selbst, ungebundene Bürger der Föderation. In künftigen Generationen würden die Kinder jener Kinder die Schiffe als ihr Vaterland betrachten, als ihren Planeten, ihre Nation. Die Antwort auf die Frage »Woher kommen Sie?« würde lauten: »Von der *Enterprise*.«

Ein Habitat. Eine Umwelt. Ein Ort, nicht ein Ding oder ein Schiff. Ein Ort in ständiger Bewegung. Statt zu sagen: »Ich bin Bürger dieses Sektors oder jenes Planeten oder jenes Außenpostens«, würde die Antwort lauten: »Ich bin Bürger der *Enterprise*.«

Am Ende würde die totale Einheit innerhalb der Föderation stehen, der erste Schritt dahin, daß sich Menschen auf jedem Planeten statt nur auf einem einzigen zu Hause fühlten. Im Grunde war es das alte Prinzip der Vereinigten Staaten: Es spielte keine Rolle, ob man in Vermont aufgewachsen war und nun in Kalifornien lebte. Man war immer noch zu Hause, war noch immer Amerikaner. Und mochte der Name auch Baird oder Yamamura oder Kwame lauten, war man doch kein Bürger von Schottland, Japan oder Ghana, sondern Amerikaner. Nach einigen Jahrzehnten der Weltraumfahrt hatte sich die Behauptung geändert. »Ich bin ein Bürger der Erde«, hieß sie nun, egal, aus welchem Staat man kam. Dieses Schiff war jene Art von erstem Schritt. Ob man von der Erde oder von Epsilon Indii VI stammte, man war ein Bürger der Föderation. Die Kinder dieser Kolonie namens *Enterprise* würden die Planeten der Föderation aufsuchen, begutachten und auf jedem von ihnen willkommen sein. Dieses Raumschiff war der größte, phantastischste Schmelztiegel von allen, eine raumfahrende Kolonie. Einzigartig. Voller Hoffnung.

Voller Risiken.

Und Jean-Luc Picard fiel die Aufgabe zu, sie zum Funktionieren zu bringen.

Warum ich? Hat mich das Prestige blind gegenüber dem Verlust an Freiheit und Abenteuer gemacht? Kinder. Unvorstellbar.

»Mr. Riker«, sagte er dann und unterbrach seine Gedankengänge. »Ich wünsche, daß Sie, Data und LaForge in den Maschinenraum gehen und eine vollständige spektrographische Analyse der Zusammensetzung dieses Phänomens erstellen, solange wir noch Zeit haben. Ich möchte wissen, was geschieht, wenn wir unsere Waffen direkt in das Ding hineinfeuern, und was geschieht, wenn wir es nicht tun.« Abrupt wies er mit dem Finger auf seinen Ersten Offizier. »Riker, *Sie* sind dafür zuständig herauszufinden, wie wir mit diesem Ding fertig werden.«

Es erforderte Rikers gesamte Selbstbeherrschung, nicht nervös zu werden. Er fühlte, wie sich sein Körper versteifte. »Aye, Sir.« Er nickte und wandte sich zum Turbolift. »Data, LaForge – kommen Sie mit.«

Sie marschierten von der Brücke, und in einer flüssigen Bewegung übernahmen Worf und Tasha die Navigations- und Operator-Stationen. Picard sah ihnen nach und fühlte sich auf einmal weniger einsam angesichts des dunklen Tunnels, den die folgenden Stunden für ihn bereitzuhalten drohten. Er schaute sich um: Das Schiff war noch immer da. Die Systeme klickten und summten, leiteten die Energie durch eine Million winziger Ersatzleitungen um, stahlen einander die Stromzufuhr, alles, um nur wieder funktionieren zu können. Manche Systeme erhielten Vorrang, während der gewaltige Computerkern jene winzigen Entscheidungen traf, die nur Maschinen treffen konnten. Er fühlte die Gegenwart von zahllosen Ingenieuren in den unteren Decks, die sich tapfer abmühten, den heiklen Energiediebstahl zu überwachen, fühlte sie mit derselben Sicherheit, wie Counselor Troi die Gegenwart der Wesen gespürt hatte, die zu einer derart offensichtlichen Bedrohung geworden waren.

»Ich bin in der Krankenstation«, sagte er und ging auf den Turbolift zu.

»Verwirrung, Sir.«

In der künstlichen Stille der Krankenstation lag Troi auf dem Diagnosebett und versuchte, Worte für etwas zu finden, das keinen Namen besaß. Zu ihrer Rechten nahm Captain Picard die Dinge in die Hand, sorgte dafür, daß niemand aus der Reihe tanzte, gab ihr Kraft. Zu ihrer Linken sorgte Beverly Crusher für eine andere Art von Halt, betrachtete sie aus völlig anderem Blickwinkel. Doch nun wollte der Captain Antworten und Vorschläge, und diese wollten sich ohne Kampf einfach nicht einstellen.

»Es scheint aus Tausenden von unterschiedlichen Gefühlsspektren zu bestehen, wenn Sie so wollen«, sagte Troi. »Vielleicht sind es Millionen. Ich komme mir so hilflos vor, weil ich es Ihnen nicht genauer erklären kann. Doktor, darf ich wieder aufstehen, bitte?«

Crusher tadelte sie mit ihrem Blick. »Ich schätze schon. Aber nur, weil ich nichts an Ihnen finden kann. Das heißt jedoch nicht, daß Sie keine Verletzungen davongetragen haben.«

Sie schwenkte den Diagnoseaufsatz beiseite und trat zurück, als der Captain der Counselor vom Tisch half. Ohne Zögern führte er sie zu einem nahegelegenen Tisch; was ihn betraf, war die Unterredung noch nicht abgeschlossen. Er setzte Troi in einen Sessel, bedeutete Crusher mit einer Geste, in einem anderen Platz zu nehmen, setzte sich dann selbst in einen dritten, verschränkte seine Hände und legte die Arme auf den kühlen schwarzen Tisch vor sich.

»Kann es sein, daß es sich bei diesem Ding um ein Schiff handelt und Sie dessen Besatzung wahrnehmen?«

»Der Gedanke ist mir auch schon gekommen.« Troi war fest entschlossen, ihr Unwissen keinesfalls einzugestehen. »Ich habe ihn noch nicht vollständig verworfen. Aber wenn wir diese humanoiden Bilder schon als Geister bezeichnen, kann es meiner Meinung nach nicht schaden, diese Eindrücke als ihre... Seelen zu beschreiben. Nein, bitte — lassen Sie mich ausreden. Mir ist klar, wie unpräzise das ist, Sir. Es tut mir leid, mich auf diese Weise ausdrücken zu müssen. ›Seele‹ ist ein subjektiver Ausdruck, aber ich glaube, daß es jener Eindruck ist, den diese Wesen selber von sich haben.«

»Sie empfangen Selbstbewußtheit?« fragte Crusher. Der lange kupferfarbene Fächer ihres Haars strich über ihre Schultern, als sie sich vorbeugte.

Trois nymphenhafte Augen weiteten sich. »Oh, ja! Deshalb zweifle ich ja so an meinen Wahrnehmungen. Manche der Visionen sind außerordentlich klar. Das Bild von Vasska, zum Beispiel, und die Erinnerung, ihm Befehle gegeben zu haben, als das Wesen die *Gorschkow* angriff.«

»Das haben Sie vorher nicht erwähnt«, hob der Captain hervor. Ärger schlich sich in seinen Tonfall, als ob er von ihr erwartete, daß sie klare Auskünfte über derart unklare Dinge erteilte.

»Nein, Sir. Ich war mir bis jetzt nicht sicher. Ich habe mich erst dann daran erinnert, als ich auf der Brücke angegriffen wurde. Ich wünschte, ich könnte es erklären.«

»Also stehen Sie mit Captain Reykow in empathischer Verbindung?« schloß Picard.

»Manchmal«, antwortete sie. »Er besitzt die stärkste Persönlichkeit. Aber, Sir... es gibt noch viele andere. Sehr viele. Die unzähligen Lebensformen am Rand des Phänomens lassen die scharfen Visionen verschwimmen. Am Rande, nicht im Inneren. Sie existieren in einer Art Halo, als ob sie von dem Phänomen durch den Weltraum mitgeschleift werden würden.«

»Sind es Gefangene?«

Als Picard die grobe Frage auf sie abschoß, zuckte Troi zusammen. Sie rutschte in ihrem Sessel zurück, als ob sie sich am liebsten ganz zurückziehen würde, und ließ alle Emotion aus ihren mediterranen Gesichtszügen und den tintenfaßähnlichen Betazoid-Augen verschwinden. »Wünschen Sie, daß ich eine Theorie aufstelle?«

»Ich bitte Sie um Ihre Hilfe bei der Aufstellung möglicher Gegenmaßnahmen«, sagte er. »Oder wenigstens um einen Hinweis, wie wir dem Phänomen begegnen sollen.«

»Verstehe«, murmelte sie. »Statt Ihnen zu helfen, habe ich Sie nur in eine noch schwierigere Situation gebracht.«

»Es ist nicht Ihre Schuld, Deanna«, sagte Crusher.

»Nicht im mindesten«, kam das Echo von Picard.

Troi befragte ihr telepathisches Ich nach weiteren Informationen über ihn, doch der Captain war kein Mann, dessen Gefühle ihre Schilde so einfach aufgaben. Sie spürte seinen Widerstand gegen ihre geistigen Sonden, ein Widerstand, der so kultiviert war wie er selbst. Respektvoll zog sie sich zurück.

»Wenn diese Lebensessenzen Gefangene sind, wie Sie andeuten, und wir das Gefängnis zerstören«, fuhr sie fort, »begehen wir dann nicht einen Mord?«

Mit dieser Frage drang sie zum Kern von Picards Problem vor. Er musterte sie. Sie war anmutig, zuvorkommend, exotisch – ja, das war das Wort – und sehr besorgt, und doch war sie nicht minder hilflos als die anderen.

»Sie haben ja doch künstlerische Tendenzen unter Ihrem klinischen Äußeren, Counselor«, bemerkte er sanft. »Ich verstehe, wie sehr Sie Ihre Aufgabe belastet. Aber mir geht es genauso. Wenn wir nur dadurch überleben können, daß wir die Tausende und Millionen von Geistern zerstören, die Sie wahrnehmen, was soll ich dann tun? Retten oder opfern? Wessen Leben ist verwirkt?«

»Das ist der einzige Fehler in der Obersten Direktive, Jean-Luc«, sagte Crusher. »Wenn die Einmischung in eine andere Kultur das einzige Mittel darstellt, das Leben jener zu retten, die man Ihnen anvertraut hat – ich wüßte auch nicht, was ich tun sollte. Köpfe zählen und ausrechnen, wo es mehr Leben zu retten gibt?«

Der Captain lehnte sich zurück und fuhr sich mit dem Knöchel langsam über seine Unterlippe. »Nach den Worten der Counselor wären wir in diesem Fall in einer recht ansehnlichen Minderheit.« Er tippte auf das nächstgelegene Interkom. »Picard an Brücke. Wie ist die Lage da oben?«

»Unverändert, was das Wesen angeht, Sir«, meldete Yar. *»Zustand des Schiffs bessert sich langsam, aber wir müssen einige Systeme jenseits der Belastungsgrenze fahren, um wieder Energie für die Schilde zu bekommen. Alles ist überstrapaziert, Warp-Antrieb eingeschlossen.«*

»Entzückend«, entgegnete Picard. »Dann müssen Sie eben rascher arbeiten.«

»Jawohl, Sir. Das möchte ich auch einmal erleben.«

»Picard Ende. Counselor, haben Sie irgendwelche *konkreteren* Auskünfte?«

Troi seufzte. »Ich habe versucht, die verschiedenen Eindrücke voneinander abzutrennen, festzustellen, ob es sich lediglich um die Erinnerungen anderer Lebensformen oder tatsächliche Lebensessenzen handelt; aber bis jetzt kann ich Ihnen keine Einzelheiten anbieten.«

»Sie sind es, um die ich mir Sorgen mache«, gestand ihr Crusher.

Trois Mund verzog sich dankbar. »Sehr freundlich. Aber wenn ich meine Fähigkeiten nicht zum Wohl des Schiffes einsetze...«

»Sie wissen genau, wovon ich rede«, unterbrach die Ärztin. »Von den der Telepathie innewohnenden Gefahren. Wenn der andere Telepath mächtiger ist als Sie, könnte die Macht seines Geistes Sie verletzen, Deanna. Und um Ihren Geist kann ich keine Bandagen wickeln.«

»Ich habe versucht, meinen Geist abzuschirmen, aber sie zertrümmern meine Schilde...«

»Wollen Sie damit sagen, daß diese Wesen eine echte Gefahr für Sie darstellen?« brauste Picard plötzlich auf.

Erschrocken klappte Troi ihren Mund zu und führte sich das Ganze vor Augen. Nun, da es endlich jemand ausgesprochen hatte, hörte es sich nicht sehr erfreulich an.

»Diese ganze Angelegenheit macht mir Sorgen«, sagte Crusher. »Nach dem, was Wesley mir erzählt hat, würde ich alles für eine Massenhalluzination halten, wenn es nicht auch auf dem Computerschirm erschienen wäre. Erst diese Tatsache gibt dem Ganzen einen erschreckend wissenschaftlichen Anstrich. Übrigens, Captain... Wesley hat mich gebeten, mich in seinem Namen bei Ihnen zu entschuldigen.«

Picard zeigte sich einen Augenblick verwirrt. »Wofür?«

Crusher blinzelte. »Weiß ich nicht. Ich habe gedacht, Sie wüßten es.«

Nach einem Moment schüttelte er den Kopf. »Kann mich an nichts Besonderes erinnern, Doktor.«

Verlegen zuckte sie die Achseln. »Verstehe. Dann muß ich mich wohl entschuldigen. Wesley ist in einem Alter, wo er bei allen Erwachsenen Vorurteile gegenüber Kindern vermutet.«

Picard winkte ab. »Natürlich haben wir die. Immerhin sind sie nur Kinder. Aus dieser Phase müssen sie herauswachsen. Das ist alles, was wir von ihnen erwarten, nicht mehr, aber auch nicht weniger. Wenn sie erst einmal erwachsen sind, sind sie keine Kinder mehr. Und dann können sie durch ihre eigenen Vorurteile waten.«

»Wie jene gegenüber vorgesetzten Offizieren?«

»Genau.« Er lachte in sich hinein, den Mund zu einem melancholischen Grinsen verbreitert. Der Stimmungswechsel klärte seine Gedanken, und auf einmal fand er sich besser mit der schwierigen Situation ab.

Troi wandte sich zur Aussichtsluke und wartete, bis der Moment vorüber war. *Und jene gegen Telepathen, die eine*

Unklarheit nur durch eine andere Unklarheit ersetzten. Unwissenheit in Zweideutigkeiten zu verwandeln... ist das meine einzige Aufgabe?

»Falls diese Wesen Gefangene sind«, sinnierte Picard, »gilt meine Verantwortung auch ihnen. Ich frage mich, ob ich das Recht habe, in ihrem Namen Entscheidungen zu treffen. Auf irgendeine Weise müssen wir unsere Bemühungen verstärken, mit ihnen Verbindung aufzunehmen.«

Mit neu erwachter Furcht sah Troi ihn an. »Aber das erfordert Energie, Sir. Das Wesen könnte sich darauf konzentrieren und uns vernichten.«

Crusher ergriff das Wort: »Und da ist noch etwas anderes.«

Der Captain bemühte sich, nicht zu müde zu klingen. »Ja, Doktor.«

Sie senkte ihren Blick für einen Augenblick. Als sie wieder aufsah, schaute sie Jean-Luc Picard direkt in die Augen. »Was machen wir, wenn sie nicht mit uns verhandeln wollen? Sie kennen doch das Sprichwort über den Weg zur Hölle.«

»Eigenartig, daß sich eine elektromagnetische Störung auf Counselor Troi konzentriert.«

Riker hatte nur ein mürrisches Brummen für den Kommentar des Androiden übrig. »Kümmern Sie sich um Ihre Arbeit.« Ärger überkam ihn. Seine Hand schwebte nur wenige Zentimeter über dem Interkom, wenige Zentimeter von einem Anruf in der Krankenstation. Und da war Data, nur einige Schritte entfernt. Wieder auf den Beinen, und das nach einem solchen Angriff. Hat ihn einfach abgeschüttelt. Und Deanna lag in der Krankenstation und kämpfte um ihre geistige Gesundheit.

Data sah von den Anzeigen auf. »Ich kümmere mich stets um meine Arbeit, Commander. Sehen Sie, ich besitze einen Multiphasen-Gedächtnisspeicher, der mir erlaubt...«

»Ist mir gleich.« Riker ertappte sich dabei, wie er es ihm

mit gleicher Münze heimzahlte. »Interessiert mich wirklich nicht.«

Datas Brauen reckten sich über seine Nase. »Vielleicht, wenn ich es etwas einfacher erklären würde...«

Riker streckte seinen verkrampften Rücken und starrte wütend in Datas gelbe Augen. »Wenn es Ihnen nichts ausmacht...«

»Nicht im mindesten«, antwortete der Androide friedlich. »Das Konzept hinter meiner Multiphasen-Gehirnkapazität ist...«

»Das habe ich nicht gemeint!«

»Nicht? Das haben Sie aber *gesagt*!«

Geordi griff hinüber und zupfte am Ärmel des Androiden. »Reiten Sie nicht auf der Angelegenheit herum, Data. Mr. Riker wünscht ausschließlich Berichte über die Störung und ihre Ursache.«

»Ach so«, erwiderte Data mit kindlichem Blinzeln. »Null Problemo.« Er drehte sich herum und beugte sich wieder über den Schirm. »Die physikalische Zusammensetzung des Phänomens verwirrt die Passiv-Sensoren. Es gibt sehr wenig, worauf sich die Sensoren konzentrieren können, weil das Wesen häufig phasiert. Ich kann nicht bestimmen, ob es sich um ein Lebewesen oder einen Mechanismus handelt.«

Data erlaubte sich ein allzumenschliches Stirnrunzeln über die Graphiken, die über die Schirme tanzten. Neben ihm hatten sich Riker und Geordi über verschiedene Computerkonsolen gebeugt. Zu seiner Rechten trommelte Riker wütend auf den Kontaktpunkten einer molekularen Mikroelektronik-Konsole herum. »Fangen wir mit dem augenscheinlichsten Lebenszeichen an«, schlug er vor. »Irgendwelche Anzeichen organischer Materie? Haut? Knochen? Zellen? Irgend etwas?«

»Organische Materie ist kein Beweis für Leben, Sir. Ich bin teilweise organisch, enthalte aber auch mechanische...«

»Nehmen Sie nicht alles so wörtlich, Data«, schnappte

Riker. »Ich suche einen Ausgangspunkt. Ich behaupte nicht, daß alle Lebensformen organischer Natur sind. Dies ist nur ein Ausscheidungsprozeß. Ich weiß ganz genau, daß Leben nicht nur aus körperlich faßbaren Komponenten besteht. Wir können eine Leiche unendlich lang am Leben erhalten, aber deswegen ist sie doch nicht mehr am Leben. Wenigstens nicht im menschlichen Sinn. Gehen Sie wieder an Ihre Instrumente und deuten Sie die Anzeigen.«

Er ballte seine linke Hand zu einer Faust und fühlte den feuchten Schweiß auf seiner Handfläche. Ein greifbarer Feind war eine Sache, damit konnte er fertig werden. Aber all das Gerede über Leben und Nicht-Leben, dieses Ringen um eine Definition, die ihnen endlich Klarheit geben würde, ob sie etwas umbringen würden, wenn sie versuchten, ihre eigene Haut zu retten... *Ich hasse das. Und ich hasse die Lage, in der ich gerade bin. Den Captain beraten? Wie? Ihm helfen, dieses Ding zu bekämpfen? Wie?*

Ihm waren die Hände gebunden. Als Erster Offizier war er ein Niemand, der größte Laufbursche aller Zeiten. Weder Wissenschaftler noch taktischer Experte noch Psychologe – nichts Besonderes, und doch von jedem etwas. Er war all das, was der Captain zu einem bestimmten Zeitpunkt gerade brauchte. Was würde es das nächste Mal sein? Würde er bereit sein? Frustration nagte an ihm.

Picard... verdammt sollte er sein. Überlegen Sie sich einen Weg, um das Phänomen zu bekämpfen. Ist das alles? Ein Kinderspiel. Natürlich, Sir. Sofort, Sir.

»Die Anzeigen widersetzen sich einer Interpretation.«

Datas Stimme kratzte an Rikers Nerven. Dieser Tonfall, diese gleichgültige Art in seiner Stimme...

»Aber wenn ich es verbal ausdrücken müßte, würde ich sagen, daß das Phänomen ein pseudomechanisches Verhalten zeigt.«

»Versuchen Sie, ein wenig präziser zu sein, ja?« Rikers Toleranz hatte ihre Grenze erreicht.

»Aber immer. Es besteht aus einzelnen Energiekomponenten, verhält sich aber weder wie eine Maschine noch wie ein Lebewesen. Es scheint sich um ein lebendes Werkzeug zu handeln, etwas, das von einem derart hohen Stand der Ingenieurskunst zeugt, daß man es faktisch als Lebensform bezeichnen muß.«

»Klingt vertraut«, brummte Geordi.

Data warf ihm einen Blick zu, den Mund sperrangelweit geöffnet, doch Rikers Forderung hatte ihn verletzt, und so machte er weiter. »Ich empfange starke disruptive Energien. Sobald es uns findet, wird es uns kaltmachen.«

Riker richtete sich abrupt auf. »Hören Sie auf damit!«

Blinzelnd sah Data zu ihm auf. »Sir?«

»Sie fallen mir verdammt auf die Nerven. Mit dieser Ausdrucksweise lenken Sie jedermann von der Arbeit ab. Lassen Sie den Quatsch!«

»Das ist Slang, Sir. Umgangssprachliche...«

»Es ist einfach eine Unverschämtheit.«

»Ich... tut mir leid, Sir. Ich bemühe mich, menschlicher zu wirken.«

Data wich zu der Konsole zurück, als Riker auf ihn zukam. Er sah ein, daß er den Ersten Offizier auf irgendeine Weise wütend gemacht hatte.

»Aus Ihnen wird nie ein Mensch werden«, quetschte Riker hervor. »Sie sind kein Mensch. Scheinbar sind Sie nicht in der Lage, den Unterschied zwischen echtem Menschsein und bloßer Nachahmung zu erkennen. Sie werden niemals wirklich kreativ sein, weil Sie nur die äußere Form und nie den Inhalt sehen. Sie haben das Leben verpaßt. Bevor Sie nicht den Unterschied begreifen, werden Sie immer eine Puppe bleiben.«

»Sir...« Geordi tauchte neben ihnen auf. »Er versucht doch nur...«

»Ich weiß genau, was er versucht«, bellte Riker.

Einen Moment lang schwiegen alle.

Ein Ausdruck tiefer Verletzung huschte über Datas Gesicht. Er sah zu Geordi, dann wieder zu Riker. »Ich... ich versuche doch nur, mich zu bessern... nach bestem Wissen und Gewissen zu dienen...«

»Dann dienen Sie«, platzte Riker heraus. »Machen Sie sich in Ihrer wahren Eigenschaft nützlich. Sie sind ein Androide. Ziehen Sie daraus den größtmöglichen Vorteil und hören Sie auf, etwas sein zu wollen, was Sie nicht sein können. Geben Sie uns Fakten, mit denen wir arbeiten können, wenn Sie dazu in der Lage sind. Verschaffen Sie mir irgend etwas, das ich an den Captain weiterleiten und das uns hier herausbringen kann.« Er trat einen weiteren Schritt auf ihn zu, einen einschüchternden Schritt, der Data noch dichter an die Konsole drängte. »Wenn dieses Wesen noch mal angreift, möchte ich, daß Sie dem Angriff nachgeben. Sehen Sie zu, ob Sie ein Interface aufbauen können.«

Datas bleiche Brauen zogen sich über seiner Nase zusammen, und formten sich zu einem empfindsamen Gesichtsausdruck, der – zumindest für Geordi – Beweis genug war, daß irgendwo hinter den Stromkreisen durchaus Gefühle lagen, die man verletzen konnte. »Ich will es versuchen, Sir«, antwortete er beinahe flüsternd. Nicht imstande, Riker weiterhin in die Augen zu sehen, glitt er an Geordi vorbei und marschierte hastig auf das Spektrometrie-Labor zu. Ein Seufzen der Türen, und er war verschwunden.

Riker sah ihm nach, bemerkte die Anspannung in den synthetischen Schultern und die Gangart, die ein Mensch normalerweise dann verwendete, wenn er sich bemüht, nicht davonzulaufen. Datas zusammengekniffene Augen hatten sich tief in sein Gedächtnis eingebrannt, jener Ausdruck von Demut und Kummer, ein Ausdruck, der nichts weiter besagte, als daß er niemand hatte kränken wollen. Riker spürte das Bedürfnis, dem Androiden zu folgen, als triebe ihn eine plötzliche Verpflichtung. Vielleicht hätte er sogar einen Schritt getan.

Wenn Geordi seine Aufmerksamkeit nicht in Anspruch genommen hätte.

»Wenn er einem derartigen Angriff nachgibt«, sagte der Steuermann, »riskiert er sein Leben, Mr. Riker.«

Langsam gewann Riker die Herrschaft über seine Stimme zurück. »Ich fürchte, es ist die beste Chance für uns.« Er wollte sich wieder den Bildschirmen zuwenden, sah sich jedoch von Geordi abgeblockt, der sich mit den Schultern vor ihn gedrängt hatte.

»Das geht also in Ordnung, was? Data zu opfern, weil er nicht lebendig ist?«

»Sehen Sie, Geordi, ich bin...«

»Wollen Sie damit sagen, daß Sie ihn nur deshalb nicht dauernd zum Landetrupp abstellen, weil er von allen der Entbehrlichste ist?«

Riker starrte auf das dünne Metall des Visors und versuchte, sich die Spannung in Geordis blinden Augen vorzustellen. »Weitermachen, Lieutenant!«

»Würden Sie sich genauso bemühen, sein Leben zu retten, wie Sie sich auf der Brücke um meines bemüht haben?«

»Zurück auf Ihren Posten, Mister!«

LaForge zögerte einen vielsagenden Moment lang und trat dann einen Schritt zurück, die Muskeln in seinem Genick zuckend, die Arme wie Baumäste an der Seite. »Aye, Sir. Wie Sie meinen.«

KAPITEL 6

Der hochgewachsene Krieger streifte durch sein technologisches Revier und gewann allmählich einen sicheren Stand. Er roch den Kampf, schmeckte das rohe Fleisch der Herausforderung auf seiner Zunge, als wäre es das Blut zerfetzter Leiber. Er hörte das Heulen in seinem Geist, das Kreischen des Kriegsgesangs in seinen Instinkten, und er weigerte sich, den Preis des Friedens zu entrichten. Tief in seiner Seele wußte er, daß es vor dem Frieden Schwierigkeiten geben würde, und so bereitete sich jede Faser seines Körpers darauf vor, um später keine böse Überraschung zu erleben.

»Worf.«

Nur eine übermenschliche Anstrengung erstickte das bestätigende Brummen und ersetzte es durch ein zivilisiertes Wort. »Ja?«

»Der Captain möchte eine Meldung hören, wenn er wieder hier heraufkommt.«

Worf wandte sich dem geschmeidigen Frauenkörper und dem Bilderbuchgesicht darüber zu. Sie sah aus wie ein Mädchen, das sich als Junge verkleidet hatte. Ein Mädchen aus den Geschichten, die ihm seine menschlichen Adoptiveltern einst erzählt hatten, Geschichten, die seinen Durst nach Abenteuer nie so recht befriedigen konnten. Er war noch sehr jung gewesen, als es seine Starfleet-Eltern aufgegeben hatten, ihm Geschichten über Mädchen zu erzählen, die sich als Jungen verkleideten, um die Kirchgänger zu täuschen, und sie durch die saftigeren Erzählungen eines Bram Stoker, Melville, Dumas, Stervasney oder Kryo ersetzten, von denen sie hofften, daß sie ihrem ungewöhnlichen Sohn eher gefallen würden.

»Er wird nicht gerade begeistert über das sein, was wir

ihm zu sagen haben, Tasha.« Er dämpfte das Donnern seiner Stimme. Sie standen gemeinsam auf dem Oberdeck, von der eigentlichen Brücke durch die einige Schritte vor ihnen gelegene Taktik-Station abgeschirmt.

»Ich weiß«, stimmte sie zu. Unter der zitronenfarbenen Manschette ihres Haars zogen sich die klaren grauen Augen zusammen. Die Aussicht, sich Picard stellen zu müssen, gefiel ihr nicht. »Ich habe einige Nachforschungen angestellt, und Sie haben recht. Das Wesen fliegt nach einem Muster, stimmt schon, aber das Muster enthält einige willkürliche Abweichungen. Wahrscheinlich ist es so entworfen, daß man es nicht berechnen kann.«

»Ja, habe ich auch bemerkt«, pflichtete ihr sein rauher Baß bei. »Es fliegt ein Suchmuster, das so kompliziert gestaltet ist, daß man ihm nicht ausweichen kann. Unsere Chance für eine Flucht liegt unter fünfzig Prozent.«

»Mehr als fünfzig Prozent Wahrscheinlichkeit, daß es uns erwischt.« Tasha biß sich auf die Lippen und nahm das ganze Problem persönlich. »Und das ist nur eine Schätzung. Die wahren Chancen könnten sehr viel niedriger liegen. Haben Sie dieselben Resultate bekommen? Tut es das, was ich glaube?«

»Wenn Sie damit meinen, ob mir aufgefallen ist, daß sich das Muster langsam enger um uns schließt«, meinte Worf mit ominöser Bestimmtheit, »allerdings. Unsere Chancen sinken mit jeder Minute, in der wir hier herumsitzen und nichts tun. Besser werden sie keinesfalls, eher schlechter. Der Käfig schließt sich langsam.«

Einige Augenblicke lang wanderte Tasha ziel- und sinnlos herum, ein jämmerliches Echo des riesigen Käfigs, der sich langsam um das Schiff schloß. »Was wäre, wenn das Ding einen Adrenalinstoß oder sowas kriegt und noch härter zuschlägt als zuvor? Selbst wenn wir wieder volle Energie für die Schilde haben, können wir ihm vielleicht nicht standhalten. Zumindest nicht jetzt. Ich meine, wo die Schilde sowieso kaum stark genug sind, um das ganze Schiff zu beschützen.«

Worfs breites braunes Gesicht wandte sich von dem kleinen Bildschirm ab, den er die ganze Zeit studiert hatte. Die Augen unter seinem Klinzhai-Schädel und den beiden, nach unten gekehrten Lanzen machten Anstalten, sie durchbohren zu wollen. »Sie wollen ihm doch nicht vorschlagen ...«

Sie kaute einige Herzschläge lang auf ihren Lippen, doch ihre Augen ließen keine Spur des Wankelmuts erkennen, den sie empfand. Sie trat von einem Bein aufs andere, schien sich innerlich zu wappnen, und stand dann wieder mit beiden Beinen fest auf der Erde, die kleinen Fäuste geballt.

»Doch, das werde ich«, sagte sie. »Oh doch, das werde ich.«

»Haben Sie überhaupt eine Vorstellung, welche Gefahren Ihr Plan beinhaltet, Lieutenant Yar?«

Tasha suchte Schutz in einer Habtachtstellung, als Picard um sie herumging. Das Glockenspiel der Brückengeräusche bot nur wenig Schutz. Sie holte tief Luft und bemühte sich, sich neben Worf nicht allzu unbedeutend vorzukommen. Es forderte ihre gesamte Beherrschung, dem Klingonen keinen ermutigenden Blick zuzuwerfen, bevor sie anhob.

»Ja, Sir, das habe ich. Aber ich denke, es ist ...« Sie unterbrach sich und schluckte den Rest des Satzes hinunter, als Picard sich plötzlich umdrehte und sie mit seinem Lasso der Herausforderung einfing. Sie konnte einfach nicht weiterreden, solange er sie derart finster ansah.

»Dann lassen Sie mal hören«, bellte er, als wisse er überhaupt nicht, worin ihr derzeitiges Problem bestand.

Sie weigerte sich zusammenzuzucken, doch ihr Magen schrumpfte zusammen. »Jawohl, Sir. Wir haben ... das heißt, ich habe ausgerechnet ...«

»Vergessen Sie die verdammten Berechnungen und geben Sie mir das Resultat.«

»Beim derzeitigen Zustand des Schiffes würde ich unsere

Chance für eine erfolgreiche Flucht auf weniger als fünfzig Prozent einschätzen, und dieser Wert sinkt laufend weiter. Ich habe den letzten Angriff analysiert, und es sieht so aus, als ob das Wesen nur die hochenergetischen Bereiche des Schiffes angegriffen hat. Die Triebwerkskammern des Warp-Antriebs, die Hochleistungskondensatoren der Geschütze, die Sensoren und die Schilde.«

»Und Ihre Schlußfolgerung...«

»Äh... lautet, daß die Rumpfsektion allein dem Wesen vielleicht entgehen könnte.«

Picards Blick war reine Melasse, doch irgendwo in diesem Blick meinte Tasha einen kleinen Funken Hoffnung wahrzunehmen, daß sie vielleicht mit heilem Kopf davonkommen würde.

»Den Rumpf trennen?« murmelte er.

»So... lautet mein Vorschlag, Captain.«

»Ihnen ist natürlich klar, daß die Rumpfsektion in einem solchen Fall nur auf rudimentäre Schutzschirme und keine nennenswerten Geschütze zurückgreifen könnte, wenn die Antriebssektion zerstört werden würde. Das haben Sie in Ihren Berechnungen doch auch berücksichtigt, nicht wahr, Lieutenant?«

Tasha gab ihre Habtachtstellung auf und drehte sich zu ihm um. »Die Chancen der Rumpfsektion, sich mit geringer Impulskraft unbeachtet davonschleichen zu können, erreichen beinahe neunzig Prozent, Sir, insbesondere, wenn wir ein gewisses Maß an Energie in die Antriebssektion einspeisen und das Ding ablenken.«

»Unbekannte Faktoren nicht eingerechnet.«

Sie ging wieder in Habtachtstellung und konzentrierte ihren Blick auf das Schott über dem Hauptschirm. »Richtig, Sir. Andererseits brauchen die Triebwerke in diesem Fall keine Schirmhülle um die Rumpfsektion zu projizieren, was wiederum bedeutet, daß wir mehr Energie in die Schilde leiten und einem zweiten Angriff damit vielleicht widerstehen können. Wenigstens lange genug, um einen Gegenangriff zu starten, meine ich, Sir.«

Auch Picard drehte sich nun um, musterte statt dessen jedoch den glühenden, pulsierenden Dunstwall elektrokinetischer Energie, der im oberen Bereich des Schirms nach ihnen suchte. »Und die Fluchtchancen für die Antriebssektion?«

Tasha holte sich nun doch den Blick bei Worf ab und klammerte sich daran, als wäre er eine Rettungsleine.

»Weniger ... als achtzehn Prozent, Sir.«

Jean-Luc Picard umkreiste seine beiden ganz privaten Hitzköpfe, sah ihre Schultern zucken, das eine Paar schmal und von goldenen Rangabzeichen umrahmt, das andere breit und hochgewachsen, ein wahres Feld aus Rot und Schwarz. Vor Worf, der den Körper Tashas völlig verdeckte, blieb er schließlich stehen. Vor ihnen breitete sich das Panorama des großen Hauptbildschirms aus, durch dessen Sternenfeld ihr leuchtender Feind seine Kreise zog. Die Stille zerrte an ihren Nerven. Zwar kam das Wesen mit der Regelmäßigkeit eines Uhrwerks weiter auf sie zu, und doch lag eine gewisse Stärke in der Stimme des Captains, als er schließlich das Wort ergriff.

»Das Risiko gehe ich ein. Holen Sie Riker!«

»Bericht, Mr. Data.«

Picard hatte ihnen noch nichts von seinem Plan erzählt. Data und Geordi LaForge hatten sich vor ihm auf der Brücke aufgepflanzt, Riker wiederum stand dicht daneben. Er war sich Deanna Trois Abwesenheit schmerzhaft bewußt. War er nur zu empfindlich, oder bestand Data in der Tat darauf, ihm nicht in die Augen zu sehen?

Bilde ich mir das nur ein?

»Ausgehend von seiner Handlungsweise und seinen Fähigkeiten – Lichtgeschwindigkeit, zum Beispiel«, begann Data, »möchte ich den Schluß wagen, daß es sich in der Tat um ein konstruiertes Gebilde und kein natürlich entstandenes Wesen handelt. Es besitzt eine rudimentäre Intelligenz und reagiert nach einer einfachen, grundlegenden Kette von Instruktionen, ähnlich wie ein Insekt. Wenn beispielsweise eine Gottesanbeterin ihr Männchen auffrißt, Sir, handelt sie einfach nur nach ihrem Instinkt, ohne eine Vorstellung von der Richtigkeit oder Falschheit ihres Tuns.«

Picard rieb sich die Hände an den Schenkeln und widerstand der Versuchung herumzulaufen. »Sie wollen also sagen, daß wir es mit dem größten Käfer der gesamten Milchstraße zu tun haben.«

Data neigte seinen Kopf zu einer Art Nicken, war aber nicht bereit, sich dieser Behauptung gänzlich zu verschreiben. »Im wesentlichen.«

»Weshalb wir gleich vergessen können, vernünftig mit ihm argumentieren zu wollen«, ergänzte Riker.

»Korrekt, Sir«, sagte Data. »Aber falls es uns gelingt, eine Verbindung auf seinem eigenen Niveau aufzunehmen, bin ich vielleicht in der Lage, seine simple Programmierung weit genug zu ändern, um es aufs Glatteis ...« Er fing sich rasch, und warf Riker einen Blick zu. »Genug, um seine Handlungsweise zu verändern.«

Datas Selbstbewußtsein schwand, als der Turbolift aufglitt und Troi heraustrat. Dr. Crusher folgte ihr auf dem Fuße, offenbar unwillens, die Counselor aus ihren Augen zu lassen.

»Captain!« platzte Troi heraus. Sofort wich sie zurück, sammelte sich und verkündete unmißverständlich: »Sir, sie wollen etwas von uns.«

Picard sah sie zweifelnd an. »Wie bitte? Haben Sie erneut Verbindung aufgenommen?«

»So könnte man es ausdrücken«, meinte Crusher mit einem Blick auf Troi. »Einen Augenblick lang habe ich geglaubt, ich würde sie verlieren.«

»Tatsächlich? Sind Sie in Ordnung, Counselor?«

»Captain, sie wollen etwas.« Troi drängte weiter. »Etwas, das wir ihnen geben können. Oder wenigstens etwas, von dem sie glauben, daß wir es ihnen zur Verfügung stellen können.«

Picard drehte sich um, der Mittelpunkt eines aufziehenden Sturms. »Nun, Data?« meinte er anklagend. »Nach Ihrer Einschätzung der Lage habe ich eine solche Entwicklung ganz bestimmt nicht erwartet.«

Datas dünn gearbeitete Lippen öffneten sich einen Augenblick lang stumm. »Sir, das kann nicht stimmen. Alle Fakten weisen darauf hin, daß der Feind nicht dazu in der Lage ist, bewußt etwas von uns zu verlangen. Er besitzt die Intelligenz eines Insekts auf allen Kommunikationsebenen. Er reagiert automatisch auf gewisse Stimuli. Seine Reaktionen haben nichts mit Gedanken, wie wir sie kennen, zu tun, lediglich mit Instinkten.«

Picard richtete einen Finger auf Troi. »Aber die Counselor behauptet das Gegenteil, während Sie« – der Finger beschrieb eine komplette Drehung – »behaupten, daß es uns nicht aus böser Absicht heraus angreift. Irgend etwas in seiner simplen Programmierung treibt es angeblich dazu.«

»Jawohl, Sir«, stimmte Data freudig zu. »Unsere Waffen haben es angezogen und aufgehetzt.«

»Wir müssen uns darüber klar sein, daß es einen Unterschied geben könnte zwischen dem Feind und den Geistern, die ich spüre, Sir«, hob Troi hervor.

»Wie auch immer«, hob Riker im Gegenzug hervor, »wir müssen damit fertig werden. Wir können weder vernünftig mit ihm argumentieren noch es abschrecken; und wir haben nur eine geringe Chance, es zu überlisten. Aber der Vorteil ist, daß wir vielleicht in der Lage sind, seine Programmierung zu entschlüsseln, wie Data vorgeschlagen hat.«

»Aber nicht«, betonte Picard, »wenn es vernunftbegabt ist.« Er legte seine Hände auf das hufeisenförmige Geländer der Brücke und sah bedeutungsvoll zu Deanna Troi auf. »Wenn es vernunftbegabt ist, spießen wir uns möglicherweise auf dem Horn von Mr. Datas Logik auf.«

Data trat auf das Hauptdeck hinab und stellte sich neben seinen Sessel, an der Operator-Station, als ob er von einem Gefährten innere Kraft schöpfen wollte. »Ich kann sein

Programm nicht allein aus seinen Handlungen heraus ableiten, Sir. Ich brauche irgendeine Form der Kommunikation oder ein Interface. Aus Rücksicht auf Counselor Troi möchte ich behaupten, daß es trotz seiner Programmierung lebt. Es besitzt einen grundlegenden Selbsterhaltungstrieb.«

»Wenn wir seine Programmierung entschlüsseln könnten«, fuhr Picard fort, »könnten wir es ebenso leicht bezwingen, wie wir eine Motte mit einem hellen Licht in die Falle locken können.«

Geordi suchte sich diesen Augenblick aus, um an ihm vorbeizulaufen und seinen Posten am Navigationspult wieder einzunehmen. »Da brauchen wir aber ein verdammt großes Schmetterlingsnetz«, murmelte er.

»Da ist noch eine weitere Gefahr, Sir«, redete Data weiter, »wenn wir versuchen sollten, seine Aufmerksamkeit zu erregen. Wir könnten es unabsichtlich auf die Palme bringen und mit Pauken und Trompeten durchfallen.«

Picard wollte bereits zu einem Kommentar ansetzen, funkelte dann jedoch den Androiden einen Moment lang finster an. »Ja, der Gedanke ist mir auch schon gekommen. Danke. Mr. Riker...«

»Sir?«

»Bereiten Sie die Trennung der Sektionen vor.«

Riker wirbelte herum. »Sir?«

»Sie haben mich verstanden, oder?«

»Ja, Sir, aber...«

»Fragen?«

Riker richtete sich auf und änderte seinen Tonfall.

»Allerdings, Sir. Die Rumpfsektion abzutrennen, ist nur in Situationen ideal, wenn uns ein Kampf bevorsteht und wir sie in sicherer Entfernung, weit abseits des Schlachtfelds, zurücklassen können. Wenn wir in dieser Lage eine Trennung durchführen, ist sie völlig hilflos.«

»Interessante Art, eine Frage zu stellen.« Picard beäugte ihn verschlagen. »Aber jetzt ist nicht die Zeit, kalte Füße wegen der Fähigkeiten dieses Schiffes zu bekommen. Lieutenant Yar, wiederholen Sie bitte Ihre Statistik für den Ersten Offizier.«

Yar stand direkt hinter der taktischen Station, die Wangen gerötet. »Aye, Sir. Wir haben eine Chance von fünfzig zu fünfzig für eine erfolgreiche Flucht des gesamten Schiffs berechnet. Wenn wir uns dagegen trennen und die Kampfsektion das Ding ablenkt, erreicht die Chance der Rumpfsektion für eine geglückte Flucht beinahe neunzig Prozent.«

»Und die Kampfsektion?«

Sie wurde nervös. »Ungefähr siebzehn Prozent.«

Eine steile Falte erschien über Rikers Nasenrücken. Er spürte die Anspannung in seiner Miene, als er sie finster anstarrte, sah einen Schweißfilm auf ihrem Gesicht hervortreten, obwohl sie der Kraft seines Blickes standhielt. Über seinem linken Auge fühlte er das Kitzeln einer Locke seines dunkelbraunen Haars wie einen irritierenden Stoffaden. Sein Geist spulte Yars Worte noch einmal ab, das grandiose Schauspiel, das sie heraufbeschwören würden. Ihn überkamen aufs neue all die zwangsläufigen Folgen, all die Denkanstöße, all die Sorgen, die das Kommando über ein Schiff mit sich brachte, das zu all dem imstande war, was dieses Schiff vollbringen konnte. Die ganzen Probleme eines kampfbereiten Schiffes, das zugleich als Heim für zahlreiche Familien dienen sollte — und wie schwierig es war, beides zu vereinen. Von einem Schlachtschiff erwartete man, daß es sich in den Kampf stürzte, von einem Kolonistenschiff, daß es sich auf dem schnellsten Weg zurückzog. Beides waren vertretbare Antworten; aber was sollte geschehen, wenn beide Antworten sich auf ein und dasselbe Schiff bezogen? Und wenn dieses Schiff nicht in der Lage war, schnell genug zu flüchten?

Diese *Enterprise* hatte sich bislang nur einmal getrennt, und das war noch nicht einmal während eines Testflugs geschehen. Und er selbst war gar nicht an Bord gewesen, als es passierte. Er hatte nur davon gehört. Ein wahnsinniger Schachzug, bei voller Warp-Geschwindigkeit, das alleinige

Vorrecht des Captains. Kein Schachzug, für den sich Riker in derselben Situation entschieden hätte, doch andererseits hieß er nicht Jean-Luc Picard. In seinem Geist stellte er sich plötzlich vor, wie das Raumschiff bei Lichtgeschwindigkeit in zwei Teile zerbrach, wie die Antriebssektion vorbeischoß, während die Rumpfsektion abrupt aus der Warp-Hülle stürzte und gewaltsam auf Unterlichtgeschwindigkeit abgebremst wurde — ein Effekt, der jeden Passagier auf allen Decks zu Boden geworfen haben mußte.

Passagiere ... verdammt, immer diese Grätschen.

Die Worte des Captains erklangen. »Alle Mann vorbereiten für Übergabe des Kommandos an die Kampfbrücke.«

Picard war offensichtlich nicht an Meinungen zu diesem Thema interessiert. Dieses Mal würde es keine gemeinsame Entscheidung geben, das sah Riker ein. Wenn er Captain wäre, würde es das sowieso nie geben. Nicht einmal darüber, ob der Captain an gefährlichen Landeunternehmen teilnehmen sollte. Nicht einmal darüber. Doch wie er sich wieder und immer wieder sagte: Er war nicht Jean-Luc Picard, war nicht jener Mann, der in diesem Moment seine Brückenbesatzung musterte und diplomatisch sagte: »Ich brauche einen Freiwilligen, der in dieser Krise das Kommando über die Rumpfsektion übernimmt.«

Riker dachte nicht daran, das Wort zu ergreifen. Er preßte seine Lippen zusammen und wartete, daß sich jemand anderer freiwillig melden würde. Tasha machte ihren Mund auf, schloß ihn wieder und hoffte, daß es dem Captain nicht aufgefallen war. Worf dachte nicht einmal ernsthaft über das Angebot nach, das zeigte sich bereits in seinem dunkelhäutigen Gesicht. Data wollte sich bereits von seiner Station abwenden, überlegte es sich jedoch anders und schluckte seine Antwort hinunter. Geordi rutschte so tief in seinen Sessel, daß man ihn kaum noch bemerkte.

Auf dem Oberdeck standen Beverly Crusher und Deanna Troi, bloße Schaufensterpuppen, die es nicht wagten, das sorgfältig betonte Angebot des Captains oder die Reaktionen, die es mit sich bringen würde, anzunehmen. Troi stand besonders still. Sie spürte die Verlegenheit jedes einzelnen, als die Aufforderung des Captains in seinen oder ihren Geist eindrang, das Gewissen berührte und wieder verebbte.

Picard drehte sich herum, berührte jeden mit seinem Blick und nützte dann den unwahrscheinlichen Moment, um auf beinahe sentimentale Weise den Kopf zu schütteln. »Ich bin sehr stolz auf Sie alle«, sagte er.

Vom Zentrum der Brücke aus strahlte William Riker sie an, stolz auf den besonderen Menschenschlag, den er hinter sich hatte.

Picard berührte das Interkom am Kommandosessel. »Maschinenraum, hier Picard. Chefingenieur Argyle, melden Sie sich auf der Brücke und übernehmen Sie das Kommando über die Rumpfsektion.«

»Hier Argyle. Habe ich Sie richtig verstanden, Sir?«

»Haben Sie. Kommen Sie herauf und bringen Sie eine zweite Brückenbesatzung mit. Es ist an der Zeit, einige Schritte zu unternehmen.«

»Jawohl, Sir. Schon unterwegs.«

Ohne die geringste Pause lehnte sich der Captain vor. »Mr. Riker, Sie können anfangen.«

Trotz der Unruhe in seiner Magengrube, die so ausgeprägt war, daß er sich nach vorne beugen mußte – er wußte, daß Deanna den Wandel bemerkte, wenn er auch sonst niemandem auffiel –, drehte sich Riker zu der Steuerkonsole um und zwang die Worte heraus, die ihn beunruhigten. Sehr beunruhigten.

»Mr. Data, aktivieren Sie die Energieknotenpunkte der Kampfbrücke, damit sie einsatzbereit ist, wenn wir dort eintreffen. Alle Mann vorbereiten für Verlegung auf die Kampfbrücke. Alarmstufe Gelb. Sichern zur Abtrennung des Rumpfes.«

Mit mandolinenhaftem Klingen erwachte die kompakte und zweckmäßig eingerichtete Kampfbrücke zum Leben.

Sie war ein dunklerer, in mancher Hinsicht privaterer Ort, ein Ort, dessen Gedanken einzig und allein der Arbeit galten. Der Hauptschirm war merklich kleiner, als ob er stärkere Aufmerksamkeit verlangen wollte.

Die Kommandobesatzung der *Enterprise* stürzte aus dem Turbolift und begab sich an ihre gewohnten Stationen. Tasha und Worf an die taktischen und wissenschaftlichen Stationen, LaForge ans Steuerpult, Data an die Operator-Station, der Captain ins Kommandozentrum, Riker an jenen Platz, der allen Ersten Offizieren zugedacht war — zur Rechten und etwas hinter der Schulter des Captains. Irgend etwas war mit diesem Ort. Selbst wenn sich der Erste Offizier woanders aufhielt, war er doch stets hier. Und über ihnen, hoch über ihnen, würde sich die Rumpfsektion bald von ihrer Energiequelle trennen, die Antriebssektion ihrer geringen siebzehnprozentigen Überlebenschance und jenem befriedigenden Gefühl überlassen, das nur eine Selbstaufopferung der menschlichen Seele bescheren konnte.

Jeder war sich der Finger LaForges bewußt, die gerade über die Konsole huschten. Neben ihm glitt Data in seinen Sessel und speiste die dazugehörigen internen Korrekturen ein — Schub, um die beiden, antriebslos im Raum hängenden Sektionen voneinander zu trennen, sorgfältige Begrenzung des dafür nötigen Energieaufwands für den Fall, daß das Wesen ihren Schachzug bemerkte, Millionen anderer winziger Berechnungen, die für etwas nötig waren, daß sich dem nackten Auge als relativ einfaches Manöver darbot. Und doch konnte man es nicht mit dem Zerlegen eines Kinderspielzeugs vergleichen. Millionen von Schaltimpulsen mußten umgeleitet werden, und die Energie zu ihrer Speisung mußte bereitstehen. Und die ganze Zeit bewegte sich das Geschöpf draußen durch das Sternenfeld, leuchtend und knisternd, dem Leckerbissen, den es vor kurzem gefunden hatte, dicht auf den Fersen.

»Auf mein Zeichen«, sagte Riker, im Bewußtsein, daß sie es auch ohne ihn hätten erledigen können. Aus seinen

Augenwinkeln sah er das Muskelspiel in Datas kühlem Nacken, als sich der Androide nach vorne beugte und die Berechnungen des heiklen Manövers abschloß, bemerkte die Effizienz seiner Androidenfinger und kam sich plötzlich grob und ungeschlacht vor. »Alle Systeme normal. Energiezufuhr auf fünfzehn Prozent, Steigerung auf zwanzig Prozent bei Trennung programmiert. Flugdeflektoren zugeschaltet, Triebwerksschub achtern Null-Komma-Null-Fünf Unterlicht. Alle Sektionen bestätigen Räumung der Turbolifte und Wartungsschächte.«

Der Brückenlift öffnete sich. Rikers Konzentration verflog. »Deanna, was haben Sie hier zu suchen?« Wider besseres Wissen ging er einen Schritt vom Captain auf den Lift zu, begierig zu erfahren, weshalb sie sich entschlossen hatte, die geringe Chance in Kauf zu nehmen, daß sie den heutigen Tag überleben würde. Doch er sah die Antwort in ihren mandelförmigen Augen, als sie seinem Tadel keinen Fußbreit nachgab, fühlte sie in den Emotionen, die sie in den nächsten Sekunden auf ihn richtete. Abrupt blieb er stehen und enthielt sich einer Bemerkung — wie auch immer diese ausgefallen wäre.

Selbst wenn er etwas gesagt hätte, wären seine Worte doch in Grund und Boden gestampft worden. »Counselor Troi«, bellte Picard, der sich an Riker vorbeigedrängt hatte. »Verdammt, ich habe Ihnen befohlen, in der Rumpfsektion zu bleiben. Rechtfertigen Sie sich!«

Wie es schien, hatte sie sich sehr gut darauf vorbereitet; sie blieb der Inbegriff der Gelassenheit. »Sir, ich werde hier gebraucht. Wenn es eine Möglichkeit gibt, in Verbindung mit diesen Wesen zu treten, bin ich die einzige, die Ihnen dazu verhelfen kann. Ich möchte mich freiwillig für die Kampfbrücke melden.«

»So«, krächzte Picard. »Es ist mir nicht entgangen, daß sie damit gewartet haben, bis die Lifte abgeschaltet wurden, anstatt sich freiwillig zu melden, solange wir noch oben waren.« Er deutete auf sie. »Darüber unterhalten wir uns später. Wenn es noch ein Später gibt.«

Troi ließ die Schultern sinken und atmete aus. »Jawohl, Sir.« Ihre Beine schmerzten vor Anspannung und der Erleichterung darüber, daß sie bleiben und die ganze Sache durchstehen durfte.

Vielleicht konnte sie dem Captain aus dem Weg gehen, nicht aber Riker. Ihr Blick erhaschte den seinen, und da war dieser Ausdruck in seinem Gesicht, ein Ausdruck, der durch alle Schichten seines Ichs aus seinem Innersten drang, und sie konnte alle diese Schichten klar erkennen. Es war, als ob sie in einen unendlichen Spiegel blickte.

»Mr. Riker, wir haben nicht den ganzen Tag Zeit.«

»Nein, Sir, ich weiß. Mr. LaForge, Mr. Data, Abtrennung des Rumpfes – jetzt.«

Jeder Atem kam ins Stocken, jede Wirbelsäule versteifte sich. Ein leises Summen drang von unten herauf, aus den Höhlen der gewaltigen *Enterprise*-Kraftwerke bis hinauf zu den Verzahnungen in ihrem Nacken. Mit mißtönendem Knirschen teilte sich das Schiff. Keine noch so vollkommene Mechanik würde je die Wucht dieser Trennung mindern, so sehr sie auch die tatsächlichen Geräusche abschirmen mochte. Sie hörten es alle, oder glaubten es zumindest: das heisere *Klunk-Klunk*, als sich die Kupplungen trennten und die Greifarme ihr Opfer freigaben wie riesige Klauen. Zäh befreiten sich die Wülste vom Sog des Schiffsjochs; Zapfen und Bolzen, Kabel und Haspen lösten sich aus ihren Harnischen, und all die vielen kleinen Steckverbindungen, die noch vor wenigen Augenblicken die komplizierten Steuerschaltkreise des Schiffes verbanden, zogen sich zurück. Wie von der Axt eines übergroßen Holzfällers gespalten, teilte sich das Schiff in zwei Hälften. Plötzlich war die Rumpfsektion mit all ihren Familien dem Schicksal preisgegeben.

Auf der Kampfbrücke sahen Picard und seine Leute zu, wie sich die Sektion langsam entfernte. Einen derartigen Blick auf ihr Schiff – oder zumindest einen Teil davon – bekamen sie nur selten zu sehen. Die Rumpfsektion war eine umfangreiche, sich zum Rand verjüngende Scheibe, in deren eisigem Weiß sich die Lichter aus den rechteckigen Luken und Energiefreigabepunkten widerspiegelten. Überall war Licht, ein glitzernder Weihnachtsbaum aus Blattmetall. Eine Art Schmerz durchfuhr Captain Picard. Er sah zu, wie die Impulstriebwerke der Rumpfsektion plötzlich zum Leben erwachten und in einem hellen, silbernen Blau aufleuchteten. Man erwartete Entschlossenheit von Raumschiffkapitänen. Und doch schnitten diese rohen Entscheidungen wie Messer in sein Fleisch. Warum mußte es solche Dinge in diesem Universum geben? Warum mußten Schlangen im Wasser sein?

Gebannt sah Riker die Rumpfsektion davontreiben. *Hmm. War gar nicht so übel. Hoffen wir, daß alles andere genauso klappt.* Als es ihm gelang, sich wieder von der Schönheit des Rumpfes loszureißen, sah er zu seinem Captain.

Wenn er Jean-Luc Picard je wankelmütig gesehen hatte, dann jetzt. Der Captain sah aus, als wolle er den Rumpf an seinen Platz zurückbeordern, alle seine Untergebenen unter seinem Mantel versammeln. Einige Sekunden lang erwartete Riker, daß er den Befehl tatsächlich geben würde, überlegte sich sogar, welche Worte er verwenden würde, um den Captain nicht zu albern aussehen zu lassen.

Doch Picard schwieg. Stumm trug er die Last seiner Überzeugungen.

»Sicherheitsabstand«, meldete LaForge. »Bereit für weitere Manöver, Sir.«

»Bestätigt«, murmelte Picard. Der Geschmack der Pflicht. »Lage beibehalten. Senden Sie ein Niederfrequenzsignal an Mr. Argyle. Befehlen Sie ihm, in den kleinen Asteroidengürtel auf der anderen Seite des Gasriesen zu fliegen. Vielleicht tarnt das ihre Flucht.«

»Aye, Sir«, bestätigte Worf. »Befehl erteilt.«

Schweigend sahen sie zu, wie der Impulsantrieb der Rumpfsektion einige Augenblicke lang aufleuchtete und dann wieder verblaßte; er hatte der riesigen Scheibe gerade genug Schub verliehen, damit sie auf die gefährlichen

Randbezirke des Käfigs zutrieb, den das Wesen errichtet hatte. Insbesondere für Riker besaß dieser schreckliche Moment durchaus seine tiefgründigen Seiten. Es gab so viele Zivilisationen, die ihm nicht einmal die Chance gewährt hätten, hier draußen den Tod zu finden, zumindest nicht an einem Ort nach seiner Wahl. Die Schönheit der Technologie flößte ihm Ehrfurcht ein. Es war die Freiheit, jenes Gebilde zu erbauen, das nun vor ihren Augen schwebte, die Freiheit, höhere, lohnendere Ziele anzustreben, die nötigen Hilfsmittel zu besitzen, um mit dem Reichtum ihrer gesunden Gesellschaft Wunder wie jene zu erschaffen, das er soeben mit eigenen Augen gesehen hatte. Und es war die Freiheit, im Weltraum zu sterben, wenn die Zeit gekommen war.

Er warf Captain Picard einen kurzen Blick zu und entdeckte bei ihm dieselben Gefühle. Ehrfurcht. Der Captain schien sich nicht zu fürchten. Mehr als alles andere wirkte er wütend auf das Wesen, das ihn gezwungen hatte, sein Schiff in zwei Hälften zu trennen.

Oder ist es etwas anderes? fragte sich Riker. *Ich kenne ihn so wenig.*

Der Bann brach, als sich Picard an Troi wandte. »Irgendeine Reaktion?« fragte er sie barsch.

Die schwarzen Locken ihres Haars ließen ihr Gesicht bleich aussehen, die tiefliegenden dunklen Augen wie Kugeln aus Onyx. »Noch nichts, Sir.«

»Worf, irgendwelche Änderungen in seinem Energiemuster?«

Worfs kehlige Antwort enthielt eine merkliche Spur Ungeduld. »Nur dieselben Fluktuationen, die es schon die ganze Zeit ausstrahlt, Sir.«

»Lieutenant Yar, behalten Sie den Rumpf und dieses Wesen im Auge. Ich will wissen, ob sie aufeinander treffen werden, und ich möchte es rechtzeitig erfahren.«

»Jawohl, Sir.« Sofort beugte sie sich über ihre Hochglanzkonsole.

»Wenn ich es mir recht überlege, verschwenden wir besser keine Zeit. Mr. Riker, machen wir ein kleines Geräusch in der Finsternis.«

Riker nickte, obgleich es eine dumme Geste war. Seine Kehle war ausgetrocknet, und er wollte nicht sprechen, bevor er nicht ein paarmal geschluckt hatte. Dann tippte er auf das Kommando-Interkom. »Riker an Maschinenraum. Haben wir Warp-Energie?«

Ingenieur MacDougal antwortete so schnell, daß sie ebensogut neben ihm auf der Brücke hätten stehen können. *»Warp-Antrieb immer noch ausgefallen, Sir, aber er sollte bald wieder einsatzbereit sein. Es war ein elektrischer Kurzschluß und keine Sache der Energieerzeugung.«*

»Ich verlange ja auch keinen Warp-Antrieb.« Er musterte Picard, ob es wirklich das war, was dem Captain vorschwebte. »Ich brauche lediglich einen kurzen Stromstoß durch die Röhren. Sagen wir, zehn Prozent. Genug, um seine Aufmerksamkeit von dem Rumpf abzulenken, bis er das Gebiet verlassen hat. Halten Sie sich bereit, sofort wieder abzuschalten, damit wir uns ebenfalls verstecken können.«

»Ich versteh' schon, was Sie wollen, Mr. Riker, aber Warp-Energie ist nicht so einfach zu beherrschen. Wir brauchen eine Ruheperiode vor und nach dem Stromstoß.«

Riker sah selbstbewußt zu Picard hinüber, der ihn beobachtete. »Was auch immer grade funktioniert. Und wann immer Sie bereit sind. Riker Ende.«

Nun würden sie ein Geräusch von sich geben. Sie würden in einer dunklen Lagerhalle eine Münze in die Luft schnippen und darauf hoffen, daß das leise Klingeln des Aufpralls zwar gehört, aber nicht aufgespürt werden konnte.

Aus den Eingeweiden des Maschinenraums, aus den Tiefen der Materie-Antimaterie-Reaktoren drang ein Stoß reiner Energie. Obwohl er lediglich winzige zehn Prozent betrug, konnten sie ihn dennoch spüren.

Dann gab es einen Wandel auf dem Schirm. Das knisternde Infrarot-Diffraktionsbild ihres Verfolgers hielt plötzlich in seiner Suche am unteren Rand des Bildschirms inne und vollzog eine recht zielsichere Wende in ihre Richtung.

»Es kommt«, meldete Yar. Sie packte die Kanten ihrer Konsole und weigerte sich, auf den Schirm zu sehen. Statt dessen sah sie zu, wie die beiden Zielpunkte – Raumschiff und Feind – aufeinander zukamen. Ihre Stimme schwankte. »Direkter Anflug.«

»Null-Komma-Drei-Null Unterlicht, Steuermann«, befahl Riker und packte die Kopfstütze von LaForges Sessel. »Kurs Zwei-Zwei-Vier-Komma-Eins-Fünf.«

»Aye, Sir.«

»Schneller, LaForge.«

»Aye, Sir. Ausführung.«

»Lieutenant, folgt es uns?« fragte der Captain, ohne sich umzudrehen.

Yar nickte, obwohl er nicht zu ihr hinsah. »Aye, Sir.«

»Geschwindigkeit?«

»Null-Komma-Vier Unterlicht.«

»Also gut...« Picard bewegte sich auf seinen Kommandosessel zu, setzte sich aber nicht. »Werfen wir die Perlen aus, und sehen zu, ob die Sau uns folgt. Lieutenant LaForge, erhöhen Sie auf fünfzig Prozent Unterlicht.«

»Null-Komma-Fünf, aye.«

Die geköpfte Antriebssektion, deren energiegeladene Gondeln nun zu ihrem auffälligsten Merkmal geworden waren, glitt auf einer unsichtbaren Schiene herum und schnitt diagonal durch das Suchmuster des Wesens, genau auf der dem Rumpf gegenüberliegenden Seite, weg von dem wirbelnden Gasriesen, weg von dem winzigen Asteroidengürtel, der sich eines Tages zu einem neuen Planeten zusammenballen und fortan die stolze kleine Sonne dieses Systems umkreisen würde.

»Captain«, sagte Worf und unterbrach die gespannte Aufmerksamkeit. »MacDougal meldet, daß wir genügend Energie für die Schilde, aber nicht genug für die Triebwerke und die Waffen haben. Sie schätzt, daß es noch ein paar Minuten dauern wird.«

Picard nickte, ohne aufzusehen.

»Ich glaube, es klappt, Sir.« Rikers Stimme war so tief, daß ihn seine Kehle schmerzte. Er berechnete im Geist den Abstand zwischen Antrieb und Rumpf, und die Zeit, die sie brauchten, bis die Rumpfsektion in Sicherheit war. »Guter Einfall, Captain.«

»Sir!« keuchte Tasha mit plötzlichem Entsetzen in der Stimme. »Es...«

»Ich sehe es. Volle Wende. Energie auf die Schilde! Erregen Sie seine Aufmerksamkeit!«

»Energieübertragung läuft«, gab Tasha sofort zurück. »Kampfdeflektoren auf Maximum.«

Egal, wie sorgfältig der Plan gewesen sein mochte und welches Ausmaß an Hardware, hochkomplexer Physik, Mathematik und detaillierter Analyse hinter ihm stand — es spielte keine Rolle. Es war schlicht und einfach Pech, jenes Pech, das die Menschheit in ihrer Geschichte noch nie hatte vermeiden, beiseite drängen oder überwinden können. Wer wußte schon, seit wann dieses Wesen durch die Galaxis streifte und die Dinge tat, die es heute tat? Es gab einfach keine Möglichkeit festzustellen, welche Gewohnheiten und Vorlieben es entwickelt und welchen Impulsen es zu folgen gelernt hatte. Und wer wußte schon, was es entdeckt hatte?

Ein Lichtreflex am Rumpf... ein winziges Leck im Fusionsreaktor der Impulsmotoren und der damit verbundene Austritt subatomarer Teilchen... ein hochfrequenter Energiestoß aus dem Wartungsbereich? Im täglichen Betrieb eines Raumschiffs ignorierte man solche Dinge völlig. Doch irgendwie hatte irgend etwas der Bedrohung weisgemacht, daß der Rumpf der aussichtsreichste Kandidat für ein üppiges Nachtmahl war. Sein Insektengehirn hatte sich in den Gedanken verbissen, *dieses* Ziel statt *jenes* anzugreifen, und so wandte es sich dem Rumpf zu.

Picard wirbelte zu Worf herum. »Irgend etwas?«

»Keine Veränderungen, Sir«, erwiderte der Klingone mit grimmiger Deutlichkeit. »Wir strahlen momentan die zwanzigfache Energie des Rumpfes aus, aber es scheint nicht sehr beeindruckt.«

»Fliegen Sie engen Annäherungskurs. Wir müssen es ablenken...«

Geordi LaForge bemühte sich, das Zittern seiner Hände zu unterdrücken. Der Gedanke, dicht an diesem Haufen Häßlichkeit vorbeizufliegen, behagte ihm ganz und gar nicht. Was er mit seinen verstärkten Sinnen wahrnahm, glich einer derart tückischen Ballung reiner Energie, daß er es vorzog, gar nicht auf den Schirm zu sehen. Er würde mit Hilfe der Instrumente fliegen, genau dem Befehl folgen, den man ihm gegeben hatte. Er würde das Schiff wie an einem unsichtbaren Seil um den Alptraum herumschwingen.

Zu schade, daß dieses Schiff keinen Hasenfußschalter besaß.

Das Schiff schwang sich durch den Weltraum, dem knisternden Energiefeld seines Feindes entgegen. Nun überragte der Rumpf alles andere auf dem Hauptschirm. Er lag zwischen ihnen und der Wand aus blendend hellen, nach ihm schnappenden elektrischen Zungen, ein Prisma, durch das hindurchzusehen schrecklich war.

LaForge erhöhte die Geschwindigkeit, ohne daß man ihn dazu auffordern mußte. Er wußte, was er zu tun hatte: Laß den Knallfrosch eine Portion reiner Antimaterie fressen.

Er gestattete sich einen kurzen Blick auf Data. Der Androide wirkte täuschend ruhig, eine menschliche Gestalt, eingehüllt in Infrarot, die glühende Form eines Mannes mit kalten und heißen Bereichen, die sich allesamt bewegten. Auf eine Weise, wie sie kein mechanisches Gerät zuwege brachte, spürte Data seinen Blick und gab ihn zurück. Er antwortete nur mit einem bedeutungsvollen Hochziehen seiner Brauen. Endlich vereint. Ein Tod, wie er Soldaten zustand, wenn sie denn schon sterben mußten.

Hinter ihnen umklammerte Riker den Sessel des Steuermanns härter, als er es eigentlich beabsichtigte. Der Schirm vor ihm schien zu lodern, so nahe waren sie dem Phänomen jetzt. Mit etwas Glück würden sie sehr bald in großen Schwierigkeiten stecken. Ärger überkam ihn, als er sah, wie die Impulstriebwerke der Rumpfsektion erneut anliefen. Argyle wußte, daß es hinter ihnen her war — und daß sie viel zu langsam waren, um ihm zu entwischen. Dennoch raste der Rumpf mit voller Impulskraft weiter, eine übergroße Schildkröte, die sich bemühte, vom Mittelstreifen einer stark befahrenen Straße zu entkommen. Über ihm hoben die Frustrationen ihr häßliches Gesicht. Riker wünschte sich, Picard hätte darauf bestanden, daß einer von ihnen zurückblieb. Auf einmal hätte die Rumpfsektion einen echten Offizier und nicht nur einen Ingenieur gebraucht.

Das Wesen beschleunigte und folgte, die Antriebssektion tat es ihm gleich, nur schneller. Das Schiff neigte sich, als es LaForge direkt vor dem elektrischen Körper des Gegners herumriß. Im Vorbeiflug sahen sie, daß dieser tatsächlich eher flach als rund war, ein gewaltiges Feld vorgetäuschter Computersignale, und dennoch zur Gänze von Leben erfüllt. Seine elektrokinetischen Bänder funkelten und sprühten, als die Antriebssektion an ihm vorbeischoß und in die entgegengesetzte Richtung davonraste.

Picard schob sich zwischen Data und LaForge. »Was passiert, zum Teufel? Nichts?«

»Keine Reaktion«, bestätigte LaForge irgendwie enttäuscht.

»Worf!«

»Ich habe keine Erklärung, Sir«, donnerte Worf. »Es läßt nicht vom Rumpf ab.«

Data sah auf. »Vielleicht ist es doch mehr als ein Insekt, Captain.«

Und als er es sagte, warf er einen Blick auf die andere Seite der Brücke zu Deanna Troi, die nun neben Tasha stand und unheilvolles Schweigen wahrte, ihren Waffen hilflos ausgeliefert.

»Ein Hai«, murmelte Riker.

»Nummer Eins?«

Riker wandte sich an den Captain. »Ein Hai, der sich auf einen einzigen Fisch in der gesamten Schule konzentriert hat. Er ignoriert alle schmackhafteren Leckerbissen und greift jenen an, auf den er sich konzentriert hat.«

»Sir«, ergriff unvermittelt Troi das Wort. Ihre Stimme wirkte wie ein Schock auf der kompakten Brücke. »Wir müssen es ablenken. Der Rumpf ...«

»Wird einem Angriff nicht standhalten, ich weiß, Counselor, ich weiß. Schilde auf Maximum. Maschinenraum, hier ist der Captain. Haben wir Warp-Geschwindigkeit?«

»MacDougal, Sir, gerade eben. Warp Drei ist alles, was ich Ihnen geben kann.«

»Tun Sie's. Und auf mein Zeichen Notausstoß der Antimaterie ...«

Riker wirbelte herum. »Sir?«

»Wir werden dafür sorgen, daß es uns nicht noch mal ignoriert. Wir werden mit der Tür ins Haus fallen, und zwar sofort. Dieses Ding wird *nicht* ...«

»Sir!« keuchte Yar. »Es nähert sich dem Rumpf! Beschleunigung auf Null-Komma-Sieben-Fünf ...«

»Kurs direkt ins Zentrum, Warp Drei und Start!«

Wie auf Kommando hoben LaForge und Data ihre Köpfe, als ob sie sichergehen wollten, daß sie beide dasselbe gehört hatten.

»Ich sagte: Start!« donnerte der Captain. Dann senkte sich seine Stimme zu einem Flüstern — ein Vulkan kurz vor dem Ausbruch. »Wir fliegen mitten durch den Bastard.«

KAPITEL 7

Picard stand auf der Kampfbrücke, als wäre sie ein Triumphwagen. In seinen Händen hielt er die Zügel der Rennpferde, die Augen auf das Bild des Feindes gerichtet.

Selbst für Riker, der selbst etwas von einem Baumstumpf hatte, schien Picard auf einmal größer als das Leben selbst. Jedes Schiff kam einmal in eine Lage, in der man nicht gewinnen konnte, und das war jetzt die ihre. Trotz der primitiven Programmierung dieses Dings da draußen war es doch sehr effizient und hatte sie kalt erwischt. Jetzt mußten sie sich mit ihm auseinandersetzen, Flucht war unmöglich geworden.

Inzwischen beherrschte es den Schirm so sehr, daß jener nicht einmal mehr schwarze Ränder zeigte: ein Wall aus Donner und Farben, genau jenes Etwas, das Mütter ihren Kindern stets verboten anzurühren. Oder auch nur daran zu denken, es berühren zu wollen. Die Antriebssektion richtete ihren großen Kobraschädel auf den Wall und raste mit aller Geschwindigkeit, die sie aufbringen konnte, hinein. Warp Drei – Warp Irgendwas – war beeindruckend und erschreckend genug, wenigstens für jemand, der noch bei Verstand war.

In den letzten paar Sekunden schloß Riker seine Augen. Er konnte nicht anders, wollte er die Tatsache akzeptieren, daß er jetzt gleich sterben würde, um die anderen zu retten. Das war seine unausgesprochene Pflicht, soviel wußte er; es war der Grund, weshalb er die Sektionen überhaupt getrennt hatte. Wenn es zum Schlimmsten kam, war die Antriebssektion entbehrlich. Man erwartete von ihnen, daß sie sich opferten, vor die heransausende Kugel traten. Das war der eigentliche Gedanke.

Sein massiger Körper verkrampfte sich. Er hatte den metallischen Geschmack des Angriffs dieses Wesens schon einmal gekostet und jetzt...

Die *Enterprise* krachte mitten in den elektrischen Wall und löste sofort ein ohrenbetäubendes Feuerwerk aus. Stromstöße zuckten durch das ganze Schiff, näherten sich allen Konsolen, jedem lebenden Körper, eine fürchterliche Erschütterung nach der anderen. Krämpfe rasten, begleitet von einem Gewitter sinnlosen Lichts. Riker hörte Deanna aufschreien, als es sich auf sie konzentrierte, doch er war nicht einmal imstande, sich umzudrehen, sie anzusehen.

Knack... KNAAACK...

Und das Schiff brach auf die andere Seite durch – ein mitgenommenes Gefährt, voll von mitgenommenen Menschen, einen Schwanz aus spektralem Feuer hinter sich herziehend. »LaForge, steuern Sie die Asteroiden an! Maschinenraum, hier Picard...«

Wie konnte er jetzt noch sprechen? Wie gelang es ihm bloß, Worte durch seine Kehle zu quetschen?

Riker versuchte einmal mehr, sich umzudrehen, dieses Mal zu seinem Captain, und dieses Mal gelang es ihm. Picard kauerte in seinem Kommandosessel, einen Ellenbogen um die Armlehne verschränkt, und brüllte in das Interkom. »Maschinenraum! Notausstoß der Antimaterie auf mein Zeichen... hören Sie mich?«

»Maschinenraum... äh, wir hören... bereit auf ihr...«

»LaForge, sind wir schon bei diesen Asteroiden?«

LaForge bemühte sich, mit seinen Fingern das elektrische Feld zu durchdringen, das immer noch um seine Konsole züngelte, und hieb den neuen Kurs ins Steuerpult. Mit jedem Tastendruck peitschten Stromstöße durch seine Finger, doch er gab nicht auf, bis das Schiff in Richtung auf den vorplanetaren Raummüll zwischen dem Gasriesen und dem Stern einschwenkte.

Riker mühte sich ab, durch die glitzernde Wolke, die die Brücke von Schott zu Schott, vom Boden bis zur Decke ausfüllte, einen Blick auf den Captain und die hinter ihm kauernde Deanna zu erhaschen.

Sie hielt sich mit beiden Händen am Brückengeländer fest, das Gesicht in einen Arm gepreßt, als ob sie ihre Augen und womöglich noch viel mehr von sich abschirmen wollte.

Doch schon im nächsten Augenblick nahm der Hauptschirm seine Aufmerksamkeit wieder voll in Anspruch, gerade rechtzeitig, daß er verfolgen konnte, wie das Wesen den Knochen, den es bereits sicher hatte, fahrenließ und sich dem anderen zuwandte, dessen Spiegelbild sich in seinem Strom abzeichnete. Seine Farben glühten auf, und es schoß auf sie zu, füllte den Schirm aus, raste mit unvorstellbarer Geschwindigkeit auf sie zu. Sie hatten es geschafft — sie hatten seine Aufmerksamkeit erregt. Nur zu gut. »Captain, es ist hinter uns her!« schrie er durch das elektrische Gewitter.

»Volle Geschwindigkeit!« donnerte Picard. Auch er drehte sich herum, schaute und sah.

»Erreichen Asteroiden, Sir«, rief Geordi, dessen spezielles Sehvermögen kaum imstande war, den Lichtertanz vor sich zu ertragen.

Picards Stimme drang durch das ganze Schiff. »MacDougal, leeren Sie den Antimaterietank — jetzt!«

Mit einem Geräusch, das sich verdächtig nach einer riesigen Toilette anhörte, nahmen die Exhaustoren ihre Arbeit auf. Erst kam ein lautes Gurgeln, dann raste eine Erschütterung durch die unteren Sektionen, und in einem radikalen Manöver, das normalerweise nur bei unerwarteten Lecks in der Abschirmung zum Einsatz kam, erbrach das Schiff den Inhalt seines Antimaterie-Tanks. Antimaterie spülte aus den Gondeln und ergoß sich in den Asteroidengürtel. Wo immer sie im Vakuum des Weltraums auf Materie traf, gab es eine Explosion — eine gewaltige Explosion, die ihre Feuersäulen über Tausende, mitunter sogar Hunderttausende von Meilen in alle denkbaren Richtungen schleuderte. Jede Detonation und der dazugehörige Halo kleinerer Detonationen sandte enorme Schockwellen in den Raum hinaus, die das Schiff bei seinen verzweifelten

Bemühungen, dem Inferno zu entrinnen, nach vorne warfen.

Die *Enterprise* pflügte durch die Asteroiden, erreichte die andere Seite, doch im selben Moment, da die Antimaterie erschöpft war, zerbrach das Warpfeld und das Schiff verlangsamte auf Impulsgeschwindigkeit. Jedermann auf der Brücke wurde nach vorne geschleudert, als sich das Schiff unter lautem Winseln abmühte, den unerhörten Geschwindigkeitsabfall auszugleichen. Riker hob einen Arm, um seine Augen vor dem Feuerwerk zu schützen, das noch immer auf der Brücke Amok lief, und fand den Hauptschirm gerade rechtzeitig, um Zeuge einer Kette gelber Explosionen zu werden, große, kleine, alle blendend hell.

»Absoluter Vorrang für die Schilde«, keuchte Picard. »Mit reiner Impulskraft sind sie reichlich schwach. Vielleicht müssen Sie die Phaser-Energie anzapfen, um sie stabil zu halten. Maschinenraum, hören Sie mich?« Irgendwie gelang es ihm, sich nach wie vor an seinen Sessel zu klammern und Befehle in alle Richtungen zu erteilen, während er zusah, wie sich das Ding im Asteroidengürtel niederließ und die Explosionen aufzufressen begann.

Dann erhellte ein letzter bunter Strom die Brücke und versetzte allen einen Schock, als hätten sie einen offenen Stromkreis berührt. Diesmal jedoch verschwendete er keine Zeit: Mit einer gewissen Endgültigkeit zischte er über die Brücke, ballte sich zu einem Knoten, heftete sich an Data, als ob ihn dieser angesaugt hätte, und schleuderte ihn aus dem Sessel. Der Androide hatte keine andere Wahl, als jedes einzelne Volt zu ertragen, das den anderen nun erspart blieb. Er wurde zur Seite gerissen und rückwärts gegen das Brückengeländer geschleudert, bis die fremde Macht ihn nicht mehr weiter zurücktreiben konnte. Um ihn herum bildete sich eine orangefarbene, von Funken durchsetzte Hülle und schüttelte ihn. Im Inneren bebte und keuchte er, als die Blasebälge, die ihm als Lungen dienten, ebenfalls zusammengepreßt wurden.

»Nein!« schrie Geordi. Dieses Mal kannten sie die Bedrohung, und weder sie noch Geordis Reaktion darauf kamen unerwartet für Riker und Data.

Als Geordi aus seinem Sessel aufsprang, hielt ihn Riker mit seinem bewährten Griff fest, die Hand wie ein Schraubstock um Geordis Arm geklammert. Im selben Augenblick nutzte Data eine jener schrecklichen Umarmungen, um hervorzupressen: »Bleib weg, Geordi ...«

Statik knisterte um Geordis Hand, als er nach ihm greifen wollte, doch Datas Befehl ließ ihn seine Hand wieder zurückziehen. Durch sein Visor starrte er die teuflische Infrarothülle an, die ihm eine seltsam verständliche Warnung zufauchte.

»LaForge, zurück auf Ihren Posten!« Picard manövrierte sich zwischen sie und untersuchte das weiße Feld aus Statik um Data.

Wenn Data tatsächlich Schmerz empfinden konnte, so tat er es jetzt. Wenn sie je Zweifel daran gehabt hatten, waren diese nun wie weggewischt.

Riker kam vorne um Data herum, dicht an der statischen Hülle vorbei. Nur ein einziges Mal sah er von ihr weg, lange genug, um einen Blick auf Troi zu werfen. Sie stand auf dem Oberdeck, umklammerte das Geländer und starrte zu ihnen herunter, das Gesicht durchfurcht von Sorge und Erwartung. Sie schien jedoch in Ordnung, wenigstens angesichts der Umstände.

»Captain«, setzte Riker an und streckte eine Hand aus, als könne er allein damit die Situation beherrschen, »wenn wir mit ihm reden würden ...«

LaForge drängte nach vorne, aufgehalten nur durch die Gegenwart Picards. »Nein! Wir müssen ihn da rausholen!«

»Das könnte unsere einzige Chance sein«, betonte Riker.

»Er hat es nicht verdient, auf Ihrer Idiotenliste ganz oben zu stehen, Riker«, beklagte sich LaForge bitter. Er knurrte es beinahe.

»Ich weiß«, sagte Riker, »ich weiß. Treten Sie zurück. Das ist ein Befehl. Captain ...«

Picard beschrieb einen Halbkreis um den Androiden und die Kraft, die ihn an Ort und Stelle hielt. »Genau ... genau ... Ruhe, alle Mann.« Er trat so dicht heran, daß das statische Feld über seine Arme und Beine lief und kleine Wellen auf seiner Haut verursachte. »Data, können Sie mich hören?«

Plötzlich verstummte das Geknister. Es war, als ob ein Ballon geplatzt und auf seine Normalgröße zusammengeschrumpft sei: häßliche transparente Farben, die Data nach wie vor einhüllten und sich langsam an ihn zu gewöhnen schienen. Sein Atem glich nun weniger einem Keuchen, obwohl er immer noch nach Luft schnappte und sich gegen etwas zur Wehr setzte, bei dem es sich nach wie vor um einen Angriff handelte. Seine Augen hefteten sich auf die Decke der schwach beleuchteten Kampfbrücke, bewegten sich jedoch, als ob dort oben Worte stünden, die es zu lesen galt. Er blinzelte und kniff die Augen zusammen, ein Kampf, die Bedeutung dessen zu erfassen, was er sah. Seine Arme standen in einem seltsamen Winkel nach unten, die Hände gespreizt, die langen Finger zuckend.

Riker bewegte sich sehr langsam an die Seite des Captains und sprach in leisen Tönen, die beinahe ein Flüstern waren. »Harmonische Resonanz. Wie Radiowellen, die einen Kristall zum Vibrieren bringen. Irgendwas scheint er mit ihm gemein zu haben.«

Picard nickte einmal.

»Data?« begann er von neuem. »Können Sie mich hören? Verstehen Sie mich?«

Eine Zeitlang kam keine Reaktion.

Dann ein dünnes »Ja ...«

Die Antwort durchfuhr sie alle wie ein Messer.

»Data, reden Sie mit mir«, forderte ihn der Captain auf. Seine volltönende Stimme geriet zu jenem effizienten Werkzeug, das sie nun mal war.

»Ich ...«

»Weiter. Versuchen Sie's. Ich höre. Weiter.«

»Sub ... raum ... ver ... ver ...«

»Verbindung?«

»Ja...«

»Darauf habe ich gehofft. Können Sie sich mit ihm verständigen?«

Die Pinselstriche von Datas Gesichtszügen verzogen sich vor Frustration. »Ich kann nicht... kann nicht senden...«

»Versuchen Sie's weiter. Alle Mann, Ruhe bewahren. Niemand rührt sich vom Fleck. Worf, Lagebericht.«

Angesichts der Wirkung, den der Strudel auf Data ausübte, fühlte sich selbst der Klingone bemüßigt, seine Stimme zu senken. »Es zehrt noch immer an den Antimaterie-Reaktionen im Asteroidengürtel, Sir. Kein Anzeichen einer Kursänderung.«

»Es will mit Ihnen reden...«

Trois Stimme war leise, doch dieses Mal besaß sie eine Modulation, die sie nicht erkannten, eine Modulation, die alle sich zu ihr umwenden ließ, obwohl Data nach wie vor gefangen war. Steif schritt Deanna Troi auf das Hauptdeck hinab. Riker streckte seine Hand nach ihr aus, und sie ergriff die Hand, die er ihr anbot, doch ihre Miene war die eines Menschen, der in ein blendend helles Licht starrte. Sie glich derjenigen Datas — beide sahen etwas, das nicht wirklich da war. »Ihre Sprache«, murmelte sie. »Ich beherrsche sie.«

Zögernd setzte Riker, der noch immer ihre Hand hielt, zu einem Schritt an, der ihn näher zu ihr bringen würde.

»Nein!« befahl ihm Picard in diesem Moment in scharfem Ton und bedeutete ihm mit einer Geste, wieder einen Schritt zurückzutreten. Mit einem zusätzlichen Schubs drängte er Riker beiseite und trat zwischen sie, sich Trois nun plötzlich leerer Hand durchaus bewußt, die nach Riker greifen wollte. Also war wenigstens noch ein Teil von ihr zugegen.

»Wer sind Sie?« setzte Picard sorgfältig an.

Trois Augen weiteten sich vor Anstrengung.

»Alles... beenden Sie...«

»Wir verstehen Sie nicht. Wir wissen nicht, wer Sie sind«, erwiderte der Captain.

Troi fing an zu zittern, ein Zittern, das bis in die Tiefen ihrer Knochen reichte und ebenso von ihren eigenen Bemühungen wie von der Wirkung dessen herrührte, was gerade mit ihr geschah. Trotz Picards Abneigung gegenüber Folklore und Geistergeschichten nahm die Kampfbrücke die diesige Aura einer Séance an. Troi selbst war nun ebenfalls ein Geist, ein Wesen aus dunkler Vergangenheit, aus einer Zeit, als die Unwissenheit unauslöschliche Eindrücke in der Phantasie der Menschen hinterließ. Sie war der Hauch einer Legende, die man auf irgendeine Weise in die Gegenwart versetzt hatte. Ihr Haar leuchtete, Ebenholz hinter den Blitzen, und trotz all des Lichts, das von Datas Angreifer herrührte, glommen ihre Augen in gewohntem Schwarz. Und doch zeigte sich inmitten des Zauberbanns die bewußte Arbeit eines Wissenschaftlers. Und nicht für eine Sekunde vergaßen sie, daß Data ebenfalls davon betroffen war: Die knisternde Helligkeit des Strudels um ihn huschte über Trois Gesicht und diente als ständige Erinnerung.

Riker trat probeweise auf sie zu und war Picard dankbar, daß er ihn diesmal nicht zurückhielt. »Deanna...«, setzte er an. Doch dann fehlten ihm die Worte.

Troi zwang sich zum Sprechen. Irgendwie konnten sie spüren und verstehen, daß der Zwang von ihr und nicht von einem anderen ausging. »Sie... können es... beenden.«

Der Captain kniff die Augen zusammen, als ob er die Worte sehen konnte. Irgend etwas in der Art, wie sie es gesagt hatte, ließ ihn die Brücke mit einer Handbewegung zur Ruhe mahnen.

Ihre Stimme – immer noch sehr leise. Nur ein rauhes Wispern. Und doch enthielt sie eine Stärke, eine Entschlossenheit, die Picard in diesem Augenblick nicht erwartet hatte. Und nachdem sie den Satz erst einmal ausgesprochen hatte, war es unwiderruflich vorbei. Die Anstrengung fiel von ihr ab, das Phänomen gewährte ihr einen tiefen Atemzug, und die Lichtmuster auf ihrem Gesicht verblaßten langsam.

Riker und Picard wirbelten herum, und in der Tat glich Data nun wieder mehr sich selbst als einem Silvesterfeuerwerk.

»Keiner rührt sich!« warnte Picard. »Warten Sie, bis es völlig verschwunden ist.«

Trotz des Befehls stahl sich Riker langsam zu Troi hinüber und behielt sie im Auge, während Data am Rande seines Sichtfelds vor sich hin glitzerte. Als sie unverhofft zusammenbrach, stand er beinahe neben ihr.

Die Farbe wich aus ihrem Gesicht, und Troi stürzte so abrupt zu Boden, daß Riker es beinahe übersehen hätte. Es gelang ihm noch, ihren Oberarm zu packen und zu verhindern, daß ihr Kopf gegen das Brückengeländer prallte, doch sie wand sich in seinem Griff wie ein zappelnder Fisch, bis er wieder festen Stand gewann und sie auf das Deck niederlassen konnte. Er kniete sich neben sie, wischte ihr die schwarzen Locken aus der Stirn und sah gerade rechtzeitig auf, um mitzuerleben, wie Data dasselbe zustieß.

Der dichtere Körper des Androiden prallte mit einem dumpfen Schlag auf das Deck, doch Geordi und Worf waren zur Stelle und drehten ihn herum. In der Dunkelheit, die plötzlich wieder auf der Brücke herrschte, wirkte der Androide etwas verwirrt, doch im Gegensatz zu Troi war er noch bei Bewußtsein.

Picard warf einen raschen Rundblick über die Brücke, um sicherzugehen, daß das elektrische Phänomen wirklich verschwunden war. »Yar«, fragte er dann, »Zustand des Wesens?«

»Immer noch mit den Asteroiden beschäftigt, Sir«, meldete sie. »Obwohl es sich mit den Antimaterie-Explosionen sehr viel Zeit läßt. Es scheint nicht zu begreifen, worum es sich dabei handelt. Scheinbar ist es sich nicht im klaren, was es tun soll.«

Picard schnaubte. »Geht es uns nicht allen so? LaForge? Überlassen Sie Data Worf und holen Sie uns hier raus.«

»Jawohl, Sir. Welcher Kurs?«

»Zurück zum Rumpf, solange wir noch Gelegenheit dazu haben.«

Mit diesen Worten kniete er sich neben Riker, der recht hilflos über Troi gebeugt war. »Lebt sie noch?«

»Ihr Puls ist wie eine Baßtrommel«, erwiderte Riker. »Wer weiß schon, was das unter diesen Umständen zu sagen hat?«

»Etwas Gutes, möchte ich mal behaupten«, sagte Picard reumütig. »Was anderes bleibt uns nämlich nicht.«

»Werden wir uns wieder an den Rumpf ankoppeln, Captain?« fragte Riker, obwohl er die Antwort bereits kannte. Diesmal würde das Ankoppeln nicht bedeuten, daß die Probleme vorbei waren. Ganz im Gegenteil. Es würde bedeuten, daß sie vollends versagt hatten.

Picard musterte den Schirm. »Scheint, als ob wir uns zu früh gefreut haben. Tasha, nehmen Sie Verbindung mit Chefingenieur Argyle auf und setzen Sie ihn davon in Kenntnis, daß wir sie abholen.«

»Aye, Sir. Sofort.«

»Senden Sie auf Niederfrequenzband und halten Sie die Nachricht so knapp wie möglich.«

»Aye, Sir.«

Der Captain wandte sich erneut zu Riker um und griff nach Trois Handgelenk, um selber ihren Puls zu fühlen. »Was halten Sie von alledem?« fragte er dann mit leiser Stimme. »Ihre Worte ... Steht sie mit demselben Wesen in Verbindung wie Data?«

Riker schüttelte den Kopf. »Es ist alles ziemlich undurchsichtig. Was immer es auch ist, es beeinflußt sie auf verschiedene Weise. Sie redet laufend von diesen ... na ja, diesen *Personen*, als ob sie sie kennen würde, und außerdem wird sie im Gegensatz zu Data nicht von diesem Glitzern eingehüllt. Und es greift nicht nach ihr. Ist Ihnen aufgefallen, daß sie sich immer noch bewegen konnte? Es ist, als ob sich das elektrische Feld des Wesens auf ihn konzentriert, aber durch sie spricht.«

»Schon, aber diese Botschaften, die sie aufnimmt. Wie

präzise ist ihre Telepathie? Ich habe so etwas bei Troi noch nie erlebt. Sie wissen genausogut wie ich, daß die Telepathie der Betazoiden unterhalb aller gewöhnlichen Frequenzen liegt und nach außen hin als etwas Übernatürliches erscheinen mag, daß sie aber dennoch wissenschaftlich zu erklären ist. Aber diese Sache ... daß sie sich wie ein spiritistisches Medium verhält ... das kaufe ich ihr einfach nicht ab.«

»Ich bin der Ansicht«, gestand ihm Riker, »daß sie es ebenfalls nicht glaubt, wenn Sie das beruhigt, Sir.«

»Was hat sie gesagt? Wir können es beenden. Was beenden?« Er lehnte sich ein wenig dichter heran und senkte seine Stimme. »Haben Sie irgendeine Idee?«

Riker leckte sich die Lippen. Also dafür waren Erste Offiziere da: sich Hypothesen über Dinge auszudenken, von denen sie keine Ahnung hatten. Antworten aus der Luft zu zaubern. Andererseits war das manchmal die beste Art, überhaupt eine Antwort zu finden: solange unverdrossen weiterzumachen, bis man entweder eine Wand oder das Wasser erreicht hatte. »Es beenden. *Wir* sind dazu in der Lage. Ich frage mich, ob wir damit gemeint sind. Oder hat Troi zu den Lebensformen gesprochen, die sie gespürt hat?«

»Oder vielleicht haben sie zu ihr gesprochen? Ich sag' Ihnen was«, meinte Picard mit plötzlicher Überzeugung. »Sobald die beiden wieder aufrecht sitzen können, setzen wir sie nebeneinander und beschaffen uns die Antworten. Wir sind im Besitz der Botschaften. Wir deuten sie nur nicht richtig. Langsam ist es an der Zeit dazu.«

»Wie geht es ihr, Mr. Riker?« Tasha hielt ihre Stimme gesenkt. Scheinbar fürchtete sie, daß sie die Aufmerksamkeit der anderen erregen könnte, weil sie in diesem kritischen Moment ihren Posten verlassen hatte, neben Troi in die Knie gegangen war und sich nun über sie beugte.

»Ich bin kein Arzt«, entgegnete Riker schlicht und machte seiner Enttäuschung Luft. Wenn er die Zeit gehabt hätte, seinen Posten zu verlassen, wäre Troi bereits auf dem Weg zur Krankenstation, aber diese zusätzlichen Sekunden hatte er einfach nicht. Also blieb sie hier, in seinen Armen, in seinem Blickfeld, unter dem geringen Maß an Obhut, das er aufbringen konnte.

»Sir, werden wir uns wieder mit der Rumpfsektion zusammenschließen?« fragte Yar. Ihre Augen wünschten sich, daß alles in Ordnung kommen würde; auf einmal wirkte sie so unschuldig und hoffnungsvoll wie ein Disney-Gemälde.

»Ich glaube, uns bleibt gar keine andere Wahl«, meinte er. »Es hat einfach nicht geklappt. Wir haben uns daran gewöhnt, daß alles immer funktioniert, und es trifft einen ziemlich hart, wenn das einmal nicht der Fall ist. Die Mächte des Schicksals, Lieutenant.« Er entließ sie mit einer Kopfbewegung, eine stumme Aufforderung, wieder auf ihren Posten an der taktischen Station zurückzukehren, doch sie blieb.

»Mr. Riker?«

»Ja, was ist denn?«

»Sir... es war mein Vorschlag, die Sektionen zu trennen.« Tasha unterbrach sich und wartete ab, bis sie seiner Aufmerksamkeit sicher war. Als es soweit war, kniff sie ihre dünnen Lippen zusammen. »Soll ich mich beim Captain entschuldigen?«

Riker stürzte sich in den Wunschbrunnen ihrer Augen, wenn auch nur für einen kurzen Augenblick: Augen, die sie lediglich durch den sparsamen Gebrauch eines Eyeliners und einem Hauch von Mascara zur Geltung gebracht hatte, als ob sie etwas unsicher und sich ihrer Weiblichkeit zu sehr bewußt war. Riker ertappte sich dabei, wie ihn diese dünnen braunen, nun ein wenig verschmierten und ungleichen Striche faszinierten. Tasha Yar war ein Paket von guten Vorsätzen. Hätte Riker nicht die Personalakten der Brückenoffiziere durchgelesen, als man ihm diesen Posten übertragen hatte, er hätte einen Blick in diese Augen und den üppigen, schlanken Körper unter ihnen geworfen und sie sofort in den Kindergarten der *Enterprise* abgestellt, wo sich die Kinder jeden Tag an ihrem Gesicht erfreut hätten.

Auch jetzt kam es ihm so vor — als sei sie das Kind, und er der Lehrer. Da war nichts in ihrem Gesicht, in ihren Augen, das ihm ihre Kindheit auf jener Kolonie ins Gedächtnis zurückrief, und doch dachte er in diesem Augenblick daran. Eine Kolonie, die es tatsächlich gewagt hatte, sich von der Föderation loszusagen. Binnen drei Jahrzehnten nach der Trennung war die Wirtschaft zusammengebrochen. Jene entfernte Kolonie, wo Banden die Herrschaft übernommen hatten, ein Ort, der nichts so sehr glich wie der Zeit nach der Französischen Revolution, ein Ort, an dem ein schlechtes System im Namen des Volkes niedergerissen und durch ein noch schlechteres ersetzt worden war. Ein Ort, dessen Alltag die Schreckensherrschaft beinahe organisiert aussehen ließ. Mobs, Banden, Luxus für manche, der Hungertod für andere. Eltern, die ihren Kindern beibrachten, allein zu sein, weil nur Unabhängigkeit das Überleben garantierte. Kinder, die wie Ratten im Müll dahinvegetierten. Und unter ihnen Tasha. Ständig aufs Überleben bedacht. Ständig auf der Flucht. Bereit zum Kampf, wenn es nötig war. Alles verzehrend, was sich ihr anbot. Es war die Brutstätte jener Zielstrebigkeit, die es ihr später ermöglichen würde, in Rekordzeit zum Sicherheitschef eines Raumschiffs aufzusteigen. Auf so etwas traf man nicht alle Tage.

Eine schreckliche Jugend. Zu schnell, zu hart, zu erbarmungslos. Sie hatte all die Dinge versäumt, die Mädchen in diesem Alter nun einmal taten: Kichern, das Verstekken, das mondgesichtige Schwärmen und die wunderbare Unwissenheit, die ein Mädchen all das glauben ließ, was es auf den ersten Blick zu sehen meinte. Für Tasha hatte es keinen Spiegel und keine endlosen Kosmetik-Aktionen gegeben, und selbst wenn es diese Spiegel gegeben hätte, wäre sie doch zurückgeschreckt vom Anblick eines hageren jungen Mädchens, dessen Haar so geschnitten war, daß es wie ein Junge aussah – dies, um nicht die Aufmerksamkeit all jener zu erregen, deren Gewohnheiten sich in beiläufiger Vergewaltigung erschöpften. Von dem Tag an, als ihre Mutter zum ersten Mal das Messer geholt und den knielangen Zopf ihrer vierjährigen Tochter abgeschnitten hatte, hatte Tasha gelernt, mit den Dingen fertig zu werden.

Und trotzdem war sie nun imstande, in dieser absoluten Unschuld zu ihm aufzusehen, in diesem völligen Vertrauen in ihn und alles, was sie in einem vorgesetzten Offizier zu sehen glaubte und wofür der Name ›Starfleet‹ für jemanden stand, der unter der Herrschaft des Mobs aufgewachsen war. Wie sie ihn so ansah, fiel die tonnenschwere Last der Verantwortung auf ihn herab. Was konnte er ihr sagen, um diesen antiseptischen Glauben an ihn nicht zu zerstören? Sie war stärker mit ihm als ohne ihn, ein besserer Offizier in ihrer Reinheit als die Frau, die vielleicht aus ihr geworden wäre, wenn sie ihr gutes Recht in Anspruch genommen und ihrer Gefühllosigkeit nachgegeben hätte.

Über die unruhige Gestalt Trois hinweg faßte Riker nach Tashas Ellenbogen. »Was immer Sie auch tun«, sagte er, »entschuldigen Sie sich keinesfalls.«

KAPITEL 8

Hinter ihnen beleuchteten die Antimaterie-Explosionen das Sonnensystem nach wie vor in allen Richtungen. Erstaunlich, daß so wenig Antimaterie beim Aufeinandertreffen mit so wenig Materie zu derartigen Großbränden führen konnte.

Aus der unmittelbaren Umgebung zu entrinnen, war nicht schwer. Das Wesen war noch damit beschäftigt, die reine Energie der Materie-Antimaterie-Reaktionen aufzusaugen, und kümmerte sich momentan nicht um sie. So hatte die Antriebssektion einige zusätzliche Sekunden, um auf den Schockwellen der Detonationen davonzureiten und zurück zur Rumpfsektion zu gelangen. Es klang ganz einfach, zumindest verglichen mit dem, was an diesem Tag bereits geschehen war.

Die Schiffe dann wiederzuvereinen, war etwas ganz anderes.

Riker stand neben der wissenschaftlichen Station, wo sich Deanna Troi niedergelassen hatte. Sie wirkte verstört, erschöpft, schmerzgeplagt und trübsinnig, wie jemand, der gerade eine schlechte Neuigkeit gehört hatte. Dennoch schien sie sich der Umstände nur zu bewußt.

Der abgetrennte Rumpf auf dem Schirm erfüllte Riker mit einem Schauder der Vorahnung. Das war der heikle Teil; es war ein Unterschied, ob man einen Liniendampfer aus dem Dock heraus- oder ihn wieder hineinfuhr. Oder vielleicht auch einen dieser Flugzeugträger, die sie vor kurzem auf dem Bildschirm gesehen hatten. Der Winkel mußte stimmen. Jede Kopplung, jede Haspe, jeder Junktor mußte exakt auf einer Linie mit seinem Gegenstück sein. Glücklicherweise besaß die *Enterprise* Computer, die sich um diese Dinge kümmerten. So etwas wie Handsteuerung gab es in diesem Fall nicht, obwohl sie eine halbautomatische Ankopplung gewöhnlich mit dieser Bezeichnung belegten. Wirklich *manuell* anzukoppeln, würde einen Tag und eine halbe Nacht in Anspruch nehmen. Im Augenblick freute sich Riker jedoch, daß Picard aufmerksam zusah, als sich die beiden Schiffe einander näherten. Die Rumpfsektion stand still im Raum, während die Antriebssektion das Trägheitsmoment nützte, um das Wesen nicht auf sich aufmerksam zu machen. Zu keiner anderen Gelegenheit würden sie so hilflos sein wie bei den letzten Metern vor der Ankopplung.

Im letzten Moment spülte eine Schockwelle aus den Antimaterie-Explosionen im Asteroidengürtel über die beiden Schiffe hinweg und drängte sich wie ein Keil zwischen sie.

»Zurück!« befahl Picard scharf. Unter ihm mühte sich das Schiff, dem Befehl Folge zu leisten. »Stabilisieren. Vorsicht jetzt. Wir bekommen vielleicht keine zweite Chance. Annäherung mit enggebündeltem Traktorstrahl. Bringen Sie uns rein.«

»Aye, Sir«, murmelte der schwitzende LaForge.

»Worf, helfen Sie ihm.«

»Jawohl, Sir«, bestätigte der Klingone. Er ließ Data auf den Deckstufen sitzen und rutschte hinter die Operator-Station.

Data sah ihm blinzelnd zu, machte aber keine Anstalten, seinen Posten wieder einzunehmen. Riker bemerkte, daß sich der Androide voll und ganz auf etwas anderes zu konzentrieren schien.

Und nun? dachte er. *Schau ihn dir doch an. Er sieht aus, als würde ihm eine klare Antwort genauso guttun wie mir. Vielleicht hat er sich überanstrengt. Vielleicht hat er mich zu ernst genommen und zugelassen, daß das Ding in ihn eindringt und Einfluß auf ihn nimmt. Nächstes Mal halte ich meine Klappe.*

Vielleicht.

Unter ihm schüttelte sich das Deck. Er schnappte nach

dem Brückengeländer und sah gerade rechtzeitig auf den Hauptschirm, um die künstlich beleuchtete Ansicht der Dockmanschette wahrzunehmen. Dann wurde der Schirm schwarz und schaltete sich automatisch ab.

»Ankopplung abgeschlossen, Captain«, meldete LaForge. »Alle Verbindungsanzeigen auf Grün. Dockchef meldet: alles gesichert.«

»Bestätigen Sie. Alles Stop. Also schön«, meinte Picard seufzend, »das war ein verdammtes Fiasko, wenn ich je eines erlebt habe. Offenbar gibt es doch keinen einfachen Ausweg aus dieser Situation.«

»Befehle, Sir?« fragte Riker.

»Captain!« platzte Yar heraus. »Es ist weg!«

Sie wirbelten so schnell herum, daß man hätte meinen können, die Brücke sei ein drehbares Tablett.

»Weg?« wiederholte Picard. »Einfach so?«

»Noch schneller als vorher.« Yar warf ihren Geräten einen bösen Blick zu, als ärgere sie das Verschwinden des Phänomens mehr als seine bisherigen Angriffe. Es durfte sich ja aus dem Staub machen, aber nicht, ohne sich vorher beim Sicherheitschef abzumelden. »Keine Spur, keine Restenergie, nichts. Hat sich einfach verabschiedet.«

»Wie schön. Es treibt irgendein verdammtes Spiel mit uns. Na ja, ich würde sagen, das bestätigt Datas Hypothese der Interdimensionalität mit erschreckender Deutlichkeit.«

»Vielleicht sollten wir uns zurückziehen, solange wir noch können, Sir«, schlug Riker vor.

»Oh nein, unter gar keinen Umständen, Nummer Eins«, entgegnete der Captain.

»Aber wenn ...«

»Verstehen Sie denn nicht? Es hat schon sehr deutlich bewiesen, daß es sich nicht um ein Insekt und nicht um einen Hai handelt. Es ist eine Spinne. Wenn wir uns bewegen, schlägt sie zu. Sie muß nur abwarten, bis wir uns rühren. Und genau das werden wir nicht.« Er wandte sich an die wartenden Gesichter der Brückenbesatzung. »Völliger

Stillstand«, befahl er dann in gebieterischem Tonfall. »Schalten Sie alle Systeme aus, auch die internen, mit Ausnahme der Lebenserhaltung. Schalten Sie alles ab, was Sie überhaupt nur abschalten können. Unterbrechen Sie alle Experimente und Testreihen, es sei denn, ich gebe den Gegenbefehl. Schalten Sie die Nahrungsprozessoren, alle überflüssigen Gebrauchsgegenstände, Terminals, Hologramme, Interkom-Verbindungen, Generatoren und sanitären Einrichtungen aus. Reduzieren Sie die Beleuchtung und die Heizung auf ein Minimum. Vermeiden Sie alle Geräusche. Sagen Sie den Leuten, sie sollen bleiben, wo sie sind, wenn sie ihr Ziel erreicht haben. Wir werden in zehn Minuten die Turbolifte abschalten und ausschließlich die Wartungsleitern verwenden. Haben Sie das verstanden?«

Unschlüssig neigte Riker den Kopf. »Ich weiß nicht, wie lange wir das durchhalten können.«

Picards dunkle Augen zogen sich zusammen. »Es haben schon ganze Städte solche Blackouts überstanden, Mr. Riker«, sagte er. »Da werden wir's wohl auch schaffen. Seit den U-Boot-Kriegen und den Luftangriffen auf London mußten die Menschen längere Perioden absoluter Stille ertragen.«

»Das war ausgebildetes Militärpersonal, Sir. Es wird ein wenig schwieriger für ...«

Der Captain brachte ihn mit einer Geste zum Schweigen und senkte seine Stimme unerwartet. »Werden Sie nicht beleidigend.«

»Natürlich. Tut mir leid, Sir.« Riker warf Worf eine entsprechende Geste zu. »Schiffssysteme bestätigen. Ich werde alles persönlich überprüfen.

Der Captain nickte. »Sobald wir wieder auf der Hauptbrücke sind, möchte ich einen kompletten System-Check, was die Einspeisung unserer Antimateriereserven in den Haupttank betrifft. Wir müssen unsere Verluste ergänzen. Ich wünsche, daß alles glatt geht, Riker. Das ist eine Menge Energie, die dabei übertragen wird, und wir wollen nicht, daß man uns dabei entdeckt. Verständigen Sie den

Maschinenraum. Mit der Übertragung und der Aufladung der Warp-Energie werden sie die Hände ganz schön voll haben.«

»Aye, Sir. Ich kümmere mich darum.«

»Alle Mann, vorbereiten für Transfer zur...«

»Captain...« Unvermittelt erwachte Troi zum Leben und schob sich unsicher aus dem Sessel. Hätte sie sich nicht am Kommandosessel abgestützt, wäre sie vielleicht gestürzt; dennoch war es mehr als nur rein körperliches Durchhaltevermögen, das sie auf den Beinen hielt.

Der Captain erwischte sie am Arm. »Counselor, Sie bleiben, wo Sie sind. Ich wünsche, daß Dr. Crusher Sie noch einmal ansieht.«

»Später, Sir, bitte. Captain, kann ich mich unter vier Augen mit Ihnen unterhalten?« Sie warf einen kurzen Blick auf Riker. »Es ist... etwas sehr Persönliches, Sir.«

Der Captain gestattete sich ein langes Studium ihrer Augen, ihrer Miene und der Kraft, mit der sie seinen Arm umklammert hielt – anscheinend war sie sich dessen gar nicht bewußt. Die Skala des Lügendetektors, mit der er ihre Aufrichtigkeit abschätzte, gründete sich auf seine Erfahrungen, auf die hartverdiente Fähigkeit, jemanden danach einzuschätzen, welche Miene er bei seinen Worten machte, nach dem Tonfall der Stimme und den kleinen Schwankungen, dem Blinzeln der Augen und dem leichten Zucken der Wimpern. Er glaubte ihr, ließ sich überzeugen, daß es mehr als nur eine Laune von ihr war, daß sie etwas Entscheidendes zu sagen hatte und noch immer rational genug war, um den Unterschied zu kennen.

Er fühlte Riker näherkommen, wußte, daß der Erste Offizier über seine Schulter sah, seine Körpergröße ausnützte, um einen Blick auf Deanna Troi zu werfen und stumm zu fragen, ob sie ihn vielleicht ebenfalls in ihr Geheimnis einweihen würde. Das machte die Entscheidung um so heikler.

»Also gut«, sagte Picard schließlich. Er nahm Trois Arm und führte sie zum Turbolift. »Alle Mann, sofortige Kommandoübergabe an die Hauptbrücke. Riker, Sie machen sich mit Data auf den Weg. Besorgen Sie mir eine Antwort. Wir werden dieses Problem von zwei Seiten angehen. Counselor, mein Bereitschaftsraum. Der Rest ... auf die Stationen.«

Vielleicht sah Riker Troi zu sehnsüchtig nach, als der Captain sie von der düsteren Kampfbrücke geleitete. Er konnte ohne sie leben, vielleicht mußte er das sogar. Er hatte alle Beziehungen abgebrochen, als er diesen Posten angenommen hatte, sich auf zwanzig Jahre Zielstrebigkeit vorbereitet, und das Versprechen, das er sich gegeben hatte, größtenteils gehalten. Bis er das Schiff selbst betreten hatte. Bis *sie* aus dem Nichts auf ihn zukam. Plötzlich kamen ihm die Jahre vor ihm eher wie ein Test als wie ein Auftrag vor. War es unklug für einen Kommandooffizier, sich auf eine Beziehung einzulassen? Diese ganze Sache mit den Familien an Bord ... es war so ungewohnt. Wußte irgend jemand, ob sich kommandierende Offiziere anders verhielten, wenn all jene, die ihm etwas bedeuteten, mit an Bord waren, anstatt sich von allem außer der unmittelbaren Gefahr lossagen zu können?

Deanna wüßte es. Und sie ist die einzige, die ich nicht fragen kann.

Er wurde aus seinen Gedanken gerissen, als zwei Gestalten an ihm vorbei auf den Turbolift zugingen. Yar und Worf standen bereits neben dem Captain und Troi im Lift, Geordi war gerade mit Data im Schlepptau an ihm vorbeigegangen und hatte dabei seinen linken Arm gestreift.

Riker bekam Datas Arm zu fassen und hielt ihn auf. »Data, Sie bleiben hier.«

LaForge wollte sich bereits umdrehen, Beschützertrieb auf seinem Gesicht, als ihn ein harter Befehl des Captains dazu brachte, Data den Händen eines nicht gerade mitfühlenden Vorgesetzten zu überlassen. »Komme schon, Sir«, meinte er mit tiefer Stimme, als ob er Riker warnen wollte.

Vielleicht war es doch keine Anmaßung, vielleicht war es keine Warnung. Andererseits hätte Riker es ihm nicht verübeln können.

Die Türen des Turbolifts glitten mit einem zischenden Geräusch zu.

Data blieb stehen und starrte noch einige Sekunden versonnen auf den Lift. Tatsächlich waren es sogar mehr als nur einige Sekunden; lange genug, um sein Zögern offensichtlich zu machen. Als er sich schließlich umdrehte, nahm er volle Habtachtstellung ein – obwohl er ebensogut wie Riker wußte, wie überflüssig diese Haltung war.

»Wie fühlen Sie sich?« fragte der Erste Offizier.

»Einsatzbereit«, erwiderte Data, »aber schwach.«

»Möchten Sie sich setzen?«

»Nein danke, Sir. Ich bleibe stehen.«

Damit ich schneller vor dir weglaufen kann, mein Lieber. Komm schon, Will. Sag schon, was du sagen willst. Bring es hinter dich. »Können Sie mir einen Bericht über das geben, was Ihnen zugestoßen ist?«

Es war nicht gerade der Satz, den auszusprechen er erwartet hatte, als er seinen Mund öffnete. So entschied sich Riker, Data einfach mit der Frage zu konfrontieren, und redete sich ein, daß er früher oder später einen Weg finden würde, auf das andere Thema zurückzukommen.

»Ich habe einige neue Informationen, Sir«, antwortete Data, »obwohl nicht alle davon klar sind.«

»Ich höre. Machen Sie's kurz.«

Data nickte einmal und dachte dann über die richtigen Worte nach.

»Das Phänomen«, begann er langsam, »ist wie ich.«

»Wie Sie? Eine Art ...« Riker unterbrach sich und wurde verlegen, als Data den Satz für ihn vollendete.

»Ein Mechanismus«, sagte der Androide. »Geschaffen von einem anderen. Ein lebendes Werkzeug, auf einem derart hohen technologischen Niveau, daß sich nicht feststellen läßt, ob es sich um eine Lebensform handelt oder nicht.«

»Also haben Sie mit ihm gesprochen?«

»Ich stand in Verbindung, möchte es allerdings nicht als Unterhaltung bezeichnen. Es nahm sich, was es von mir brauchte, und gab nur, was es für nötig hielt. Ich konnte empfangen, aber nicht senden. Vielleicht war ich zu weit von der Quelle entfernt. Oder vielleicht bin ich einfach nicht dazu konstruiert, als Sender zu arbeiten... obwohl ich es eigentlich gehofft habe.«

»Data, wir erwarten doch nicht...«

»Vielleicht könnte ich eine engere Verbindung aufnehmen, wenn ich mich ihm allein in einem Shuttle nähere.«

»Seien Sie nicht verrückt!« platzte Riker heraus. »Niemand fliegt da raus, nicht einmal Sie.«

Bevor er den Satz ausgesprochen hatte, hatte Riker nicht über die gefühllosen Untertöne nachgedacht; doch nun hielt er die Luft an und hoffte, daß Data darüber hinweggehen würde.

»Der Mechanismus ist eine Gefahr für uns, Sir. Daran hege ich keinen Zweifel mehr«, fuhr der Androide fort. Das düstere Licht der Kampfbrücke fing die Starrheit seiner Farben ein, als er dort auf dem Oberdeck stand. »Es ist nur eine Frage der Zeit, bis es lernen wird, zwischen der Zusammensetzung der restlichen Materie in diesem Sonnensystem und der Konstruktion der *Enterprise* zu unterscheiden. Es wird das Schiff zerstören, genau wie die *Gorschkow* vor drei Jahrhunderten.«

»Moment mal.« Riker hob die Hand. »Wir sind uns nicht sicher, was der *Gorschkow* zugestoßen ist.«

»*Ich* bin mir sicher. Sobald es dazu in der Lage ist, wird es uns auf ausgesprochen gewalttätige Art zerstören. Es beabsichtigt, uns sobald zu zerstören, wie es uns ausfindig machen kann.«

Dessen war er sich absolut sicher, soviel konnte man aus seinem Gesicht erkennen. Er wirkte noch gleichmütiger als sonst, und Riker mußte sehr genau hinsehen, um überhaupt ein kleines Flackern von Gefühlen zu sehen. Data mochte vielleicht ein Androide sein, doch sein Gesicht war normalerweise stets in angenehmer Bewegung, und die Leere störte Riker. Datas gewohntes Verhalten hätte ihn ein wenig beruhigt.

Langsam fragte er: »Haben Sie irgendwelche Hinweise betreffs seiner Herkunft?«

»Es wurde vor Äonen gebaut, und es enthält das Vernichtungspotential mehrerer Raumschiffe«, entgegnete Data glatt. »Am beunruhigendsten ist jedoch die Tatsache, daß seine Programmierung ihm die Möglichkeit gibt, diese Macht nach eigenem Gutdünken einzusetzen.«

»Na toll«, stöhnte Riker. »Ich kenne einige Bulldozer, die besonnener zu Werke gehen als dieses Ding.«

Data zögerte, und wenn er überhaupt zu Launen imstande war, stand ihm der Sinn derzeit nicht nach einer kleinen Plauderei. Sein Zögern dauerte lange genug, daß sich Riker erneut unbehaglich fühlte und schließlich aufsah.

»Reden Sie weiter«, sagte er mit einem Unterton von Müdigkeit.

»Wie gesagt, es könnte so hoch auf der Leiter maschineller Evolution stehen, daß es so gut wie lebendig ist.«

Schöne Aussichten, dachte Riker, verkniff sich die Bemerkung zum Glück jedoch rechtzeitig. »Und?«

»Und... es zerstört mechanische Schiffe, die ihm vertraute Energien enthalten, während es gleichzeitig die Lebensenergien der betroffenen Wesen konserviert.«

»Aber weshalb? Warum zieht es durch die Galaxis und saugt Lebensessenzen auf? Wer würde eine Maschine konstruieren, die Schiffe zerstört und Bewußtseinsinhalte speichert? Das ergibt keinen Sinn.«

»Unbekannt, Sir. Aber von einem defensiven Standpunkt ergibt es durchaus einen Sinn. Wir wissen noch nicht, ob es gegenüber Planeten dieselbe Reaktion zeigt wie gegenüber Schiffen. Falls dem so ist, könnte es sich um eine Verteidigungswaffe handeln, die sich gegen ihre eigenen Schöpfer gewandt hat.«

»Ist das wirklich eine Möglichkeit?«

»Nein, Sir, nur eine Vermutung.«

»Aber es konserviert ausnahmslos alle... was? Die Lebensenergien jener Wesen, die es absorbiert?«

»Nicht nur das, Sir, sondern das gesamte Bewußtsein.

Erinnerungen, Wünsche, alles. Praktisch sind sie nach wie vor am Leben.«

Riker verschränkte die Arme, lehnte sich über das Brükkengeländer und dachte über diese Vorstellung nach. »Stellen Sie sich vor, kein Sklave der Zeit mehr zu sein. Nach einem solchen Utopia sucht die Menschheit seit Äonen. Keine Not, kein Hunger, keine Furcht, kein Schmerz, kein Tod... Ich frage mich, wie es von innen aussieht.« Mehrere Sekunden lang starrte er einfach vor sich hin. Er klang idyllisch, sogar biblisch. Wie viele Menschen sahen zu den Sternen auf, wenn sie an den Himmel dachten? Er stieß sich vom Geländer ab und hob einen Finger. »Also haben wir es mit zwei Dingen zu tun«, behauptete er. »Verbessern Sie mich, wenn ich mich irre...«

»Werde ich, Sir.«

»Äh... ja. Werden wir hier Zeuge zweier verschiedener Kontakte? Ihres Kontaktes mit dem Mechanismus, oder was immer es auch ist, und Trois Kontakt mit den darin gefangenen Lebensformen?«

Datas vogelgleiche Augen huschten einen Augenblick zur Seite und vermittelten den Eindruck eines Computers, der gerade etwas durchrechnete. Einige Sekunden stand er völlig reglos da, dann zog er seine Brauen hoch. »Das scheint die Fakten am besten zu beschreiben, Sir. Für die Lebensformen stellt Counselor Troi offenbar der Weg des geringsten Widerstands für eine Verbindungsaufnahme dar. Sie scheinen in der Tat von dem Wesen getrennt zu sein, das sie am Leben erhält. Daran hätte ich selber denken sollen.«

»Sie haben schon genug getan.« Riker bemühte sich, die Steifheit aufzulockern, die er selbst jetzt noch in Datas Ton wahrnahm.

»Nein, Sir«, verbesserte ihn der Androide. »Nein, Sir... nicht genug. Ich enthalte möglicherweise Technologien in meinem Körper, von denen ich nichts weiß und die einzusetzen ich nicht in der Lage bin. Irgendwie gibt es kongruente Reaktionen zwischen mir und dem Mechanismus. Ich glaube ...« Und er zögerte erneut, diesmal noch ergreifender. Er wich Riker aus und heftete seinen Blick statt dessen auf den Hauptschirm, nun eine körnig graue Wand. »Im Impulsleerlauf, nur mit eingeschalteten Flugschirmen, konnte uns der Mechanismus nicht anpeilen. Ich vermute, er konzentrierte sich auf mich und war dadurch in der Lage, das Schiff anzupeilen ...«

»Schlagen Sie sich nicht zu sehr an die Brust«, unterbrach ihn Riker. »Erst hat es Troi gefunden, dann mich. Sie waren erst der dritte in seinem Geschmackstest, also geben Sie nicht sich die Schuld. Das ist zu ... menschlich.«

Der angebotene Humor verfehlte seine Wirkung. Datas plötzliches Schweigen wirkte gewichtig.

Riker rieb sich die Hände und bemühte sich ein zweites Mal. »Hören Sie, Data, wegen vorher ...«

»Wenn ich mir die Bemerkung erlauben darf, Sir«, sagte Data rasch, »ist Ihre Ansicht betreffs meiner Natur durchaus korrekt. Es scheint, als ob ... ich mir selbst etwas vorgemacht habe. Offenbar bin ich eher ... mechanisch als lebendig.«

Riker verringerte den Abstand zwischen ihnen und gab sich alle Mühe, nicht wie ein vorgesetzter Offizier zu wirken, der gerade seinen Untergebenen umzingelte. Als seine Bemühungen schließlich scheiterten, blieb er stehen und sah Data einfach nur an. »Hören Sie mal zu! Ich möchte, daß wir beide uns verstehen.«

»Jawohl, Sir«, erwiderte der Androide. »Es ist nicht Ihre Schuld, daß ... obwohl ich nicht lebendig sein kann, doch darauf programmiert bin, mir in diesem Punkt etwas vorzumachen.«

Die Behauptung klang über die leere Kampfbrücke. Mehrere Sekunden verstrichen und betonten die Tatsache, daß es darauf keine echte Antwort gab.

Dann richtete sich Data auf, als wollte er das Unbehagen dieser Sekunden abschütteln. »Wer auch immer dieses Wesen konstruierte, wußte, was es bedeutet, am Leben zu sein. Er kannte das Leben und wußte, wie man es konserviert, auch wenn der dazugehörige Körper zerstört worden war. Und er erkannte Maschinen als das, was sie sind.«

Riker schüttelte den Kopf und seufzte. »Sie machen es für uns beide nicht gerade einfach.«

Auf einmal wurde Data nervös, trat sogar von einem Fuß auf den anderen.

Riker streckte eine Handfläche aus. »Immer mit der Ruhe.«

Data warf ihm einen Blick zu. Einen Herzschlag später verschränkte er die Hände hinter seinem Rücken und sah auf den Fußboden. »Es scheint, als ob ich ebenfalls ein Mechanismus bin«, meinte er in sich gekehrt. »Ein Werkzeug. Kein Lebewesen. Nicht nur, daß ich kein Mensch bin, ich gelte wahrscheinlich nicht einmal als Lebensform. Ich bin weniger lebendig als der erste Einzeller, der sich aus dem Urschlamm der Erde erhob.«

Mit teilnahmsvollem Stirnrunzeln versuchte Riker, Datas Sicht der Dinge zu verdauen. Plötzlich erdrückte ihn die Last seiner eigenen Fehler, seines Unvermögens, die Distanz zu überbrücken.

»Ich bin ein vielseitiges Gerät«, fuhr Data fort und starrte dabei weiter auf den Boden. Das gefühlsbedingte Kratzen, das sich spätestens an dieser Stelle in einer menschlichen Stimme bemerkbar gemacht hätte, ging seiner Stimme völlig ab, und doch lag eine Schwermut in seinem Ton, die seinem Geständnis erst die nötige Bedeutung verlieh. Das harte, aber schwache Licht der Kampfbrücke huschte über die weichen, blassen Konturen seiner Brauen und des Kinns. »Ich bin ein Instrument. Kein echter Mensch ist zu den Dingen in der Lage, die ich tun kann. Das allein hätte mir schon lange vor diesen Ereignissen als Beweis genügen müssen.«

»Ein Teil des Menschseins«, klammerte sich Riker bemüht an eine kleine Hoffnung, »besteht darin, die eigenen Talente und die eigenen Fehler anzuerkennen. Das ist eine Gleichung, die keine Maschine berechnen kann.«

»Bitte, Sir.« Der Androide sah zu ihm auf, eine Bewegung, die Riker durchfuhr wie ein hölzerner Pflock. »Wenn ich tatsächlich nichts weiter bin als eine Maschine, kann ich kein Ego und kein Bewußtsein besitzen, nur eine Programmierung, die mir ein solches Ego vortäuscht. Das sind Tatsachen, mit denen ich mich abfinden muß. Der Kontakt mit dem fremden Mechanismus hat mir deutlich gezeigt, daß ich ... ein Hochstapler bin.«

Riker zuckte zusammen. Das war ein Beispiel dafür, was Captain Picard bereits wissen mußte. Riker war schon bei mehreren Gelegenheiten aufgefallen, daß sich der Captain anmaßender, grober oder tröstlicher Kommentare zumeist enthielt, und er hatte sich oft gefragt, weshalb der Captain in diesen Augenblicken Stillschweigen bewahrt hatte. Aber vielleicht hatte es Picard auf die harte Tour gelernt: Halte deine Gefühlsausbrüche stets im Zaum. Auf einen Vorgesetzten hörte man, und an alles, was er sagte, würde man sich später erinnern. Nichts durfte beiläufig oder von Gefühlen beeinflußt sein, es sei denn, man wollte das Risiko eingehen, den anderen zu verletzen. Es war der Preis des hohen Rangs. Und er würde nicht verschwinden. Wenn er es sich recht überlegte, wußte er einfach nicht, ob Data lebendig war oder nicht, und deshalb hätte er einfach seine große Klappe halten sollen. Er hatte es nie für möglich gehalten, daß sich Data seine Worte so zu Herzen nehmen würde; aber vielleicht steckte auch in ihm ein Androide.

In Datas Augen und in seiner Miene erkannte er ein intensives Bedürfnis, sich über sich selbst klar zu werden, sein wahres Wesen zu entdecken. *Und da stehe ich nun, im Herzen dieses Kampfes. Teil dieses Kampfes mag sein, eine Wahrheit einzugestehen, die nicht sehr angenehm war.*

»Ich weiß nicht, was Sie sind, das gebe ich zu«, gestand er Data mit einem Achselzucken. »Für eine solche Behauptung bin ich nicht qualifiziert. Aber Starfleet hat Sie überprüfen lassen und für lebendig erklärt ...«

»Von Maschinen«, erinnerte ihn Data schmerzhaft. »Maschinen werden melden, was man ihnen aufgetragen hat, zu melden. Kein Mensch, der einen Blick auf mich wirft, hält mich für einen Menschen. Und mehr als alle anderen behandeln Sie mich wie eine Maschine.«

Riker vergaß das Atmen, bis ihm die Brust schmerzte. Was hatte er sich dabei gedacht, die Wahrheit einzugestehen? *Was passiert, wenn dir die Wahrheit ins Gesicht schlägt und darauf besteht, daß du hinsiehst?*

»Sir«, begann Data feierlich von neuem, »wenn ich jetzt abtreten darf...«

Traurig lehnte sich Riker auf den Kommandosessel und nickte.

»Abtreten.«

Hinter sich — er sah nicht hin — hörte er das Zischen der Lifttür und das leise Saugen hinter der Wand, als der Lift durch das Schiff schoß. Riker ertappte sich dabei, wie er die Stelle anstarrte, wo Datas Stiefel einen schwachen Abdruck auf dem Teppich hinterlassen hatten. Dann holte er tief Luft und lauschte der Belegtheit seiner eigenen Stimme, obwohl sie ihm keinen sonderlichen Trost spendete.

»Der Zinnmann sucht ein Herz.«

»Sie wollten mich unter vier Augen sprechen. Also gut. Ich möchte Sie nur bitten, daß Sie das Beste daraus machen, Counselor.«

Ihre feingliedrigen weißen Hände zitterten, und nichts, aber auch gar nichts, konnte sie davon abhalten. Sie gab sich keine Schuld für ihren Mangel an Selbstbeherrschung — sie bemühte sich nicht einmal, das Zittern unter Kontrolle zu bringen. Ihre Gefühle und Erfahrungen zu begraben, würde ihr nur Schaden zufügen. Doch der Captain war zugegen, und er war bereit, sich ihr Geständnis anzuhören, ein Geständnis, das ein einzelnes Problem vervielfachen würde. Sie hatte geglaubt, die Antworten würden ihr helfen, die Last von ihren Schultern nehmen, doch dem war nicht so. Sie wußte nun sehr viel mehr als noch vor einer Stunde, und nichts war einfacher geworden. Klarheit war in diesem Fall schmerzhafter als Unklarheit.

Ihr Kopf und ihr Nacken schmerzten, als ob jemand auf ihrer Schulter gesessen und ihr den Schädel verdreht hatte.

»Ich habe noch nie so etwas erlebt, Captain.« Langsam gewöhnte sie sich daran. »Ich habe schon öfter fremde Gedanken abgeblockt, aber diese brechen einfach durch meine Barrieren. Diese Menschen sind derart verzweifelt, daß sie sich einen Weg in meinen Geist bahnen, egal, wie sehr ich mich bemühe, sie abzuschirmen. Ich verstehe die wissenschaftlichen Aspekte nicht, aber es existieren fraglos lebendige Bewußtseinsinhalte im Inneren des Phänomens. Keine bloßen Erinnerungen, keine bloßen Fragmente, sondern echte Bewußtseinsinhalte. Irgendwie konserviert das Ding das Bewußtsein und verwirft den dazugehörigen Körper. Und sie sind sich über ihr Schicksal völlig im klaren, Captain.«

»Sind es alles Menschen?«

»Ich bin mir nicht sicher, Sir. Ich empfange Eindrücke von anderen, aber es könnte sein, daß nur Menschen eine empathische Verbindung zu mir aufnehmen können. Aber... ich weiß jetzt, um wen es sich handelt.«

Picard saß hinter seinem schwarzen, auf Hochglanz polierten Schreibtisch und nickte. Er bemühte sich wirklich sehr, nicht ungeduldig zu werden, und obwohl er sie nicht bewußt täuschen konnte, würde sie vielleicht doch seine Bemühungen zu schätzen wissen. Dennoch lag ein unübersehbares ›Ich warte‹ in seiner Haltung. »Arkadij Reykow und die Mitglieder seiner Besatzung«, meinte er rundheraus und schmälerte ihren Höhepunkt damit ein wenig.

Troi blinzelte. »Woher wissen Sie das?«

Picard ließ die Hände auf die Tischplatte fallen. »Man muß nicht unbedingt ein Telepath sein«, meinte er dann beiläufig.

Sie kam ins Stocken und bedachte seinen schwarzglänzenden Tisch mit einem Stirnrunzeln. »Ja, es ist wohl offensichtlich. Aber da ist noch mehr, Sir. Oder sollte ich lieber sagen: Da *sind* noch mehr. Viel mehr. Millionen. Ihre Kommunikationsebene steht weit über dem Verbalen, als ob sie über die Jahre hinweg die Anwendung schlichter Worte und Bilder vergessen hätten. Wir sind vielleicht ihr erster Kontakt zur Außenwelt seit ...«

»Seit 1995«, vollendete er ruhig.

»Richtig«, murmelte sie. »Eine Zeitlang verwirrte es mich, was sie eigentlich wollten. Es gab so viele Geister, die mich anschrien, manche vernünftig, andere nicht... Nur den stärksten unter ihnen gelingt es, ein Bild ihrer selbst zu bewahren, und auch das nur für eine begrenzte Zeitspanne.«

»Wie die Erscheinung, die Riker im Korridor erlebt hat.«

»Ich denke schon.« Sie war noch nicht bereit, sich dieser Theorie mit einem glatten Ja zu verschreiben.

»Und nun ist es klarer?« gab ihr Picard das Stichwort. »Was sie wollen? Haben Sie eine Vorstellung?«

Troi neigte den Kopf; ihre Wimpern sanken herab wie schwarze Kleiderbesen und verdüsterten ihren Blick. Dann sah sie wieder auf. »Captain, ich habe Ihnen nicht alles erzählt.«

Jean-Luc Picard lehnte sich vor, seine Ellenbogen glitten über die glatte Oberfläche des Tischs, und er sann darüber nach, daß sie von allen diejenige war, von der er noch am wenigsten vermutet hätte, daß sie ihm aus reiner Höflichkeit die Wahrheit verschweigen würde. Vielleicht höfliches Schweigen... aber eine bewußte Täuschung, nein. Seine erste Reaktion war Ärger, doch jener erlosch noch schneller als ein Streichholz im Wind. Andererseits konnten solche Geständnisse an Bord eines Raumschiffs einigen das Leben kosten, und dieser Gedanke provozierte ihn.

Doch irgend etwas hatte sie dazu getrieben, und Picards Neugier war zu diesem Zeitpunkt sehr viel größer als sein Ego.

»Dann erzählen Sie's mir jetzt.«

Troi hob ihr Kinn, als ob sie ihren Worten in den Weg fallen wollte. »Was die Verwirrung angeht. Es stimmt, daß mich Millionen von Geistern bedrängen, aber es herrscht... absolute Einigkeit unter ihnen, was ihren Wunsch betrifft...«

Die Tür summte.

»Ja, wer ist es?« bellte Picard ungeduldig.

»Riker zur Berichterstattung, Captain.«

Picard wollte ihn bereits hereinbitten, als Troi den Rand des Tisches packte und sich in ihrem Sessel nach vorne zog. »Nein, Sir, bitte nicht. Lassen Sie ihn nicht herein.«

Die Neugier brannte in ihm. »Nicht mal Riker?«

»Bitte, Sir...«

Er musterte sie einen Moment lang und sprach dann in das Interkom. »Nur ein paar Minuten noch, Mr. Riker.«

Ungeheure Stille. Picard konnte sich die Blicke vorstellen, die nun auf der Brücke hin und her gingen.

»Jawohl, Sir... Ich bin hier draußen.«

Picard erlaubte sich ein leises Grunzen. »Hört sich etwas verletzt an, nicht? Also, was soll das alles, Counselor? Diese Menschen wollen, daß wir etwas für sie tun?«

»Ihnen steht eine Entscheidung bevor, die kein einzelner je treffen sollte. Ich dachte mir aber, daß Sie zunächst auf die Ansichten der gesamten Besatzung verzichten wollen. Deshalb wollte ich mich unter vier Augen mit Ihnen unterhalten.«

»Ich weiß das zu schätzen, aber bitte...«

»Die meisten Religionen beschreiben eine Art von Hölle, Captain«, sagte sie vorsichtig. Ihre Schultern zitterten vor Anstrengung. »Jetzt weiß ich, was sie damit meinen.«

»Zweifellos, aber was hat das mit diesen Wesen zu tun?«

Bittere Wut umwölkte Trois hübsche Augen. »Ich kann es nicht klar genug ausdrücken, aber diese Menschen sind immer noch am Leben. Sie sind nichts Übersinnliches. Es sind lebendige Wesen, und viele davon sind – waren – ebenso menschlich wie Sie. Sie sind in der Tat unsterblich geworden. Sie sind noch immer bei Bewußtsein und sich ihrer selbst bewußt.«

»Also gut. Das verstehe ich. Was wollen sie?«

Sie verkrampfte ihre Hände zu zwei harten Ballen. Über

ihren Knöcheln spannte sich die Haut und wurde schneeweiß. »Sie wollen, daß wir ihnen Sterbehilfe leisten.«

»Hören Sie schon auf damit. Sie sind keine Maschine. Das sehe ich doch auf einen Blick.«

Geordi LaForge gab Data einen spielerischen Schubs, als sie in den dunklen Korridor zu den Warp-Reserven einbogen. Es bedurfte einer Sicherheitsüberprüfung an drei Türen, jede davon mit der Aufschrift ›KEIN UNBEFUGTES PERSONAL‹ versehen, bevor sie schließlich zu jenem besonders schweren Schott vorgelassen wurden, das verkündete:

SPERRGEBIET
LAGERUNG DER ANTIMATERIE-RESERVEN
KEIN ZUTRITT UNTER STUFE 5

Der Raum war sehr finster, beleuchtet nur von zwei kleinen rosafarbenen Notleuchten auf jeder Seite. Datas Taschenlampe wies einen deutlichen, weißen Weg, und obwohl die Dunkelheit sie nach wie vor einhüllte, konnte Geordi dank des kleinen Fleckens Helligkeit doch genug erkennen, um sich zwischen den aufgestapelten Lagercontainern und den mechanischen und elektronischen Hochsicherheitskonsolen zurechtzufinden.

»Ich hab' mir schon gedacht, daß in meinem Raumdienst eine Menge von Problemen auf mich zukommen«, sagte Geordi. »Damit, eine Definition des Lebens finden zu müssen, habe ich allerdings nicht gerechnet.«

»Das ist in der Tat das derzeitige Dilemma des Captains«, bestätigte Data. »Und alles wegen mir.«

»Es ist nicht wegen Ihnen. Hören Sie schon auf damit. Jetzt haben Sie endlich einen Weg gefunden, menschlicher zu werden, und natürlich ist es der lästigste von allen.«

Data sah in der Dunkelheit auf, rasch und voller Hoffnung. »Welchen denn?«

»Selbstmitleid. Schlagen Sie sich das endlich aus dem Kopf!«

Nachdem er sich nicht bewußt war, sich etwas *in* den Kopf geschlagen zu haben, wußte Data nicht so recht, was er damit meinte. Als er *Aus dem Kopf schlagen* endlich in seinen Speicherbänken gefunden hatte, war das Thema bereits gestorben, und außerdem hatten sie dank Geordis Führung inzwischen jenen Vorraum erreicht, der die Computerschirme des eigentlichen Antimaterielagers beherbergte.

Auf den düsteren Konsolen flackerten einige Lichter und Anzeigen in der glücklichen Unwissenheit jeglicher Mechanik, als ob sie sagen wollten, daß alles in Ordnung war, alles so war, wie es sein sollte.

»Es muß hier irgendwo sein«, brummte Geordi. »Probieren Sie es mit der Antimaterie-Einspritzung, und ich...«

Als sich das Schott hinter ihnen schloß, ertönte ein Klappern auf der Steuerbordseite des Raums. Beide sahen sich noch rechtzeitig um, um eine Gestalt zu bemerken, die sich hinter eine Konsole duckte.

»Wer da?« forderte Geordi.

Data trat vor ihn und befahl in aller Schärfe: »Hier ist Commander Data. Sie befinden sich in einem Sperrgebiet. Identifizieren Sie sich!«

Ein unschuldiges Gesicht schielte um die Ecke und sah auf einmal ausgesprochen schuldbewußt drein.

»Wesley!« rief Geordi. »Was machst du hier? Komm da raus.«

Langsam schob sich Wesleys hagere Gestalt — eine Gestalt, die immer noch versuchte, in ihre eigenen Knochen hineinzuwachsen — hinter der Konsole vor. Seine Hände griffen nach dem Saum seines Pullovers, eines dunklen und dichtgestrickten Pullovers, der unter diesen Umständen wie ein Tarnanzug aussah. Offenbar hatte er gewußt, daß er sich in einem kühlen Bereich des Schiffs aufhalten würde. »Was macht ihr beide hier?« gab er zurück. »Ich meine, wir stecken mitten in einer Krise, oder?«

»Mittendrin«, bestätigte Geordi. »Der Captain hat einen Energie-Blackout befohlen...«

»Ich weiß.«

»Und wir haben ein Energieleck im Reservetank aufgefangen. Wir müssen es aufspüren, bevor das Wesen aufmerksam wird.« Durch sein Visor sah Geordi, wie Wesleys Gesicht plötzlich ins Infrarot ausbrach.

»So ein großes Leck kann es doch gar nicht sein, oder?« fragte der Junge. »Wenn es euch bis jetzt noch nicht aufgefallen ist... Stimmt doch, oder?«

»Schon, aber das macht es auch nicht... Wesley, was weißt du davon?«

Data kam auf sie zu. »Wesley, wenn du etwas über das Energieleck weißt, teilst du es uns besser mit. Wir haben die Antimaterie in den Haupttanks abgeworfen und können sie erst dann aus den Reservetanks wieder auffüllen, wenn wir die Art des Lecks ermittelt und abgedichtet haben.«

Wesleys junge Augen blitzten in der Dunkelheit. »Na ja... ich habe... ich war nur...«

Wütend schwenkte Geordi seine Taschenlampe. »Um Himmels willen, Wes, das ist ein Sperrgebiet!«

»Ich weiß, aber das ist doch nur eine Formsache, und eine ordnungsgemäße Autorisierung hätte Wochen, wenn nicht Monate gedauert, wenn ich über die üblichen Kanäle...«

»Diese Kanäle haben durchaus ihren Grund. Genau wie Vorschriften über Sperrgebiete. Was hast du vor?«

»Eigentlich gar nichts.«

»Meldung, Fähnrich.« Datas Befehl fegte alle Vertraulichkeiten beiseite und holte den Jüngeren auf jenen Platz zurück, der ihm zustand.

»Es ist wirklich nichts Besonderes. Aber vielleicht wird es das mal werden.« In seinem Enthusiasmus vergaß Wesley den Einschüchterungsversuch. »Wartet's nur mal ab. Es ist nur eine Idee von mir: Ich versuche gerade, unsere Phaserleistung zu verstärken, ohne zusätzliche Energie von den Maschinen abzuziehen. Da drüben habe ich ein kleines Versuchsmodell...«

Er führte sie an einen Tisch, auf dem ein unförmiger Apparat aufgebaut war. Er glich einem Haufen Abfall, außer, daß ein Lichtstrahl mitten durch ihn hindurchging.

»Was zum Teufel...« Geordi trat an das Modell heran und deutete darauf. »Woran hängt das?«

Wesleys Schüchternheit kehrte zurück. »Ich habe... die Antimaterie-Reserven angezapft.«

»Verdammt, Wes! Du hast einen Dienstrang. Weißt du nicht, daß du dafür vors Kriegsgericht kommen kannst?«

»Aber man verwendet sie doch nie! In zwanzig Jahren hat man sie kein einziges Mal eingesetzt! Woher hätte ich wissen sollen, daß man sie ausgerechnet jetzt braucht?«

»Du weißt genau, daß dieser Sektor für unbefugte Personen gesperrt ist«, sagte Data.

Geordi ließ ihn den Satz kaum beenden. »Wenn du anfängst, an der Antimaterie-Reserve herumzuspielen und es zu einer Reaktion kommt, hast du auf einmal eine neue Sonne um dich herum! Es ist gefährlich, die Reserven direkt anzuzapfen. Weißt du das denn nicht?«

»Komm schon, Geordi, so schlimm ist es auch nicht«, beschwerte sich Wesley. »Unter normalen Bedingungen merkt es gar niemand. Es ist, als ob man im Hotel eine zusätzliche Lampe einschaltet. Aber jetzt, wo die Reaktoren ausgeschaltet sind...«

»Du solltest es wirklich besser wissen.« Geordi schüttelte den Kopf. »Andererseits, vielleicht doch nicht. Wie lange hängt das Ding schon an der AR?«

»Na ja, höchstens vier... oder fünf...«

»Tage?«

»Wochen.«

»Oh mein Gott! Willst du mich auf den Arm nehmen? Was hast du dir eigentlich dabei gedacht?«

»Ich wollte bestimmt keinen Ärger machen.«

»Den hast du dir aber eingehandelt, Mister.«

Wesley schnitt seine professionelle Verprügelter-Hund-Miene. »Werdet ihr mich verraten?«

Geordi betrachtete den kleinen Apparat aufs neue und tastete ihn nach unsichtbaren Lecks ab. »Das ist ein Raumschiff, kein Spielplatz, Wes.« Das Gerät arbeitete, tat irgend etwas, obwohl Geordi nicht erkennen konnte, was.

Und nun? Den Jungen melden? Wesley war der Stoff, aus dem Genies gemacht waren, sicher, aber ihm fehlte die Erfahrung. Würde er nicht auf einem größeren Raumschiff leben, mit all seinen Labors und seiner hochmodernen Technik, wo Experten in angewandter Wissenschaft, angewandtem Ingenieurswesen und angewandter Mechanik jederzeit verfügbar waren und die Kinder gelegentlich sogar unterrichteten, wäre er einfach nur ein intelligenter Sechzehnjähriger unter vielen. Wenn er auf der Erde oder einem ähnlichen Planeten leben würde, hätte man ihn mit Gelegenheiten überschüttet, aber nicht auf diese Art. Nicht bis zu einem Punkt, wo er ein Raumschiff in die Hände bekommen konnte, wann immer ihm danach war. Geordi wußte, daß Wes Crusher die angeborene Fähigkeit besaß, die Wege des Universums in verständliche Begriffe zu fassen, doch der einzige Weg, wie er lernen konnte, diese Fähigkeit auch anzuwenden, führte über die überflüssige Praxis, über die nachzudenken jeder Sechzehnjährige aus ganzem Herzen haßte. Weil der Junge die Theorien und Prinzipien der Navigation so rasch begriffen hatte, hatte ihn Geordi vor einer Woche auf der Brücke kurz die Steuerung übernehmen lassen. Nur, um herauszufinden, daß der Junge erhebliche Probleme mit der tatsächlichen Bedienung der Kontrollen hatte. Nur die Zeit und die Erfahrung würden ihn dies lehren.

Aber diese Art von Spiel war gefährlich, und Wesley erkannte die Gefahr einfach nicht. Noch hatte er sich nicht die Finger verbrannt.

»Schalt es ab«, befahl Geordi.

»Okay«, murrte Wesley. »Wollte ich sowieso.«

»Aha. Also hast du gewußt, daß wir es entdecken würden. Was ist los?«

»Na ja...« Wesley zögerte. »Ich bin nicht sicher, wie ich den Strom unterbrechen soll, ohne die Magnatomik zu zerreißen. Abgesehen davon, würde es nie soviel Energie abziehen, daß es ernste Schwierigkeiten gibt. Deshalb habe ich mich einfach drangemacht.«

»Wes, selbst Chefingenieure spielen nicht mit Antimaterie. Data, sieh dir das an. Wir müssen es abschalten.«

Der Androide kam näher, und Wesley trat beiseite. »Nach welchem Prinzip funktioniert dieses Gerät?«

Wesley machte sich an eine Erklärung und unterstrich auch noch die kleinsten Drehungen und Windungen seiner Gedankengänge mit den Händen. »Prinzipiell spaltet es den Phaserstrahl während seines ersten Zyklus auf, teilt ihn in seine diversen Frequenzen und Energiezustände, bis sie im letzten Zyklus simultan rekombiniert werden.«

»Und was ist das Problem?«

»Es... funktioniert nicht.«

»Verstehe.«

»Aber wenn es funktionieren würde, hätte dieses Modell beinahe die vierfache Energie eines Handphasers, würde aber nur eine Reaktionskammer von halber Normgröße benötigen.«

»Das kleine Spielzeug?« platzte Geordi heraus.

Data sah Wesley kurz an. »Hast du daran gedacht, daß du wegen der Aufteilung die Energie um eine Größenordnung erhöhen mußt, die der Steigerung der Aufteilung selbst entspricht?«

Wesley sah von ihm zu Geordi und wieder zurück. »Äh... nein.«

»Andernfalls wäre es nicht stark genug, um in Schwingung zu geraten«, behauptete Data. »Ich mache mir Sorgen, daß die Aufteilung zu einem Abfall der harmonischen Wellen im Bündelungssystem des Kristalls führen könnte. Der Kristall könnte zerbrechen, was zu...«

»...enormer Hitze führen würde. Weiß ich schon.«

»Hört mal zu, ihr zwei«, sagte Geordi und drängte Wesley noch ein Stück zurück. »Riker wird uns harmonische Leviten lesen, wenn wir das Leck nicht abdichten und uns wieder nach oben machen. Das Wesen könnte jeden Moment aus seiner Dimensionsfalte kommen, und ich möchte nicht hier unten sein, wenn das passiert. Wesley, verschwinde hier, aber dalli! Wenn dich der Chefingenieur findet, lernst du wirklich, was eine Rüge ist!«

»Aber was ist mit...«

»Data und ich können es abschalten. Ich lasse es unschädlich machen. Du bist noch in der Probezeit. Wenn mir noch einmal ein nicht genehmigtes Experiment zu Ohren kommt, melde ich dich beim Chefingenieur.«

Wesley senkte den Blick. »Jawohl, Sir«, murmelte er.

»Raus. Und ich meine: ganz raus aus diesem Sektor und zurück in den Rumpf, wo du hingehörst!«

Das infrarote Leuchten auf Wesleys Wangen verstärkte sich, doch er wirbelte ohne ein Wort auf dem Absatz herum und marschierte von dannen.

»Kinder«, sagte Geordi und sah erneut auf den glühenden Haufen von Ersatzteilen. »Können Sie es abbauen, ohne daß es zu einem Rückstoß kommt?«

»Ich denke schon.« Sorgfältig zupfte Data an dem Tintenfisch aus Kabeln, die an einem Ende an einer langen Stange befestigt waren. »Im Grunde ist es eine erstaunliche Idee. Wahrscheinlich hat man das noch nie zuvor versucht.«

»Mhm. Für Wesley sind Ideen das Einfachste auf der Welt. Er hat noch nicht begriffen, daß ihre Verwirklichung sehr kompliziert sein kann. Solange man ein Kind ist, besteht alles noch aus Abkürzungen.«

»Wirklich?«

Geordi hielt inne. »Oh... tut mir leid.«

»Kein Grund, sich zu entschuldigen, mein Freund. Möglicherweise bin ich gezwungen, mich mit mir selber abzufinden.«

»Was soll denn das heißen?«

Die hagere Gestalt des Androiden erglomm in ihrer trüben Hülle, und vielleicht nahm das Glühen um eine winzige Kleinigkeit zu. »Ich bin auf einer ... Suche.«

»Ach du meine Güte. Was für eine Suche?«

»Ich muß meine wahre Natur ermitteln.«

»Das habe ich befürchtet. Warum machen Sie sich darüber solche Sorgen? Vielleicht sind Sie nur etwas Besonderes. Vielleicht haben Sie keine wahre Natur, die Sie mit irgend etwas anderem vergleichen können, weil es noch nie so etwas wie Sie gegeben hat? Haben Sie je daran gedacht?«

»Nein, habe ich nicht«, gab Data zu. Er zögerte kurz, zog dann ein kleines Bauteil aus Wesleys Ungeheuer heraus, und plötzlich schaltete sich das ganze Ding mit einem sauberen Klicken ab. Der Lichtstrahl erlosch im nächsten Augenblick. Geordi unterdrückte einen Schauer. »Das ist 'ne Erleichterung. Ich krieg' noch jetzt das große Zittern, wenn ich daran denke, daß das Ding die ganze Zeit an der Reserve gehangen ist.«

»Es hätte nicht unbedingt zu einem Riß kommen müssen«, sagte Data, »aber das ist recht zweifelhaft.«

»Darauf ankommen lassen will ich es jedenfalls nicht, danke. Ich möchte noch die Stabilisierung überprüfen ... sieht sauber aus, stimmt's?«

»Stimmt.«

Geordi tippte auf seinen Insignienkommunikator. »LaForge an Riker.«

»Riker. Was war es?«

»Nur eine Fehlfunktion in den Dichtungen.«

»Das hört sich gar nicht gut an. Können wir den Haupttank wieder auffüllen?«

»Ich denke schon, Sir. Vielleicht sollten Sie es von einem Lagerspezialisten noch mal überprüfen lassen.«

»Dazu haben wir jetzt keine Zeit. Counselor Troi besteht darauf, daß das Wesen immer noch in der Nähe ist, obwohl es auf keinem unserer Schirme auftaucht. Ich muß davon ausgehen, daß sie recht hat. Wie geht's Data?«

Geordi warf dem Androiden einen Blick zu. »Er ist ... in Ordnung, Sir.«

»Gut ... wir werden die Haupttanks sofort mit den Antimaterie-Reserven fluten, damit wir auf Warp-Geschwindigkeit gehen können, falls nötig. Bleiben Sie unten und überwachen Sie den Vorgang. Brüllen Sie, wenn Sie auch nur die kleinste Unregelmäßigkeit entdecken.«

»Jawohl, Sir. LaForge Ende.« Er zuckte die Achseln. »Ich glaube, er haßt Sie nicht so sehr, wie Sie meinen.«

Data sammelte den Rest von Wesleys Experiment zusammen und stopfte ihn Stück für Stück in die Wiederaufbereitungsanlage. »Mr. Riker hat vielleicht recht, was mich betrifft. Ich mußte mich damit abfinden.«

»Sie fangen schon wieder an.«

»Mag sein.« Der Androide richtete sich auf und sah ihm ins Gesicht. »Aber es ist wichtig für mich herauszufinden, wo genau im Spektrum der Menschlichkeit ich stehe. Die Frage, ob es sich bei mir um eine Lebensform handelt oder nicht, oder was es bedeutet, ein Mensch zu sein — der Körper, der Geist, der Puls, das Mitgefühl — all diese Dinge, die mir schließlich zeigen werden, wo mein eigentlicher Platz ist.« Er schritt an Geordi vorbei auf den großen Hauptschaltplan, der ein schwach beleuchtetes Diagramm des gesamten Warp-Systems des Schiffes zeigte, und legte in einer beinahe sanften Geste seine Hand auf die Lichter und Linien. »Vielleicht bin ich Bestandteil einer künftigen Evolution. Der Mensch lebt, entwickelt Maschinen, lernt sie zu benutzen, sie zu verbessern, Maschinen zu konstruieren, die klüger und schneller sind als er, effizienter auch ... und er verwendet diese Maschine, um sich selbst weiterzuentwickeln, sie womöglich gar zu einem Teil seiner selbst zu machen.« Er hielt inne, drehte sich herum, betrachtete Geordis Visor und wußte, daß ihn Geordi selbst in diesem Halbdunkel mit erstaunlicher Schärfe wahrnehmen konnte. »Wie Sie, mein Freund. Auch Sie sind Teil des Plans. Letzten Endes wird der Mensch vielleicht eine Symbiose mit der Maschine eingehen, vielleicht sogar selbst Leben erschaffen.« Er starrte wieder auf die Konsole. »Ist das mein Platz? Eine lebende Maschine? – Und nun muß sich Captain Picard entscheiden, was er tun soll. Weil ich weiß ... ich *weiß*, daß dieses Ding das Schiff zerstören will, wenn es uns findet. Es glaubt, das sei sein Zweck. Und doch habe ich Informationen aufgefangen, die sich nicht mit diesem Ziel vereinbaren lassen.«

»Zum Beispiel.«

»Zum Beispiel Furcht. Habe ich recht? Das steht nicht im Einklang mit diesem Ziel.«

Geordi zuckte lahm die Achseln. »Keine Ahnung. Könnte sein. Meinen Sie, es fürchtet sich vor uns?«

»Nein. Es fürchtet *um* uns.«

»Tut mir leid, aber das müssen Sie mir erklären. Ich bin kein Psychologe.«

»Die Fremden, die es schufen, wußten, woraus das Leben besteht. Sie kannten den Augenblick, wenn sich eine Ansammlung von Zellen zum ersten Mal ihrer selbst bewußt wird. Irgendwie programmierten sie das Wesen mit dem Glauben, daß es uns absorbieren müsse, um uns vor unserem eigenen Schiff zu retten.«

»Na toll«, brummte Geordi. »Einfach toll. Hat es nicht genügend Grips, um zu begreifen, daß es das Schiff ist, das uns vor dem Weltraum schützt?«

»Es ist ein Werkzeug, Geordi. Ein Mechanismus, der sich nach bestem Wissen und Gewissen entscheidet.« Data sprach leise, als ob er LaForge inständig bitten wollte zu begreifen, was es hieß, sich lediglich auf Speicherbänke und nicht auf Intuition verlassen zu können, auf Programmierung statt auf Einsicht. Er zögerte und preßte seine Hand noch enger gegen die Anzeige. »Meine größte Furcht«, sagte er dann, »besteht darin herauszufinden, daß ich nichts weiter bin als ein Werkzeug.«

Geordi fühlte den Stachel seiner eigenen Hilflosigkeit. Er hätte nutzlose Beteuerungen murmeln können, doch er hatte keine wirklichen Antworten. Keine, die Data befriedigen oder auf eine Weise trösten konnten, wie sie einem menschlichen Wesen Trost spenden würden. Datas schonungslos analytischer Verstand würde einfache Antworten nicht dulden, und er war über eine Frage gestolpert, die sich allen Antworten widersetzte, sich ihnen solange widersetzen würde, bis die Zeit an sich zum Stillstand kam. Dann würde alles von neuem beginnen, und die Frage würde erneut auftauchen, so schlüpfrig wie zuvor.

»Data«, sagte er schließlich. »Wenn es Ihnen ein Trost ist: Ich glaube nicht, daß ich mich mit einer Maschine anfreunden könnte.«

Für einen Augenblick verloren die Augen des Androiden ihre Konzentration. Die freundlichen Worte liefen durch seinen Körper und erwärmten ihn. Geordi konnte den Wandel beobachten.

Dann sah ihn Data schief an, und sein Mund verbreiterte sich zu jenem krummen, kleinen Grinsen. »Danke, Geordi. Das werde ich nie vergessen. Egal, was geschieht.«

Noch immer sanft, noch immer sentimental. Kein Slang, keine Schnörkel. Das war der wahre Data. Mit Ausnahme einer gewissen Vorahnung in seiner Stimme, die Geordi erst nach einigen Sekunden wahrnahm.

Vielleicht lag es daran, daß Data nicht beiseite sah, ihn nach wie vor mit diesem eigentümlichen Blick anstarrte, ein Blick, der andeutete, daß noch etwas anderes in seiner Ideenküche brodelte. Nach einem Augenblick trat Geordi einen mißtrauischen Schritt auf ihn zu.

»Was soll das heißen? Egal, was geschieht? Hey!«

Das Deck fiel unter ihm weg. Seine Arme und Beine ruderten wie wild unter dem ersten Schock, angehoben zu werden, und ihm wurde klar, daß er — wie so viele andere — den Fehler gemacht hatte zu vergessen, wo die Fähigkeiten eines Menschen aufhörten und jene eines Androiden anfingen.

»Data, laß mich runter! Was machen Sie ...«

Der Raum drehte sich, und er wurde fein säuberlich mit den Beinen nach unten auf der *Spitze* eines Stapels schwerer Lagercontainer abgestellt. Kaum hatte er sein Gleichgewicht wiedergefunden, als Data blitzschnell den Insignien-Kommunikator von Geordis Brust pflückte und wieder über die Container hinunterkletterte.

Geordi wedelte mit den Armen. »Was tun Sie denn?«

Er brauchte nur mehrere Sekunden, um selbst wieder nach unten zu klettern, doch das war genug für Data, um den Schalter der transparenten Kontaminationswand zu betätigen. Zwei durchsichtige Platten glitten aus ihrer Wandverkleidung und trafen sich im selben Augenblick in der Mitte, als Geordi sie erreichte. Hilflos mußte er zusehen, wie Data die Sperrvorrichtung kurzschloß und verschmolz. Ein Funkenregen, und Geordi war gefangen.

»Data! Was soll das? Warum tun Sie das?«

»Tut mir leid, Geordi.« Es klang tatsächlich so, als ob es dem Androiden leid tat. »Das ist wahrscheinlich die einzige Möglichkeit. Jetzt erwartet man nicht von mir, daß ich auf der Brücke bin.«

Nun, da er hinter der transparenten Wand stand, klang Geordis Stimme dumpf. »Ich versteh' das nicht. Lassen Sie mich raus.«

»Ich nehme ein Shuttle. Bitte setzen Sie den Captain und Mr. Riker davon in Kenntnis, daß ich versuchen werde, näher an das Wesen heranzukommen und eine klarere Verbindung herzustellen.«

Geordi preßte seine Hände gegen die transparente Wand.

»Data, tun Sie das nicht. Das ist verrückt! Setzen Sie Ihr Leben nicht aufs Spiel!«

»Manche würden behaupten, daß ich gar kein Leben besitze, das man aufs Spiel setzen kann.«

»Seien Sie kein Idiot! Machen Sie die Tür auf. Wie soll ich den Captain von etwas in Kenntnis setzen, wenn ich hier gefangen bin?«

»Das ist ein vorzüglicher Einwand. Aber ich muß die Gelegenheit nützen.« Er wollte sich schon abwenden, hielt dann aber inne und drehte sich noch einmal um. Er starrte einen Augenblick lang auf den Boden und sah dann erneut zu der einzigen Person auf, die ihn stets wie einen Menschen behandelt hatte.

»Danke für alles, mein Freund«, sagte er mit erstaunlich bewegtem Gesicht. Dann grinste er sentimental. »Sie waren ein echter Kumpel.«

KAPITEL 9

Nach einer knappen Dreiviertelstunde kehrte der Captain in seinen Bereitschaftsraum zurück. Deanna Troi saß noch immer da, wo er sie zuletzt gesehen hatte, die Hände nach wie vor in ihrem Schoß verschränkt. Sie blinzelte, als ob sie gerade aus einer Trance erwachen würde.

Picard trat um seinen Tisch herum in ihr Blickfeld, obwohl sie seine Anwesenheit bereits gespürt hatte, und wartete, bis sie zu ihm aufsah.

»Sie warten draußen. Ich habe sie über alles informiert. Sind Sie sicher, daß Sie das durchstehen werden?«

Troi nickte seufzend. »Glauben Sie mir, Sir«, sagte sie. »Ich mache mir um meinen eigenen Verstand genauso viele Sorgen wie um die Wesen dort draußen. Ich wünsche mir, daß das alles ein Ende nimmt. Und ich brauche Hilfe, um dieses Ende zu finden.«

»Dr. Crusher hat die neuesten medizinischen Verfahrensweisen und Debatten über die Rechte todkranker Patienten, den gegenwärtigen psychologischen Ansatz der Sterbekliniken und die Ansichten todkranker Patienten jeder vernunftbegabten Spezies studiert...«

»Das ist meine Aufgabe, Captain.« Ein Hauch von Verteidigung kroch in ihre Stimme.

»Ich hielt es nicht für ratsam, daß Sie sich zu diesem Zeitpunkt mit Recherchen befassen. Allerdings benötige ich Ihre Expertise bei der Auswertung der Informationen, die der Doktor zusammengetragen hat. Fair genug?«

Sie brachte ein dünnes Lächeln zustande, das nichtsdestotrotz echte Dankbarkeit ausdrückte. »Sehr freundlich von Ihnen, Sir. Daran habe ich nicht gedacht. Womöglich könnte ich derzeit in der Tat Fehler begehen.«

Picard ließ sich in den Sessel gleiten. »Darüber mache

ich mir keine Gedanken. Sie scheinen sich unter Kontrolle zu haben, wenigstens im Augenblick. Mir sind keine Veränderungen in Ihrer Persönlichkeit aufgefallen, Counselor.«

»Die kommen vielleicht noch, Sir«, gab sie leise zu. »Sogar jetzt in diesem Moment muß ich um mein Ich kämpfen. Ich weiß nicht, wie lange ich ihrem Druck noch standhalten kann. Langsam beeinflußt es mich auch körperlich. Ich fühle mich schwach und nervös, etwa so, wie Sie sich fühlen würden, wenn Sie zuviel Energie aufgebraucht haben.«

Angesichts ihres feierlichen Tonfalls mußte selbst Picard einen Anflug von Sorge unterdrücken. Seine Zweifel regten sich. Diese unkonkreten Dinge machten ihn unbehaglich, und er wappnete sich gegen das, was sie gesagt hatte und in den nächsten Minuten noch sagen würde. Dazu hatte man ihn schon des öfteren gezwungen — sich auf jene zu verlassen, deren Talent sich von dem seinen unterschied. Er würde an dem Band aus instinktiver Einsicht ziehen, wenn ihm nichts anderes übrigblieb; doch wie er sie so ansah und ihre Anstrengungen bemerkte, Herr der Lage zu bleiben, wußte er, daß er nur als letzten Ausweg auf Vermutungen zurückgreifen würde. Starfleet hatte Menschen verschiedenster Fähigkeiten um ihn geschart, und es war seine Pflicht, sich ihrer zu bedienen.

»Ja«, murmelte er. »Ich verlasse mich darauf, daß Sie ihnen standhalten können. Es liegt an Ihnen, mir zu sagen, was diese Wesen von uns wollen, jedenfalls, soweit sie selbst es wissen.«

»Das habe ich Ihnen schon gesagt.«

»Und wir werden es näher unter die Lupe nehmen.« Er drückte auf das Interkom. »Kommen Sie herein.«

Die Tür ging auf.

Picard lehnte sich in seinem Sessel zurück. »Nun, das war recht geschickt von Ihnen beiden«, sagte er, als Beverly Crusher und Will Riker den Raum betraten. »Setzen Sie sich. Ich habe Ihnen beiden die Situation erklärt.

Counselor Troi zufolge haben uns die Essenzen im Inneren des Phänomens unmißverständlich aufgefordert, sie zu zerstören. Sie wollen ihre Existenz beenden. Anscheinend haben sie sich für den Tod statt eines formlosen Lebens entschieden. Wenn ich diesen Raum verlasse, möchte ich ein so klares Bild der Lage besitzen, wie wir vier es uns überhaupt machen können. Ich will wissen, welchen Kurs dieses Schiff einschlagen soll. Ich sage Ihnen schon jetzt, daß es mir lieber wäre, mich einem Feind zu stellen, dem ich in die Augen sehen und dessen Absicht ich verstehen kann. Wenn ich mich mit solch bleichen ethischen Problemen hätte herumschlagen wollen, wäre ich Priester geworden. Es gefällt mir nicht. Sie wissen, worum uns diese Wesen – laut Counselor Trois Übersetzung ihrer Wünsche – gebeten haben. Jetzt liegt es an Ihnen zu entscheiden, ob es sich dabei um Sterbehilfe oder brutales Abschlachten handelt.«

Eine unerwünschte Stille verbreitete sich in dem Bereitschaftsraum und wurde erst von Will Riker durchbrochen, dem es schließlich zuviel wurde. Er ließ ein Bein auf den Tisch des Captains gleiten, pflanzte die Spitze seines anderen Stiefels auf den Boden und verschränkte die Arme. »Wir werden unser Bestes tun, Sir.«

»Ich weiß. Dr. Crusher, Sie haben das gesamte Material über die gegenwärtige medizinische Ethik überprüft.«

»Nun, *gesamt* scheint mir ein unangemessener Ausdruck für ein halbstündiges Studium, Sir«, entgegnete die Ärztin, »aber ich habe mein Bestes getan. Tatsache ist, daß ich mich mit dem Material bereits vertraut gemacht habe, als ich den Posten des Chefarzts angenommen habe.«

»Glücklicherweise«, bemerkte der Captain. »Reden Sie weiter.«

»Vergessen Sie nicht, daß *Sie* mich dazu aufgefordert haben«, warnte sie und drückte ihre schmalen Schultern gegen die Lehne ihres Sessels. Sie sah aus, als würde sie sich auf eine längere Diskussion einstellen, was sowohl Riker wie Picard zu der Frage verleitete, worauf sie sich da eingelassen hatten. »Das Wort *Euthanasie* hat eine andere Bedeutung, als viele Leute meinen. Zum einen ist es ein intransitives Konzept. Es beschreibt etwas, das ihnen zuteil wird, nicht etwas, das man ihnen bewußt zufügt. Ursprünglich bedeutete es einen sanften, ruhigen, guten Tod, normalerweise einfach nur einen Glücksfall. Im Lauf der Zeit hat es die Gesellschaft dann als Umschreibung dafür verstanden, dem Leben ein schmerzloses Ende zu setzen, um unnötiges Leid zu vermeiden. Womit wir es jedoch in Wahrheit zu tun haben, ist der Punkt, an dem die einzige Chance eines Menschen für eine Euthanasie darin besteht, von einem anderem getötet zu werden. Das kommt dem, mit dem wir uns hier auseinandersetzen müssen, noch am nächsten.«

Troi verschränkte ihre Hände ineinander. »Es geht hier nicht darum, daß wir entscheiden müssen, ob wir ihrem Leben ein Ende setzen. Das haben sie bereits selbst entschieden. Ich glaube nicht, daß man das vernachlässigen sollte.«

»Ich komme gleich darauf zurück.« Geduldig zählte Crusher einige Punkte an ihren langen Fingern auf. »Es gibt etliche Komplikationen, glauben Sie mir. Wir stoßen da auf eine Unzahl von Fragen: Leiden oder Nichtleiden, geistige Zurechnungsfähigkeit, direkter oder indirekter Mord, Tötung durch Erleichterung der Schmerzen, der Unterschied zwischen Persönlichkeit und potentieller Persönlichkeit, die Fähigkeit zur bewußten Äußerung eines Todeswunsches, der Tod von biologischen Organismen im Gegensatz zum Tod einer Person, der Unterschied zwischen normalen und außergewöhnlichen Lebenserhaltungsmaßnahmen, der ach so schwer faßbare Begriff der *Lebensqualität*, bloße Verweigerung von Hilfe im Gegensatz zu aktivem Eingriff in guter Absicht, Heiligkeit des Lebens, Pflicht zum Weiterleben, Freiheit der Wahl gegen göttliche Eigenschaft, Verantwortung für den Tod eines anderen, Euthanasie aus Selbstzweck — um sein Gewissen reinzuhalten, zum Beispiel...«

Picard rieb sich mit der Hand über die Augen und stöhnte müde. »Ich gebe auf, Doktor. Wenn Sie die ganzen Möglichkeiten, die nicht auf diesen Fall zutreffen, ohnehin schon abgehakt haben, könnten Sie mir dann nicht einfach Ihr Ergebnis mitteilen?«

Sie ließ ihre geschäftigen Hände sinken. »Es ist kein einfaches Thema, Jean-Luc.«

Er lehnte sich vor. »Niemand verlangt Vereinfachungen von Ihnen, Doktor, nur Kürze.«

»Gut, da gibt es noch die medizinische Definition des Todes. Hilft Ihnen das weiter?«

Der Captain setzte bereits zu einer Antwort an, doch bevor er etwas sagen konnte, sprang Riker in die Bresche. »*Mir* würde es jedenfalls weiterhelfen.«

»Also gut.« Crusher streifte ihr Haar zurück. »Wir wissen im Grunde alle, was der Tod ist, es sei denn, sie lieben Horrorromane. Beginnen wir mit dem Sterben an sich — ein erkennbarer physiologischer Vorgang, dessen Nachweis in medizinischer Hinsicht sehr einfach ist. Wir kennen den Unterschied zwischen einem lebenden Körper und einem, der lediglich am Leben erhalten wird. Jeder Internist, der sein Geld wert ist, kann zehn Minuten lang die Anzeigen ablesen und den Unterschied erkennen. Aber der springende Punkt ist die Gehirnaktivität — das flache Elektroenzephalogramm. Nach dem gegenwärtigen medizinischen Konsens besteht das einzig absolute Kriterium des Todes in seiner Unwiderruflichkeit. Das ist nicht das einzige Kriterium, das will ich damit nicht sagen. Der Tod ist ein vielschichtiges Konzept und umfaßt mehrere Kriterien, doch seine Unwiderruflichkeit ist das einzig absolute darunter.«

»Nach meiner Einschätzung ist das Sterben etwas Unwiderrufliches«, warf Picard ein. »Wenigstens war ich bis heute dieser Ansicht.«

»Sie sind nicht tot«, sagte Troi. Ihr Gleichmut ging langsam zur Neige. Sie spürte, wie er von der erdrückenden Last einer Million fremder Identitäten strapaziert wurde.

Sie hörte es in der plötzlichen Eintönigkeit ihrer Stimme, und sie wußte, daß es sich in der Unbeweglichkeit ihres Körpers zeigte. Sie versuchte, ihre Beine in eine geselligere Position zu zwingen, doch sie blieben Knie an Knie gepreßt, und bald gab sie den Versuch auf. Diese Diskussion war Zeitverschwendung, nagte an ihr, frustrierte sie. Sie wußte, wie die Entscheidung ausfallen mußte. Wieder und wieder hörte sie das Echo ihrer eigenen Worte in ihrem Geist: *Sie sind nicht tot. Sie sind nicht tot.*

»Ich akzeptiere das«, sagte der Captain. »Der Tod steht ihnen noch bevor. Vielleicht bin ich altmodisch, aber für mich hat der Tod etwas Endgültiges. Der Tod kennt keine Stufen. Leid ja, aber nicht der Tod. Es geht hier nicht darum, auf das eine oder andere zu setzen. Es geht darum, ob wir uns entschließen sollen einzugreifen.«

»Oder nicht«, warf Riker ein.

Alle starrten ihn an, und Unbehagen füllte den Raum.

»Allerdings ...«, murmelte Dr. Crusher und faßte ihn ins Auge. Es dauerte einen Moment, bis sie ihre volle Aufmerksamkeit wieder dem Captain zuwandte. »Ferner ist da noch ein anderes Problem: In den letzten anderthalb Jahrhunderten sah sich die medizinische Doktrin gezwungen, einige sehr fremdartige Lebensformen und deren Gewohnheiten, Sitten, Psychologie und Fähigkeiten in Betracht zu ziehen.«

»Ich kann keine Entscheidung für die gesamte Galaxis treffen, Doktor«, erwiderte Picard. »Bleiben wir doch bei den Menschen.«

»Ich habe mir schon gedacht, daß Sie das sagen würden. Und ich stimme Ihnen in diesem Punkt bei.«

»Wie ermutigend. Könnten Sie mir trotzdem etwas mehr verraten?«

»Oh ... eine ganze Menge.«

»Oh, mein Gott ...«

»Sie haben mich drum gebeten, Sir.«

»Habe ich, ja. Machen Sie weiter.«

»Wo war ich? Ach ja. Es gibt die mythologischen und

religiösen Vorstellungen vom Tod, die das Entweichen einer Seele aus dem Körper beinhalten...«

Picards Finger schoß nach vorne. »Wir werden uns jetzt nicht auch noch auf eine Definition der Seele einlassen, nicht wahr? Da weigere ich mich.«

Crusher wirkte überrascht. »*Ich* ganz bestimmt nicht. Worauf Sie sich noch alles einlassen müssen, bevor das hier vorbei ist, kann ich allerdings nicht vorhersagen. Wie auch immer – es gibt dieses Konzept. Und es gibt auch noch das medizinische Konzept, das den Tod lediglich als einen Vorgang beschreibt. Der Unterschied zwischen den beiden Konzepten entspricht dem Unterschied zwischen dem Schließen einer Tür und dem Zerfall eines ganzen Gebäudes. Die Medizin ist der Ansicht, daß es keine Möglichkeit zur Rückkehr gibt. Und dann gibt es auch noch einen regelrechten Schwall von Platitüden aus dem religiösen Bereich, von dem ich sicher bin, daß Sie ihn nicht mal hören wollen.«

»Da wäre ich Ihnen wirklich dankbar«, bestätigte Picard mit erschöpftem Nicken. »Ich habe mich von Anfang an bemüht, die Geschehnisse zu entmythologisieren. Ich gedenke, mich auf die Grundsätze im Umgang mit Todkranken zu konzentrieren und jene dann als Ausgangspunkt zu verwenden.«

»Aber diese Menschen sind nicht todkrank«, unterbrach ihn Riker, der irgendwie das Gefühl hatte, die Unterhaltung würde aus dem Ruder laufen. »Nach allem, was wir wissen, könnten sie ewig so weiterleben.«

Troi nickte stumm, sah aber nicht auf. Als sie das Wort ergriff, geschah es mit absolutem Vertrauen in die Stimmen, die sie in ihrem Geist wahrnahm. »Genau das«, sagte sie, »ist ihre größte Furcht.«

»Counselor.« Nachdem sie die Aufmerksamkeit auf sich gelenkt hatte, wandte sich der Captain nun an sie. »Sie sagen, Sie spüren eine einhellige Meinung. Können Sie mir garantieren, daß Sie alle Gefühle aller Lebensessenzen erfassen?«

Kalter Schweiß bildete sich auf ihren Handflächen. Sie fühlte, wie sie die Herrschaft über sich verlor. »Nein, das kann ich nicht. Doch es ist die einhellige Meinung aller, die noch über ein starkes Bewußtsein verfügen.«

»Moment mal«, sagte Riker. »Diese Einschränkung stört mich etwas.«

Troi schoß ihm einen finsteren Blick zu. »Zugegeben, es stimmt. Ich spüre einen massiven Wahnsinn in all jenen Geistern, die die Herrschaft über ihre Persönlichkeit verloren haben. Genau das befürchten die anderen für sich selbst auch. Kannst du ihnen das verdenken? Sie haben eine Entscheidung für sich und die anderen getroffen, die dazu nicht mehr in der Lage sind.«

»Was meinen Sie mit ›nicht mehr in der Lage‹?«

Troi holte einen tiefen, kalten Atemzug durch zusammengebissene Zähne und zwang sich zur Nüchternheit, wie ramponiert ihre Gefühle auch sein mochten. »Ich würde es als Dementia praecox einstufen.«

»Als was?«

Sie warf ihm einen unduldsamen Blick zu. »Dementia ist ein irreversibler Zerfall der Geisteskraft verbunden mit entsprechender emotioneller Instabilität. Praecox bedeutet einfach ›vorzeitig‹.«

»Was uns zur Frage nach ihren Verwandten bringt.«

Troi packte die Lehne ihres Sessels und starrte Riker weiter finster an. »Glauben Sie nicht, daß sie die Wünsche ihrer Gefährten besser beurteilen können als wir?«

Riker mußte ihr widerwillig beipflichten. »Wenn Sie und ich die Ewigkeit miteinander teilen würden, könnte man uns vermutlich ebenfalls als Verwandte bezeichnen.«

Plötzlich sah er sich in Picards Blick gefangen. Er hatte nichts Tiefschürfendes sagen wollen, und dennoch teilten sie in der Tat die Ewigkeit. Es schien nur zu wahrscheinlich: Mehr als jedes andere Paar auf diesem Schiff würden sie am ehesten in eine Lage kommen, in der der eine die Entscheidung für den anderen treffen mußte, diese Entscheidung auf Leben oder Tod. Als Erster Offizier galt Rikers oberste Verantwortung dem Wohlergehen Jean-Luc Picards, und Picards wertvollster Besitz als Captain war seine rechte Hand. Beide mußten sie als Schutzengel für den jeweils anderen und das ganze Schiff fungieren. Sie waren die Familie des anderen — oder hätten es im Idealfall wenigstens sein sollen. Wie ironisch, daß auf einem Schiff voller Familien auch die Brücke voll von Leuten steckte, die nichts und niemanden hatten außer einander.

»Und die anderen sind wie Unfallopfer«, sagte Picard zu ihm, während sie den speziellen Augenblick noch miteinander teilten. »Völlig von einer Maschine abhängig, was ihre Lebenserhaltung angeht.«

»Genau«, stimmte Dr. Crusher zu. »Sie sind geistig zurechnungsfähig und nicht todkrank, wollen aber sterben. Damit hat sich die moderne Medizin seit dem 20. Jahrhundert schon des öfteren auseinandersetzen müssen, und es ist seither nicht einfacher geworden. Die Medizin hat in dieser Zeit einen gewaltigen Sprung nach vorne gemacht und sich seither exponentiell weiterentwickelt. Geblieben ist nur der Gedanke, daß jeder Euthanasiefall seine Eigenheiten hat und individuell betrachtet werden sollte. Dann gibt es noch das Problem von aktiver und passiver Euthanasie. Schaltet man die intravenöse Ernährung ab oder läßt man sie einfach auslaufen? Und worin liegt der Unterschied, und was sind die moralischen Folgen...«

»Sie häufen eine Menge Fragen an«, bemerkte der Captain. »Ich habe Sie um Antworten gebeten.«

»Es gibt keine«, meinte sie ganz allgemein. »Das ist das Problem. Wir sehen es als unmenschlich an, Tiere leiden zu lassen, aber wir hatten seit jeher Schwierigkeiten, das auf unsere eigene Spezies anzuwenden.«

»Aber historisch gesehen«, sagte Riker, »stimmt es doch, daß das ganze Problem in der Entscheidung besteht, ob ein organischer Körper ohne Geist nach wie vor am Leben ist. Hier haben wir es mit dem genauen Gegenteil zu tun. Geister... ohne Körper.«

Crusher warf ihm einen Blick zu. »Nein, da irren Sie

sich. Es ist überhaupt nichts Außergewöhnliches an einem Geist ohne Körper.«

Als Deanna Troi das Wort ergriff, wandten sich alle zu ihr um, obwohl ihre Stimme nur sehr leise war. Dieses Mal sprach sie jedoch nicht von den Wesen, die auf sie eindrängten, sondern wandte sich der Frage zu, mit der sie sich gerade auseinandersetzten. »Das ist das Bild, das körperlich Behinderte von sich selbst haben. Geist ohne Körper. Wenigstens eine Zeitlang. Häufig trifft es überhaupt nicht zu, und nach einiger Zeit und einer Therapie ändern viele ihre Ansicht wieder.«

Einige Sekunden lang schwiegen alle, weil sie dachten, sie hätte dem noch etwas hinzuzufügen. Als dem nicht so war, rutschte Dr. Crusher unbehaglich hin und her und wandte sich erneut an Riker. »Aber es gibt auch zahlreiche Fälle von selbstbewußten, rationalen Menschen, die diesen Entschluß getroffen haben und ihn *nicht* noch einmal überdenken, Mr. Riker. Manche Menschen wollen einfach nicht mehr weiterleben, wenn sie ihre Unabhängigkeit verloren haben. Manche begehen Selbstmord, was wiederum ein anderes Problem darstellt, doch für jene, die dazu nicht in der Lage sind, bringt das Problem die spezielle Komplikation mit sich, eine andere Person einschalten zu müssen.«

»Die ebenfalls gewisse Rechte besitzt«, argumentierte Riker. »Das Recht, keinen Mord zu begehen, zum Beispiel.«

Mit ungeduldigem Schnauben griff Picard nach der Kante seines Tischs. »Allerdings. Wir haben das Recht, nach unserem eigenen Gewissen zu handeln. Gibt es darauf eine klare Antwort, Doktor? Oder auch nur einen allgemeinen Grundsatz des medizinischen Föderationskonzils? Oder haben Sie eine Regel, wonach wir uns an schiffsinterne Grundsätze halten sollen?«

»Ich?« Sie schüttelte den Kopf und blinzelte. »Das ist ein Thema, bei dem ich im Medizinstudium beinahe durchgefallen wäre. Mir ist noch nie ein Fall begegnet, der sich in den Gleisen irgendeines anderen bewegt hätte. Es gibt einfach keine Grundlagen für einen Vergleich.«

»Und die Grundsätze der Föderation? Doktor, ich brauche einen Präzedenzfall, und ich brauche ihn sofort.«

Sie zögerte, dachte darüber nach, den Mund nachdenklich verzerrt, und zuckte dann die Achseln. »Klinisch gesehen, zog man schließlich eine Grenze zwischen Tieren mit Erinnerungsvermögen und Tieren, die über ihr bloßes Erinnerungsvermögen hinaus in der Lage sind, sich ein Bild ihrer persönlichen Zukunft zu machen und Wünsche betreffs dieser Zukunft zu artikulieren. Doch selbst das hatte seine Schwächen. Babys, zum Beispiel. Sie machen sich einfach keine Gedanken über ihre Zukunft.«

Nun kam die Reihe zu seufzen an Picard. Er preßte seine Lippen zu einem Strich zusammen und stöhnte: »Beverly, Sie ermüden mich langsam.«

Sie hatte Mitgefühl für ihn, gab dann aber zu: »Man kann dieses Thema einfach nicht zügiger abhandeln. Deshalb hat man auch nie ein betreffendes Gesetz verabschiedet. Manche Dinge kann man einfach nicht gesetzlich regeln.«

Riker streckte den Rücken und verschränkte seine Arme enger. »Womit wir auf uns selbst gestellt sind.«

»Sehen Sie's einfach als Privileg«, schoß sie zurück.

»Aber diese Menschen, diese ›Seelen‹, wenn wir diesen Ausdruck unbedingt verwenden wollen«, fuhr Riker fort, »liegen nicht im Sterben. Sie könnten ewig so weiterleben!«

»Allerdings.« Die Ärztin nickte, nicht sehr geduldig. »Es geht hier nicht um einen Sterbenden, der den Zeitpunkt seines Todes selbst bestimmen will und von uns als Gesellschaft gezwungen wird, solange weiterzuleben, wie es irgend geht. Eher geht es darum, was das Leben... lebenswert macht.« Sie richtete die schwierige, belastende Frage direkt an Picard und streckte eine leere Hand aus, als ob sie erwarte, daß er sie füllen würde.

Der Captain starrte sie nur an, überwältigt nicht so sehr

von der Schönheit dieser Frau oder seinen eigenen Gefühlen ihr gegenüber, als von der Frage, die sie ihm gestellt hatte, dieser Frage im Grenzbereich von Leben und Tod.

Was macht das Leben lebenswert?

Neben Crusher rührte sich Troi. »Ein Mensch, der im Sterben liegt, fragt sich tatsächlich, ob ihn seine Krankheit allem beraubt hat, was das Leben lebenswert macht, wie Sie schon sagten. Für ihn wird es keine Augenblicke mehr geben, die ihn an das Leben erinnern, das er einst kannte. Wenn der Schmerz einen Menschen aller Freude am Sehen, Riechen, Hören, Berühren beraubt...«

»Aber wir reden hier nicht über Schmerz, Counselor«, brauste der Captain mit rauher Stimme auf. »Diese Wesen haben keine wie auch immer gearteten körperlichen Schmerzen erwähnt – oder etwa doch? Falls dem so ist, sagen Sie's mir lieber gleich. Wir wandeln hier auf einem verdammt schmalen Grat.«

»Ich wünschte, dem wäre so«, meinte Crusher trocken. »Die Frage würde sehr viel einfacher werden. Mein Reich des Körperlichen ist sehr viel leichter instand zu halten als Deannas Reich der geistigen Ängste und Verwirrungen.« Sie wandte sich an die Counselor. »Ich beneide Sie nicht darum.«

Der Captain stand auf und ging um seinen Tisch herum. »Doktor, ich hatte gehofft, daß Sie mir eine größere Hilfe sein würden.«

Beverly Crusher sah einen Moment beiseite, rutschte im Sessel zurück, schlug die Beine übereinander und schaute dann wieder zu ihm auf. »Aber ich *kann* Ihnen eine größere Hilfe sein. Sie müssen mich nur nach meiner persönlichen Meinung fragen.«

»Oh verdammt! Natürlich. Entschuldigen Sie.« Fordernd hielt er ihr seine Handfläche entgegen. »Bitte.«

Sie seufzte und dachte darüber nach. »Sie haben den wohldurchdachten, durchaus vernünftigen Wunsch geäußert, sterben zu wollen.«

»Und?«

»Und ich denke, das sollten wir respektieren.«

»Heißt das, wir sollten ihm entsprechen? Kommen Sie schon, Doktor, lassen Sie sich nicht alles aus der Nase ziehen.«

»Sie meinen, ob ich es tun würde? Captain, lassen Sie es mich so ausdrücken: Ich habe herausgefunden, daß Schmerz durchaus etwas Geistiges sein kann und daß er niemandem nützt.«

»Würden Sie es tun?« wiederholte er.

Sie reckte ihre Schultern. »Ja.«

Dank des fehlerlosen Orientierungssinns eines Androiden fand sich Data in dem kaum beleuchteten Raumschiff mühelos zurecht. Normalerweise hätte er nie über diese Fähigkeit nachgedacht, aber heute blieb sie stur in seinem Geist haften. Heute war er sich seiner selbst bewußt, ganz im Gegensatz zu sonst, wenn er alleine war. Heute stellte jedes rosafarbene Notlicht, an dem er auf seinem Weg vorbeikam, eine kleine Mahnung dar, die ihn an seine Zweifel erinnerte. Jeder dieser Zweifel stach wie eine Nadel in seine Gedanken und machte sie irritierend ungenau. Er fragte sich, wie das Denken wohl für Menschen war. Einen Gedanken nach dem anderen zu fassen, manche sogar ohne Zahlen, ohne Zusammenhänge... es schien fast wie eine Fehlfunktion. Und doch erkannten Menschen oft Dinge, die ihm völlig entgingen, bis sie ihn darauf hinwiesen.

Anscheinend entferne ich mich immer mehr vom Menschsein, statt mich darauf zuzubewegen. Was ihnen einfach vorkommt, erscheint mir kompliziert und widersinnig. Was ich ohne die geringste Mühe berechnen und erfassen kann, scheint ihnen mühsam. Im Laufe der Zeit habe ich mehr und mehr Informationen gesammelt, und doch entferne ich mich aus diesem Grunde immer mehr von ihnen. Je mehr Zeit ich mit ihnen verbringe, um so komplizierter kommen sie mir vor. Vielleicht ändert sich das jetzt. Vielleicht ist es das, was sie unter Schicksal verstehen...

Als er fühlte, wie sein Körper anhielt, regelte er seinen Lotsen-Modus nach, ließ sich noch im selben Moment aus der Autolokalisation gleiten und fand sich in der Tat genau an seinem gewünschten Ziel wieder. Das Hangardeck. Er stand vor der Türe und starrte in der Dunkelheit auf die Buchstaben.

SHUTTLE-DECK
KEIN ZUTRITT FÜR UNBEFUGTE

A.C.E.-FREIGABE ERFORDERLICH
WENDEN SIE SICH AN DECK 14
ODER SETZEN SIE SICH MIT DEM
ZWEITEN OFFIZIER IN VERBINDUNG

Er verlor die wenigen Sekunden aus den Augen, in denen er die Buchstaben und ihre Bedeutung studierte. Alle seine internen Alarmsysteme heulten auf und wiesen ihn an, sich an den Assistenten des Chefingenieurs zu wenden, doch dazu hatte er jetzt keine Zeit. Außerdem würde es ihn verraten. Die Tatsache, daß er selbst der Zweite Offizier war, half ihm natürlich aus dem Schneider, obwohl er seine internen Alarmsysteme nicht auf dieses Wissen programmieren konnte. Informationen wie diese waren recht zweckmäßig, eine Sache des Nachdenkens. Die formale Unterteilung menschlicher Wesen oder sonstiger Lebensformen in Dienstränge war ein schwer verständliches Konzept für sein maschinelles Denken und mußte von jenem Teil seiner selbst aufgearbeitet werden, den Geordi gerne als seine subdominante Hemisphäre bezeichnete — jener Teil seines Gehirns, der aus organischer Materie bestand, der Teil seiner Persönlichkeit, der es ihm erlaubte, subjektiv zu sein. Der Teil von ihm, von dem Geordi immer wieder behauptete, daß er keine Maschine sei.

Data sah auf seine linke Hand hinab, öffnete seine Faust und bemerkte das Glitzern aus Gold und poliertem Platin. Auch er hatte sich das Privileg verdient, die stilisierte Form eines A tragen zu dürfen. Und doch war es nicht die seine. Seine eigene haftete noch immer fest an seiner Brust und kündete von seiner ruhmreichen Vergangenheit und dem Ausmaß, mit dem die Menschen ihn in ihre Arme geschlossen hatten. Er war einfach nicht in der Lage, sein Starfleet-Abzeichen anzusehen und die Menschheit für eine minderwertigere Rasse zu halten; nur wenige Spezies hätten jemanden wie ihn anerkannt. Er kannte die ausweichenden Blicke des Vorurteils. Geordi hätte ihn dafür getadelt, daß ihm die wahre Bedeutung erst jetzt klar geworden war: Vorurteile waren selbst eine Art Privileg, von allen Lebensformen gehütet.

Die Notbeleuchtung über dem Schott verwandelte das Gold zu einem rosafarbenen Pink. Er fühlte ein seltsames, ungewohntes Pochen in seiner Brust, als sein synthetisches Herz auf die rasenden Impulse seines Nervensystems reagierte.

Das Abzeichen, jenes in seiner Hand – es gehörte Geordi.

Vergib mir. Ich weiß, ich habe dir noch nie etwas angetan, was auch nur entfernt mit diesem zu vergleichen wäre. Ich hätte dich gewarnt, wenn ich erwartet hätte, so zu reagieren...

Unlogisch. Geordi war nicht hier. Geordi war im Antimaterie-Reservecenter eingesperrt.

Mit seiner linken Hand umklammerte Data das Abzeichen. Ebenfalls unlogisch. Er hätte es weglegen, es irgendwo zurücklassen sollen. Es mit sich herumzutragen, erfüllte keinen Zweck. Statt das Abzeichen zurückzulassen, gab er den Gedanken jedoch auf und hielt seine Faust geschlossen. Mit der anderen Hand tippte er rasch den Autorisierungscode ein, und das dicke, tunnelförmige Schott teilte sich für ihn.

Das Hangardeck enthielt einige normale Shuttles sowie mehrere kleinere und schnellere Schiffe verschiedener Bauart, alle säuberlich in ihren Boxen verstaut, bereit, nach oben in die eigentliche Hangarbucht gefahren zu werden, wenn man sie benötigte.

Sehr menschliche Ungeduld nagte an ihm. Er wußte sehr wohl, was Ungeduld war. Aber es gab keine Alternative: Er mußte einige Zeit hier unten warten, bevor er zu seiner Mission aufbrechen konnte.

Seine Hände zuckten. Die Sicherheitsprogrammierung sandte Schauer durch sein biomechanisches Nervensystem und versuchte ihm mitzuteilen, daß er keinesfalls tun sollte, was er nun vorhatte.

So einfach, wie man einen leichten Schmerz verdrängte, leitete er diese Einsicht an den internen Alarmsystemen vorbei und schaute sich nach den mechanischen Geräten um, die er brauchen würde. Ja, da waren sie. Er hatte sich Sorgen gemacht, daß es dem Versorgungsteam angesichts der Krise nicht gelingen könnte, die kleinen Geräte-Container rechtzeitig abzuliefern; doch da standen sie, sorgfältig aufeinandergestapelt. Er musterte sie auf eine ähnliche Art, wie er zuvor die Inschrift auf dem Schott betrachtet hatte. Auf dem Stapel lag ein Autorisierungschip, der nichts weiter besagte als: *Auf Anforderung von Lt. Commander Data. Fähnrich F. Palmer — Okay.*

Die Zeit war knapp. Und doch zögerte er. Niemals zuvor hatte er sich in einem derartigen Widerstreit mit sich selbst befunden, nie zuvor hatte er seinen eigenen Körper förmlich dazu zwingen müssen, etwas zu tun, was seine Programmierung — sein... Gewissen — stets als falsch erachtet hatte. Täuschung. Ungehorsam. Es lag nicht in seinem Progr... seiner Natur.

Seine linke Hand zuckte und öffnete sich. Geordis Abzeichen fiel mit einem metallischen Geräusch auf das Deck. Data sah hinab.

Teilnahmslos bückte er sich und hob es auf. Wenn er es mitnahm, würde die Computerpeilung des Schiffes das Signal auffangen, es als Funkfeuer benützen und der Brücke berichten, daß Geordi bei ihm war. Die Folgen wären... er würde das Abzeichen zurücklassen.

Er war fest entschlossen.

Er schritt auf den Ausgang zu und ging an die nächste

Computerkonsole, nach wie vor das Abzeichen in seiner Hand anstarrend.

»Ich *werde* es zurücklassen«, beteuerte er. Laut hallte seine Stimme über das leere Hangardeck. Warum flüsterte ihm dieses Abzeichen etwas zu?

Er legte es rasch beiseite, so rasch, daß es sich auf seiner Nadel herumdrehte und seitwärts liegenblieb. Er zögerte.

Fast genauso rasch entledigte er sich seines eigenen Abzeichens. Es bestand ebenfalls aus Gold und Platin, war identisch mit dem anderen. Ausgenommen, daß dieses Abzeichen ihm gehörte und daß *er* es sich verdient hatte. Jenes dagegen gehörte Geordi. Beide waren mit dem Biopuls ihres Besitzers kodiert, einschließlich seiner Identität, enthielten Mikrosensoren und einen winzigen Kommunikator. Im Starfleet-Jargon wurden die Insignienkommunikatoren als ›Miniwunder‹ neuester Wissenschaft bezeichnet.

Doch heute war es die Form und nicht die Wissenschaft, die Data faszinierte. Heute galt seine Aufmerksamkeit der modernen Heraldik von Starfleet und dem, was sie für jemanden wie ihn bedeutete.

Sein kraftvolles Herz schlug heftiger, ein starker Muskeleinsatz, der großartigen Maschine angemessen, die es nun mal war. Er hörte das deutliche Pochen in seinem Körper, fühlte die Belastung seiner Systeme, als sich jedes einzelne davon bemühte, dem biomechanischen Nervensystem seine Interessen aufzuzwingen, unsicher, welchen Impulsen es nun wirklich folgen sollte.

Mit einer Geste der Endgültigkeit legte er sein Abzeichen neben das von Geordi, wandte sich ab und ließ die beiden nebeneinander liegen.

Als er sich neben die Container kniete, die die Ingenieure auf seine Weisung hier zurückgelassen hatten, beruhigte sich sein Körper langsam wieder und widmete sich der bevorstehenden Aufgabe. Das Pochen seines Herzens wich dem gewohnten Rhythmus, und Data machte sich daran, die speziellen Bauteile und mnemonischen Kodierer auszupacken. Anschließend begann er mit der Konstruktion einer improvisierten Tarnvorrichtung, die klein genug war, um in ein Shuttle zu passen.

»Moment mal!« Riker rutschte vom Tisch und breitete seine Hände vor Troi aus. »Wir können uns nicht einfach einmischen.«

»Uns bleibt keine andere Wahl«, gab Troi lautstark zurück. Sie spürte, wie ihr das Blut in die Wangen schoß und Ärger ihr Herz übermannte. Wie konnte er es wagen, sich ihr in den Weg zu stellen!

»Nun hören Sie mal zu«, erinnerte sie Picard ärgerlich. »Ich habe diese Konferenz aus einem ganz klaren Grund einberufen, und jetzt verzetteln wir uns. Wenn ich schon gezwungen bin, eine Entscheidung zu treffen, möchte ich wenigstens die Präzedenzfälle hinter mir wissen. Bringen wir Ordnung in die Sache! Das ist ein Befehl.«

Bevor Riker antworten konnte, lehnte sich Troi zu Picard hinüber, das erste Mal, daß sie seit Beginn der Konferenz ihre Position verändert hatte. »Menschen sind von Natur aus Interventionisten, Captain. Seit der Antike, und sogar noch davor, haben wir in den Lauf der Evolution eingegriffen. Das reicht von selektiver Hochzeit bis zurück zu unseren Stammesanfängen, als der Häuptling seine Wahl unter den schönsten, jüngsten und stärksten Frauen des Stammes treffen konnte und seine Kinder anschließend zu Entscheidungsträgern des gesamten Stamms heranwuchsen. Es ist unser Erbe!«

»Unsinn«, bezichtigte Riker sie.

»Nicht unbedingt«, entgegnete Crusher in dringlichem, etwas defensiven Tonfall. Sie zeigte ihm die kalte Schulter und wandte sich statt dessen an den Captain. »Mit der Entwicklung eines Heilmittels für Lungenentzündung und TB haben wir die Evolution ein für allemal geändert. Unzählige Millionen, die schwach waren und eigentlich hätten sterben sollen, lebten einfach weiter. Die Erfindung der Brille machte Millionen von Kurzsichtigen, die bis dahin praktisch blind gewesen waren, über Nacht zu völlig normalen Menschen. Sie lebten nicht nur weiter, sondern gediehen, heirateten und zeugten noch mehr kurzsichtige Kinder. Die Menschheit überlistet die natürliche Auslese schon so lange, daß es inzwischen unmoralisch wäre, das Gegenteil zu tun. Da haben Sie Ihren Präzedenzfall, Captain. Die Frage lautet meiner Meinung nicht, ob wir eingreifen sollen oder nicht.«

»Was ist mit der Wissenschaft?« unterbrach Riker sie, ging um den Tisch herum und stellte sich an die Seite des Captains. »Könnte die Technologie nicht eines Tages dazu imstande sein, diese gefangenen Wesen wieder in ihre Körper zu versetzen? So ähnlich wie Data.«

Picard musterte ihn für einen Augenblick und drehte sich dann zu Crusher herum. »Doktor, wie sieht es damit aus?«

Sie lehnte sich von einem Ellenbogen auf den anderen. »Ich schwenke nur schnell meinen Zauberstab ...«, meinte sie dann unsicher. »Nach meiner Meinung ist es dann zu spät für sie. Wenn sie schon seit 1995 – und manche vielleicht noch länger – in diesem Dämmerzustand leben, haben sie womöglich die Fähigkeit verloren, wieder menschliche Gestalt annehmen zu können.«

»Sie meinen, wie ein Blinder, der plötzlich sein Augenlicht zurückgewinnt?« schlug Picard vor. »Etwas in dieser Richtung?«

»Genau das. Es gibt viele Umstände, unter denen die moderne Medizin in der Lage ist, das Sehvermögen wiederherzustellen oder zu ersetzen, doch wenn der Patient nicht noch sehr jung ist, kommt es in der Regel zu schweren Komplikationen. Wenn ich Geordis Augenlicht durch irgendein Transplantat von heute auf morgen wiederherstellen würde, müßte er alle seine Sinnesorgane neu ausbilden. Seinen ganzen Körper, sein gesamtes Gehirn. Zum Beispiel sein Gefühl für Tiefenschärfe. Er würde nach Dingen greifen, die drei Meter von ihm entfernt sind, weil er den Unterschied nicht erkennen kann. Vermutlich könnte er nicht einmal mit offenen Augen gehen. Nicht ohne umfassende Therapie. Sein Gleichgewichtssinn würde völlig aus der Fassung geraten. Auf einmal würde sich etwas auf seine Balance auswirken, das bisher noch nie eine Rolle gespielt hat. Es gibt zu viele Fälle wiederhergestellten Sehvermögens, die in einer Katastrophe endeten. Manche Patienten haben sich sogar dazu entschlossen, ihre Blindheit künstlich wiederherstellen zu lassen, statt weiter sehend durchs Leben zu gehen.«

»Mein Gott... wirklich?«

»Zu viele, als daß ich den Versuch empfehlen könnte, diese – was immer sie auch sein mögen – in Androidenkörper zu verpflanzen.« Sie senkte ihre Stimme und ließ ein wenig Mitgefühl in ihr professionelles Urteil einfließen. »Es wäre eine schlimmere Hölle als jene, die sie nun durchmachen. Ich bin der Ansicht, Captain«, fügte sie hinzu, »daß die einzige vernünftige und moralische Entscheidung jene ist, die sie bereits getroffen haben.«

»Wir sind nicht sicher, was sie wirklich wollen«, beharrte Riker.

Troi wand sich in ihrem Sessel, ihr Gesicht eine Skulptur aus reiner Melancholie und Enttäuschung. Ihr Gesicht schmerzte von dem inneren Elend und der äußeren Beleidigung.

»Stimmt doch, oder?« sagte Riker zu ihr.

»Bill...«, keuchte sie erstickt.

Er umkreiste den Tisch und stellte sich ihr. »Sie haben selbst zugegeben, daß diese Menschen womöglich geistig unzurechnungsfähig und nicht in der Lage sind...«

»Manche, aber...«

Dr. Crusher legte ihre schmale Hand auf seinen Arm und drängte ihn etwas von jenem Ort weg, an dem sie Seite an Seite neben Troi saß. »Diese lebensfressende Maschine verletzt die Grundrechte seiner Gefangenen.«

Riker wirbelte herum und funkelte sie böse an. »Welche Grundrechte?«

»Das Recht auf freie Entfaltung der Persönlichkeit und

die Würde der Selbstbestimmung. Es beraubt sie ihrer Lebensqualität in einem derartigen Ausmaß, daß sie keinen anderen Ausweg sehen als den Tod.«

»Und zu dem verhelfen wir ihnen. Nur auf eine bloße Behauptung von Deanna.«

Troi senkte ihre Lider, und erste Tränen zeigten sich. »Oh, Bill«, flüsterte sie.

Doch er drängte weiter. »Woher wissen wir, daß ihre Entscheidung von Vernunft diktiert ist? Sie könnte aus reiner Verzweiflung oder einer zeitweiligen Depression heraus entstanden sein.«

Crusher wich seiner Herausforderung nicht aus und konterte mit einer eigenen. »Wollen Sie dreihundert Jahre als zeitweilig bezeichnen?«

»Auf der Zeitskala dieses Wesens? Vielleicht. Das wissen Sie genausowenig wie ich. Nach allem, was wir wissen, könnte das Ding ein galaktisches Utopia sein. Es könnte uns alle Zeit der Welt zur Verfügung stellen, Zeit zum Nachdenken, Zeit zum Austausch von Ideen und Erinnerungen — Gott weiß, was sonst noch? Vielleicht empfängt Deanna nur die Wünsche einer Handvoll Neuankömmlinge, die gar nicht wissen, was sie da in Händen halten.«

»Das glaube ich nicht«, entgegnete Troi mit zusammengepreßten Lippen.

»Schon gut. Schon gut — sagen wir, ich glaube es auch nicht. Sagen wir, Sie haben mich überzeugt. Was wird geschehen, wenn wir es erst einmal getan haben? Wenn wir Geschmack daran gefunden haben? Wenn wir diese Tür auch nur einen Spaltbreit aufstoßen, sind wir vielleicht nicht in der Lage, sie wieder zu schließen. Kerzen können durchaus einen Holocaust auslösen, Captain.«

Abrupt kam Crusher auf die Beine und trat auf ihn zu, als ob sie ihm mit ihrer Körpergröße und ihrer Anmut beweisen wollte, daß er nicht die einzig imposante Gestalt in diesem Raum war. »Wir sind sehr wohl in der Lage, uns zu beherrschen, Mr. Riker. Mit dieser Art von Selbstbeherrschung müssen Mediziner schon seit Jahrhunderten zu

Rande kommen. Captain, ich weiß, daß Sie auf den Einsatz der Waffen verzichten wollen, aber das Ding ist ein Tyrann!«

Riker beugte sich über den Tisch, die Hände flach auf dessen schwarzes Oberteil gepreßt. »Falls wir die Regeln jetzt zu unseren Gunsten beugen«, beharrte er, »oder auch nur ergänzen, selbst auf den Wunsch eines Todkranken hin, setzen wir jeden einzelnen von uns aufs Spiel. Falls wir uns andererseits dem Todeswunsch von einzelnen widersetzen, wahren wir auch unsere eigenen Interessen.« Er sah den Captain an. »Wir spielen hier ethisches Roulette, und das behagt mir nicht.«

Troi würdigte ihn keines Blickes, und doch lag ein vielsagender Mangel an Nachsicht in ihrem Ton. »Wir reden hier nicht über das, was Ihnen behagt und was nicht.«

Seine Augen blitzten. »Nein, tun wir nicht«, stieß er zurück. »Aber wir riskieren damit die ethische Sicherheit jeder intelligenten Lebensform, der wir von nun an begegnen. Wie lange wird es dauern, bis es uns aus der Hand gleitet? Dann setzen wir unsere ganze Gesellschaft aufs Spiel.«

Der Captain bedachte ihn mit einem Stirnrunzeln. »Ich bin nicht willens, die moralische Last der gesamten Menschheit auf meine Schulter zu laden, Nummer Eins. Aber ich gedenke, hier und jetzt meinen Standpunkt zu vertreten. Ich weiß es zu würdigen, daß Sie hier den Advocatus Diaboli spielen, aber ...«

»Tue ich nicht«, entgegnete Riker. »Ich bin der Überzeugung, daß wir nicht in einer Position sind, so etwas zu tun. Und ich bin der Meinung, daß es nicht fair von diesen Wesen ist, uns um so etwas zu bitten. Wir haben das Recht, keine Mörder zu werden.«

»Captain«, warf Crusher ein. »Wir haben den Punkt bereits überschritten, an dem wir noch hätten umkehren können. Es mag uns schwerfallen, sie umzubringen, aber es dürfte ihnen zweifellos noch schwerer fallen, in dieser Form weiterzuleben.«

»Das ist *Ihre* Ansicht, Doktor«, stellte Riker klar.

»Stimmt«, sagte sie. »Der Captain hat mich um meine Ansicht gebeten. Und falls Sie eines Tages mal Captain sein sollten, brauchen Sie mich ja nicht zu fragen.«

Verbitterung drängte sich zwischen sie, und einige Sekunden lang ließ sie ihr freien Lauf. Als die Stille schließlich bedrückend wurde, holte sie tief Luft und teilte dem Captain ihr letztes Wort mit. »Sir, nach meinem Urteil als Chefärztin der *Enterprise* liegt uns etwas vor, was ich in meinem Bericht als annehmbare Einverständniserklärung bezeichnen werde.«

Der Captain hörte, wie der Ball vernehmlich in seinem Feld landete. Galt seine Verantwortung den Lebensformen im Inneren des Wesens, dem Wesen selbst, dem Schiff oder jenen Lebensformen, deren Bewußtseinsinhalte in der Zukunft von diesem Wesen aufgesaugt werden würden, wenn er jetzt nicht handelte?

»Es ist der erklärte Grundsatz der Föderation, keine Polizeigewalt über die Galaxis auszuüben, Captain.« Rikers Gesicht spiegelte sich deutlich in der Aussichtsluke.

Picard nickte verkniffen. »Ja, das dürfen wir nicht übersehen. In diesem Fall muß ich mich an die Richtlinien der Föderationspolitik halten. Die traurige Wahrheit ist, daß wir möglicherweise nicht mal unsere eigene Haut retten können. Der bessere Teil der Tapferkeit mag darin bestehen, das Weite zu suchen und es der Föderation zu überlassen, mit diesem Ding fertig zu werden.«

Troi schoß aus ihrem Sessel. »Sie verstehen nicht! Diese Menschen können nicht einmal untereinander Verbindung aufnehmen. Es sind Millionen, alle allein. Allein! Man kann sie nicht mit einem gelähmten Körper vergleichen. Selbst dann gäbe es Sehvermögen, Geruchssinn, zwischenmenschliche Beziehungen — diese Menschen haben gar nichts!«

Der Captain bewegte sich auf sie zu. »Counselor...«

Sie wich zurück. »Sie wissen nicht, wie es ist! Sie können es nicht wissen. Sie können darüber reden und diskutieren und argumentieren, aber Sie *wissen* nicht, wie es ist. Captain, wenn dieses Wesen uns verfolgt und wir es nicht daran hindern können, uns zu absorbieren, verspreche ich Ihnen, daß ich so nicht weiterleben will! Ich *will* einfach nicht! Eher bringe ich mich vorher um.«

»Deanna«, setzte Crusher an und wollte nach ihr greifen.

Doch jeder einzelne von ihnen war ergriffen von der Überzeugung in ihrer Stimme und in ihrem Gesicht, von dem irrationalen Versprechen einer Person, die sie alle als überaus rational angesehen hatten.

Riker, der sich besonders für diesen Ausbruch verantwortlich fühlte, stand einige Schritte entfernt, unfähig, sich dazu zu zwingen, zu ihr zu gehen.

Dr. Crusher legte einen Arm um Troi und geleitete sie auf die Tür zu. »Kommen Sie mit. Ich gebe Ihnen etwas zur Beruhigung.«

Troi wollte bereits gehen, wich dann aber ungestüm zurück. »Nein! Ich wage es nicht, mich von Ihnen sedieren zu lassen! Ich habe mich schon jetzt kaum mehr in der Hand! Versteht das denn keiner?«

»Jaja«, beruhigte Crusher sie. »Sie wissen, daß ich es verstehe. Gehen wir einfach hinaus auf die Brücke.« Sie lenkte die andere Frau zur Tür, und warf Riker und Picard im Gehen einen tadelnden Blick zu. »Es dauert nur ein paar Minuten.« So lauteten ihre Worte, doch ihr Blick sagte etwas völlig anderes.

Picard sah ihnen wortlos nach. Als er und Riker schließlich allein waren, drehte er sich zur Aussichtsluke um und starrte in den Weltraum hinaus.

Vor ihm lag das Panorama entfernter Sterne und Sonnensysteme, der Gasriese, der bis vor kurzem ihr größtes Problem gewesen war und nun plötzlich klein und unbedeutend wirkte, wie er dort in seiner hellen grünen Unschuld am Rande seines Blickfelds durch den Raum wirbelte. Zwei tiefe Linien umrahmten seinen Mund. Er war ein Mann mit zu vielen Alternativen.

»Das infernalische Ding versteckt sich irgendwo da draußen und wartet darauf, daß wir einen Fehler machen«, sagte er. Seine Stimme sank zu einem halben Flüstern. »Wie viele lauern noch da draußen, Riker? Wie viele weitere Entscheidungen wie diese? Was sollen wir tun, wenn eine Person – oder eine Gemeinde – den Wunsch äußert, sterben zu wollen, und es keinen Zweifel an seinen Gründen gibt?«

Der neben ihm stehende Riker hatte keine echte Antwort anzubieten, war jedoch zu einer persönlichen Entscheidung gekommen. Eine, die er als Erster Offizier – nicht als Captain – vertreten konnte.

»Gibt es wirklich keine Zweifel?« fragte er leise, ohne sich von der Stelle zu bewegen.

Picard starrte weiter durch die Aussichtsluke, doch auf seiner Stirn erschien eine tiefe Furche und seine Augen zogen sich zusammen. »Ich muß so genau wie möglich wissen, ob das Ding ein fliegendes Utopia oder eine interstellare Hölle ist.«

KAPITEL 10

»Das gefällt mir überhaupt nicht, Jean-Luc. Ich werde in meinem Bericht erwähnen, daß das alles gegen meinen Protest geschieht.«

»Das dürfte ein sehr aufregender Bericht werden, wenn er Starfleet je erreicht, Doktor.«

Die Isolationseinheit der Krankenstation bereitete sich auf völlige Schwerelosigkeit und die exakte Körpertemperatur des Captains vor. Mit verhaltener Miene sah Picard zu, wie Dr. Crusher eine Spritze vorbereitete, die etwas in ihm bewirken würde, was kein vernünftiger Mensch gutheißen konnte. Vielleicht bedurfte es einer Spur von Wahnsinn, um einen Mann zu solchen Maßnahmen zu treiben, vielleicht bedurfte es auch nur der Verzweiflung. Alle Gefahren, alle Risiken, jegliche Vernunft mußte vor der zielstrebigen Suche desjenigen zurücktreten, auf den die Entscheidung gefallen war. Und das war Picard.

Neben ihm zeigte Troi erste Anzeichen der Erschöpfung. Die dünnen schwarzen Haare auf ihrer Stirn waren feucht und wellten sich, ihre Augen wirkten angespannt, ihre Körperhaltung schlaff. Alles, was ihr bislang so einfach vorgekommen war, schien nun eine bewußte Anstrengung zu erfordern. Obwohl sie sich wünschte, daß er selbst herausfand, was sie bei ihren empathischen Kontakten empfand, besaß sie doch die Geistesgegenwart zu einer letzten Warnung. »Ich muß dem Doktor beipflichten, Captain. Ich habe Sinnesentzug noch nie für eine wirksame Technik gehalten.«

»Direkt aus der Folterkammer, wenn Sie mich fragen.« Entschieden schüttelte Crusher den Kopf.

»Also gut«, entgegnete der Captain. »Dann denken Sie beide sich doch einen besseren Weg aus, wie ich am eigenen Leib spüren kann, was die Menschen da draußen empfinden. Und tun Sie's bitte gleich, weil ich so viele Zweifel wie möglich ausschalten will, solange uns noch die Zeit dazu bleibt.«

Die beiden Frauen sahen sich lange an; jede hoffte, daß die andere eine Alternative heraufbeschwören würde.

Picard wartete höflich, was an sich bereits einen gewissen Druck ausübte. »Was kann ich erwarten?«

Crusher hielt ihre Spritze hoch. »Nun, der erste Effekt wird...«

»Sir«, unterbrach Troi. »Die anderen wußten auch nicht, was geschehen würde, als dasselbe mit ihnen passierte.«

Picard starrte sie einen Moment lang an. Zum ersten Mal erschreckte ihn der Gedanke an das, was er zu tun gedachte. Er war ihr dankbar, daß sie sich um die Exaktheit des Experiments Gedanken machte, ärgerte sich aber zugleich darüber, daß sie es derart genau nahm. »Hmmm«, brummte er stirnrunzelnd. »Vermutlich nicht. Also gut, fangen wir an.«

Steif sah er zu, wie die Ärztin den Injektor gegen seine Halsschlagader preßte.

»Ich beschränke die Dauer«, rief Crusher ihm nach, als der Captain in die Isolationszelle trat.

»Sagen Sie mir nicht, auf wie lange.«

»Fällt mir gar nicht ein. Ihnen ist klar, daß es nichts mit Schlaf zu tun hat, oder?«

»Eigentlich weiß ich nur sehr wenig über all das«, gab der Captain zu. Es hörte sich an, als sei er stolz darauf.

»Fertig, Captain.«

»Los.«

Die Isolationszelle verschloß sich mit einer dicken, massiven Wand aus mehreren Lagen schalldichten Materials, jener Art von Material, das alle Geräusche unterhalb eines größeren Erdbebens verschlucken würde.

Mit wachsender Sorge sah Troi zu, wie sich das Schott schloß. Während Crusher noch die Anweisungen für das

Isolationsprogramm erteilte, trat sie neben die Ärztin. »Was wird es mit ihm anrichten?«

Die Ärztin zuckte die Achseln. »Physisch wird die Droge seinen Körper lähmen und alle externen Sinnesimpulse zu seinem Gehirn abtöten. Mit seinem Bewußtsein wird gar nichts geschehen. Wenn ich das fertig eingetippt habe, wird die Kammer die Schwerkraft aufheben. Dünne Halteseile werden dafür sorgen, daß er nicht gegen die Wände treibt, und es wird völlig dunkel werden.«

Troi erschauerte. »Er wird genau wie sie sein.«

Die Ärztin nickte geheimnisvoll. »Und genauso hilflos.«

Captain Picard stand im Mittelpunkt der kleinen grauen Kammer und wartete darauf, daß die Isolation einsetzte. Seine Finger juckten, seit der Injektor sein Genick verlassen hatte, und er konnte seine Zehen nicht mehr spüren, doch darüber hinaus fühlte er noch keine Wirkung. Er sah sich in dem kleinen Raum um. Erst dreißig Sekunden, und schon jetzt kam es ihm wie eine Ewigkeit vor. Trois Beschreibungen machten ihn frösteln; er erinnerte sich an die letzten Stunden und daran, wie heftig sie von ihren Empfindungen in Mitleidenschaft gezogen worden war. Empfindungen, die ihr ein anderer aufdrängte.

»Nun macht schon«, murmelte er. Wie lange konnte es dauern, ein so einfaches Muster zu programmieren? Immerhin war dies hier nicht das Holo-Deck.

Er versuchte, mit den Fingern gegen seine Schenkel zu trommeln, um seiner Ungeduld Luft zu machen, und in seinem Geist tat er das auch, doch seine Hände wollten sich nicht zu jenen Formen zusammenziehen, die seinem Geist vorschwebten. Er wollte zu ihnen hinabsehen, sah sich jedoch außerstande, seinen Kopf zu neigen. In seinem Schädel drehte sich alles; er versuchte sich zu bewegen, fand jedoch heraus, daß er nur noch seine Augen in den Höhlen hin und her wandern lassen konnte. Seine Beine waren wie Gummi, sein Rücken krümmte sich und tat einen Moment lang weh, dann versickerten alle Empfindungen langsam.

Nach einigen Sekunden verschwand auch der Schmerz, und plötzlich vermißte er sein beruhigendes Pochen. Ein kleines Rinnsal Panik überkam ihn; er unterdrückte es und starrte weiter auf die graue Wand.

Vielleicht sollten wir das abbrechen.

Er konnte seine Stimme nicht mehr hören. Er hatte sie doch vorher noch gehört; wo war sie jetzt? Im hinteren Teil seiner Kehle bewegte sich seine Zunge ein wenig, aber das war auch schon alles.

Als sich die Antigravs zuschalteten und die Wand vor seinen Augen sich sehr leicht zu bewegen begann, sog sein vegetatives Nervensystem einen Atemzug in seine Lunge. Er hörte das Aufstöhnen; wenigstens ein paar Dinge waren noch mit seinem Hirn verbunden. Seltsames Gefühl ...

Die flache graue Wand erzitterte. Oder? Auf einmal wirkte der Anstrich glänzender — beinahe reflektierend. Ja ... da war ein Gesicht.

Ein Gesicht ...

Ein Mann. Noch im selben Moment gab Picard den Gedanken an eine Spiegelung auf. Das Gesicht glich dem seinen nicht im mindesten.

Als erstes gewannen die Augen an Schärfe. Ohne Blinzeln starrten sie Picard direkt ins Gesicht, während unter ihnen ein vierschrötiges Kinn und zwei breite Schultern Gestalt annahmen. Dunkles Haar mit einem Streifen Weiß an den Schläfen, ein Ausdruck reiner Entschlossenheit. Ärger sogar.

Picard hörte sein Herz in den Ohren pochen, ein langgezogenes, verzerrtes Geräusch, und nicht für einen Augenblick kamen ihm Zweifel an der Wirklichkeit des Gesehenen oder an der Identität desjenigen, der nun die Kammer mit ihm teilte. Genau das hatte Riker beschrieben, daran hegte Picard keine Zweifel. Gelähmt starrte er zurück.

Von Captain zu Captain, über die Jahrhunderte hinweg. Die stumme Begegnung schien kein Ende nehmen zu wollen. Wütend bemühte sich Picards Geist, den Mund zu öffnen und mit Arkadij Reykow zu sprechen, ihm jene Fragen zu stellen, die alles soviel einfacher machen würden, doch sein Körper war taub, verschwunden. Und die Kammer wurde finster.

Verdammt! Warum gerade jetzt? Gebt mir noch zehn Sekunden.

Reykow hob die Hand, und die Hand ballte sich zur Faust. Er reckte sie Picard entgegen — keine Bedrohung, sondern eine Art Beispiel.

Picard wollte den Kopf schütteln, dem anderen zu verstehen geben, daß er nicht verstand. Auch das blieb ihm versagt.

Reykow öffnete seine Faust und spreizte seine Finger zu einer übertriebenen europäischen Geste, die Picard dank seiner französischen Ahnenreihe durchaus zu verstehen in der Lage war. *Also?*

Dunkelheit umzingelte sie. Immer dunkler ... und dunkler. *Noch nicht, verdammt!*

Schwärze. Schwärzer als ein toter Computerbildschirm, schwärzer als der Weltraum. War Reykow noch da?

Panik überkam ihn. Es war, als ob sein Herz zerspringen wollte. Plötzlich rasten Picards Gedanken zurück in seine Kindheit, zu den schrecklichen Horrorgeschichten, von denen Kinder nie genug bekommen konnten, zu den unwirklichen Dingen, die ihre Anwesenheit lediglich vortäuschten — und zu jenen, die tatsächlich da waren. Er wartete darauf, daß etwas nach ihm schnappte.

Aber er würde es nicht einmal spüren, wenn es passierte. Vielleicht hatte es ihn schon geschnappt. Überwachte Beverly seinen Herzschlag? Seine Gehirnströme? Er hatte sich nicht mit ihr darüber unterhalten. Auf diesen Gedanken würde sie doch wohl allein kommen, oder?

Komm schon, reiß dich zusammen. Du hast gerade einen Geist gesehen und du kannst nichts dagegen machen. Sei pragmatisch. Konzentrier dich auf die Aufgabe. Dir geht's gut. Du bist in der Isolationskammer, es ist dunkel, und du kannst dich nicht bewegen. Es sind genau die richtigen Bedingungen, und du hast darum gebeten. Du brauchst sowieso ein wenig Ruhe. Wie schlimm können ein paar Stunden schon sein?

Geordi wanderte so lange in der kleinen Zelle, in der ihn Data eingesperrt hatte, auf und ab, bis er es nicht mehr aushielt und sich daran machte, die Verkleidung von der Wand zu reißen und nach einem Schaltkreis Ausschau zu halten, in den er sich einschalten konnte. Vielleicht ließ sich der Kontaminationsschild auf diese Weise wieder einfahren. Oder es gelang ihm, in das Kommunikationssystem zu gelangen und um Hilfe zu rufen. Jedenfalls besser, als hier herumzutapsen wie ein großes Huhn, das auf sein Futter wartete, während Data ins Nichts flog, um sich fritieren zu lassen. Was für ein Paar.

Data. Er nahm alles so persönlich. Wenn ihn das nicht zu einer Persönlichkeit machte, was dann? Nur Persönlichkeiten nahmen alles persönlich. Maschinen ganz bestimmt nicht. Wieso hörte Data eigentlich seit neuestem auf all die *anderen*?

»Warum hörst du zur Abwechslung nicht mal auf *mich*?« brüllte Geordi. Er sah von seinen komplizierten Ausgrabungsarbeiten in den freigelegten Wandschaltkreisen auf. »Was bin ich denn? Ich bin auch 'ne halbe Maschine, weißt du? Verdammt... wo ist der Hauptkreis?«

Ein Shuttle. Toll, wirklich toll. Data war wahrscheinlich schon verschwunden, und er konnte nichts an dem ändern, was da draußen vor sich ging.

Seine Hände fingen an zu schwitzen. Er kam nur langsam voran, immer öfter kamen seine Finger ins Zittern und rutschten ab. Nur die Mikrofilter in seinem Visor verhinderten, daß er doppelt so viele Fehler machte, als er ohnehin bereits beging. Und nur sein hartnäckiges Selbstvertrauen und eine gelegentliche hämische Bemerkung hielten ihn von dem Eingeständnis ab, daß er eigentlich eine Heidenangst hatte.

Das Ding, diese Lightshow da draußen... schrecklich. Geordi schauderte, als er sorgfältig die Chips herauszog, die er für die Umgehung der kurzgeschlossenen Verriegelung brauchte. Er hatte Alpträume gehabt, die diesem Ding verdächtig glichen. Die Zeiten, als sein Visor versagt und die Dinge falsch wiedergegeben hatte. Das visuelle Spektrum hatte sich verzerrt, das Infrarot hatte die Dinge in die Länge gezogen – als ob er unter einem Fieber leiden würde und keine Möglichkeit hatte, sich wieder abzukühlen.

Die anderen hatten keine Ahnung, was Data durchgemacht hatte, als das Ding ihn angriff; sie sahen ihn nicht so wie Geordi. Sie würden es nie verstehen, würden ihm nicht wirklich Glauben schenken, wenn sie es nicht mit eigenen Augen sehen konnten. *Eigentlich kann ich es ihnen nicht verübeln. Es ist nicht die Art von Ding, an das man so einfach glaubt, wenn man es nicht mit eigenen Augen sieht. Aber ich werde dafür sorgen, daß sie es einsehen, und wenn ich mich bis zu den Augenhöhlen in den Computerkern einschalten muß. Ich werde dafür sorgen, daß sie ihn zurückholen. Damit meine ich Sie, Mr. Riker. Jawohl, Sir. Genau Sie.*

Das ist wirklich seltsam. Angenehm. Ich habe schon seit Jahren nicht mehr an Laura gedacht. Wie lange? Seit einer Ewigkeit, vielleicht. Und die Erinnerungen sind zu schön, um sie einfach beiseite zu wischen. Da gab es ein Gedicht, das ihr gefiel. Welches war es doch gleich? Sie liebte lange Gedichte und Epen. Sie hatte soviel Geduld... wer liest schon Epen? Manchmal trug sie sie mit lauter Stimme vor. Und so geschickt für eine ungeschulte Stimme. Oder ließen sie nur die Jahre besser klingen?

Absenz, wie Wolken im Sonnenstrahl
Der Natur Sinne schützt vor Lichterqual
Absenz, die jene Schätze bewacht,
Welche Freude uns spenden in finstrer Nacht
Des Ruhmes entrückt
Absenz, die jenes Feuer hegt,
Welches Wünsche im Inneren verbrennet und pflegt
Durch Aufschub beglückt.

Er hatte schon einmal einen Vortrag des Gedichts gehört. Einmal. Und seitdem nie mehr daran gedacht. Angehört und vergessen. Sein Gehirn hatte das Mädchen und ihre Stimme, aber nicht das Gedicht eingeholt; und dennoch erinnerte er sich an jedes Wort, jede Silbe, jede Nuance, fühlte sie neu. Die Bedeutung der Worte, gemeinsam und getrennt, sogar die Musik der Buchstaben. Das ganze Gedicht. Fulke Greville, Lord Brooke – die *Caelica,* nicht? Wann hatte er soviel literarisches Bewußtsein entwickelt? Bestimmt war er in diesem Kurs nicht ganz bei der Sache gewesen, zumal er sich ohnehin nur für den Kurs eingeschrieben hatte, damit er jeden zweiten Tag mit Laura nach Hause gehen konnte. Ach, Jungen und Mädchen.

Das Gefühl schlug ihn in seinen Bann, diese völlige Ungebundenheit des Geistes, den Dingen nachzuforschen, die er in seinem Leben gesehen hatte, sich an sie zu erinnern, sie zu untersuchen. Alte Erfahrungen, die er längst vergessen geglaubt hatte, preschten zurück ins Licht. Einmal mehr machte er sich mit seinen Erinnerungen vertraut, mit all den Vergangenheiten, die ein Mann seines Alters hatte sammeln können, eine nach der anderen. Alles in allem sah seine Vergangenheit nicht schlecht aus, von einigen Tiefschlägen, Stolpersteinen und verbrannten Fingern einmal abgesehen.

Nachdem er sich an der Vergangenheit erfreut hatte, erinnerte ihn etwas in seinem Inneren an die Quantenphysik, und schon bestieg er das rasante Schiff, das ihn durch all die Wissenschaft und Mathematik geleitete, die er jemals gelernt oder ausgeknobelt oder bei der er auch nur zugesehen hatte, wie ein anderer sie ausknobelte. Auf einmal war alles so einfach! Gleichungen über Theorien über Hypothesen über Experimente – betäubend und verwirrend, all die Abteilungen, die sein Geist verschlossen und die ganzen Jahre hinweg in Ehren gehalten hatte. Tote Verwandte, vermißte Kameraden, abwesende Freunde, Freunde, die ebenfalls gestorben waren: Einer nach dem anderen besuchte ihn an diesem stillen Ort, und er lernte sie erneut schätzen, empfand Freude oder Schmerz, hörte sich weinen. Oder glaubte es zumindest... Wo waren seine Augen? Wo seine Tränen? Warum konnte er die Tränen nicht auf seinen Wangen spüren?

Wie lange bin ich schon hier? Wo bin ich überhaupt?

Ach ja. Das Schiff. Ich sollte Riker dazu bringen, das zu versuchen. Es ist erfrischend, verlockend... keine Ablenkungen, keiner, dem man Rede und Antwort stehen muß, nichts, das meinen Geist beschäftigt außer meinen eigenen Gedanken, nicht einmal ein Jucken, das meine Konzentration stören könnte. Obwohl es mich beruhigen würde, wenn ich mit den Zehen wackeln könnte...

Woher weiß ich, wann das Schiff mich braucht? Wir könnten aus dem Weltraum gefegt werden, und ich würde es nie erfahren. Nein... Riker hätte mich hier herausgeholt, wenn er mich brauchen würde. Was ist diese seltsame Unvernunft?

Waren das Vögel? Er hatte diese Art von Vogelgesang schon einmal gehört... auf Canis IV? Aber natürlich! Die aufgeplusterten Vögel mit ihren dummen Gesichtern. Sie sangen eine hübsche Melodie. Vielleicht sollte er einfach eine Weile in der Luft hängen und ihnen zuhören.

Irgend etwas wegen Canis IV — vor langer Zeit.

Nein. Nein, ich will mich nicht daran erinnern. Nein...

Riker ging auf der Brücke auf und ab und musterte den täuschend leeren Weltraum auf dem großen Hauptschirm. Man hatte die Beleuchtung auf der Brücke reduziert, so daß sie nun beinahe einem Nachtclub glich. Die Wände und Bodenbeläge, normalerweise von der Farbe des Sandes, waren dunkel, und Riker fühlte sich, als spaziere er in einer Tasse Espresso herum. Auch die leuchtend schwarzen Computerkonsolen und Flüssigkristallanzeigen des Schiffsbetriebssystems hatte man von ihrem gewohnten Grün und Blau auf düstere Farben heruntergedreht. Mit abgeschalteter Beleuchtung und gedämpften Anzeigen wirkte der breite Hauptschirm geradezu schockierend auffällig. Plötzlich waren sie Darsteller auf einer Bühne, und jede ihrer Taten war entscheidend. Die Lautstärke ihrer Stimmen, der Schweißfilm auf ihrer Haut, die Bewegungsabläufe. Alles wirkte wie vergrößert. Und der Weltraum vor ihnen war ihr Publikum.

So leer und kalt das All auch sein mochte, sah es dennoch nie so aus. Es gab immer einige Sterne, deren pastellfarbenes Licht den Betrachter anfunkelte, ausgedehnte Nebelwolken, die in der Entfernung schimmerten. Trotzdem tat sich der menschliche Geist schwer, diese Entfernung zu begreifen, und so sah alles sehr viel dichtgedrängter aus, als es eigentlich war. Er schaute gerne zu, wie der Weltraum draußen an ihm vorbeizog, doch heute schenkte er ihm keinen Trost. Heute lauerte eine Ratte hinter den Balken. Immer noch da draußen. Verborgen hinter all dem Nichts. Riker ballte seine Fäuste und forderte sie heraus, sich zu zeigen.

»Lieutenant Worf, irgendwas Neues aus der biowissenschaftlichen Abteilung oder dem Maschinenraum?«

An Wissenschaftsstation 2 richtete sich die breite Gestalt Worfs auf. »Wir versuchen gerade, die einzelnen Bestandteile seiner Exostruktur zu ermitteln, Sir, indem wir die Hypothese seiner Interdimensionalität als Richtlinie verwenden. Keine Sorge, Sir. Wir werden es herausfinden, und wenn ich ein Stück abschneiden und für die Autopsie totprügeln müßte.«

Riker nickte, scheiterte jedoch an jenem Lächeln, das seine wahre Dankbarkeit ausgedrückt hätte. Fast vierzehn Stunden hingen sie schon hier, inmitten dieser Stille und der Düsternis. Abzuwarten hatte ihm noch nie gelegen, und diese Art von Anspannung war nervenaufreibend. Wie oft hatte man ihm an der Akademie gesagt, daß eine Schlacht zu neunzig Prozent aus Abwarten bestand? Abwarten, planen, analysieren, warten. Tödlich. Manchmal tödlicher als die eigentliche Schlacht. Es machte rücksichtslos.

Er wünschte sich, der Captain wäre hier. Diese Sache

mit Isolation und Sinnesentzug klang riskant. Mal ganz davon abgesehen, daß sie viel Zeit kostete und Zeit genau das war, was sie nicht besaßen. *Andererseits bin ich derjenige, der hier auf und ab geht und nichts zu tun hat. Der Captain bringt wahrscheinlich etwas zustande, während ich hier eine Furche in den Teppich laufe.*

Er entdeckte, daß er zu Worfs Station hinaufgegangen war. Riker beugte sich über die gedämpfte Anzeige und hielt seine Stimme gesenkt. »Irgendwelche Hinweise, wie wir uns dieses Ding vom Hals halten können, Worf?«

»Um die Wahrheit zu sagen, Sir«, schallte Worfs tiefe Stimme laut und deutlich zurück, »dreht sich alles momentan um seine Toleranzschwelle.«

»Toleranzschwelle?«

»Jawohl, Sir. Wieviel Energie es in einem bestimmten Zeitraum aufnehmen kann. Wir glauben, das ist der Grund, weshalb es sich vorher zurückgezogen hat.« Worfs dicke braune Finger tippten einige Befehle ein, und das schwache Abbild der *Enterprise* blähte sich auf. Bestimmte Bereiche auf der Anzeige fingen an zu blinken. »Das sind die am meisten betroffenen Sektoren. Wir versuchen, seine genaue Energieaufnahme in jenem Moment zu ermitteln, als es von uns abließ. Wenn wir das Energieausmaß berechnen können, das das Wesen bis zu jenem Punkt aufgenommen hat, an dem es sich zurückgezogen hat, könnten wir möglicherweise seine Zerreißgrenze berechnen.«

Riker richtete sich auf. »Das klingt ziemlich unsicher. Ihr Vorschlag geht dahin, das Wesen solange zu überfüttern, bis es überbelastet wird.«

»Das ist unsere derzeitige Schlußfolgerung, Sir. Wir sind allen Alternativen gegenüber offen, aber es findet offenbar Geschmack an Energie, und unsere Phaser ...«

»Ich weiß. Also gut, machen Sie weiter. Ich hätte gerne eine Reihe von Alternativen, die ich dem Captain vorlegen kann, wenn er sein Experiment abgeschlossen hat. Und die Energie des Schiffes zu verschwenden, um das Ding so lange vollzustopfen, bis es platzt, gehört nicht zu

Zwischendurch: [redacted] Riker geht die dauernde Anspannung auf die Nerven: abwarten, planen, analysieren, warten ... [redacted] Auch die Gewißheit, nichts tun zu können, verleiht ihm keine innere Ruhe. Dabei befreit ein wenig Gelassenheit den Geist: Entspannt finden wir zu neuen Lösungen. Und was fördert solchen Gemütszustand? Eine kleine heiße Mahlzeit zwischendurch natürlich. Denn sie ist überall im Handumdrehen zubereitet, die ... [redacted]

meinen Favoriten. In diesem Fall bleibt uns keine zweite Chance.«

»Verstanden, Sir.« Ohne große Umstände wandte Worf seine wilde Miene wieder der Konsole zu und ließ seiner verbissenen Beharrlichkeit freien Lauf. Riker sah ihm einen Augenblick lang zu und suchte dann Zuflucht in der Tatsache, daß Worf ihn ignorierte. Er wünschte sich, seine ganze Besatzung würde die Gegenwart eines Offiziers derart ungerührt zur Kenntnis nehmen. So unerschütterlich war nicht einmal Data. *Wenigstens nicht mit mir. Ich schätze, ich mache ihn nervös.*

Plötzlich drehte er sich um. »Wo steckt Data eigentlich? Immer noch in der AR?«

Worf schien verdutzt. »Nun, da Sie es erwähnen, Sir, haben wir weder etwas von ihm noch von LaForge gehört, seit sie uns die Genehmigung für das Auffüllen der Haupttanks erteilt haben. Sie wollten den Vorgang an der Quelle überwachen.«

»So lange dauert das nicht. Holen Sie sie wieder hier herauf.«

»Sofort, Sir.«

»Worf, was halten Sie von alledem? Was rät Ihnen Ihr Instinkt?«

»Mein Instinkt, Sir?« Der Riese richtete sich zu seiner vollen Körpergröße auf und runzelte nachdenklich die Stirn. »Der Captain hat mich noch nie um taktischen Rat gebeten, Sir.«

»Ich schon.«

»Klingonen sind Krieger, Sir. Unser Streben ist es, im Kampf zu sterben. Manche Klingonen haben solche Kriege und Fehden sogar bewußt ausgelöst, damit sie und ihr Stamm ausziehen und einen heldenhaften Tod finden konnten. Aber dieses Ding...« Er starrte verächtlich auf den breiten Hauptschirm und das Glitzern, das sich auf ihm zeigte. »Dieses Ding ist ein Feigling und ein Großmaul. Es liegt keine Ehre darin, es zu bekämpfen.«

»Sie würden sich nicht verpflichtet fühlen, es zu bekämpfen, wenn Sie eine Möglichkeit zur Flucht entdecken würden?«

»Ebensowenig wie ich mich verpflichtet fühlen würde, ein Gewitter zu bekämpfen, Sir.«

»Verstehe«, murmelte Riker. »Danke.«

»Gern geschehen, Sir.«

Es klang wie eine Drohung. *Was für eine Stimme. Gut, daß sie auf unserer Seite ist,* dachte Riker im Gehen. Er bemühte sich, wie ein Klingone zu denken. Ein Feigling und ein Großmaul. Ja, das stimmte. Ein großes, dummes Phänomen mit mehr Macht, als es beherrschen konnte, und einer Neigung dazu, sich noch mehr von dieser Macht anzueignen. Wahrscheinlich glaubte es, daß die Konservierung der Lebensessenzen seiner Opfer die einzig schickliche Handlungsweise war. Wenn es sich überhaupt über etwas Gedanken machte, was eher unwahrscheinlich war. Oder doch nicht? Mit *irgend etwas* hatte Data Verbindung aufgenommen, und offensichtlich war es nicht dasselbe Etwas gewesen, das Deanna auffing. Vielleicht war hier eine größere Intelligenz am Werk, als es zunächst den Anschein hatte...

Das spielte keine Rolle. Wichtig war, hier rauszukommen, nicht in die Falle zu gehen. Riker erinnerte sich nur zu gut an die Qual in Arkadij Reykows Augen, als sich die beiden im Korridor ›begegnet‹ waren. Einander begegnen – wenn das nur möglich gewesen wäre. Plötzlich packte ihn der Neid, und er wünschte sich, er könnte in Deannas Geist kriechen und sich mit Reykow und Vasska unterhalten. Wie es wohl wäre? Verbindung mit Menschen dieses Alters aufzunehmen? Ein derart faszinierender Teil der Geschichte, dicht vor dem großen Sprung ins Weltraumzeitalter – was für eine Zeit das gewesen sein mußte. Sie waren in der Lage gewesen, derartige Schiffe zu bauen, sie auf der Wasseroberfläche schwimmen zu lassen und *fünftausend* Mann Besatzung hineinzustecken. Wäre es nicht interessant, sich mit Timofei Vasska zu unterhalten und ihre Erfahrungen als Erste Offiziere auszutauschen? Worüber mußte Vasska seinerzeit wohl Bescheid wissen? Einzelheiten über das Meer und die Atmosphäre vermutlich. Dinge, die dieser Tage für einen Captain und seine Offiziere kaum von Belang waren. Und der ganze politische Aufruhr in einer Zivilisation wie der der Erde — was für ein Erlebnis es sein mußte, die Gedanken solcher Menschen, wie sie es einst gewesen sein mußten, zu begreifen. Sie mußten sehr entschlossen und aufgeweckt gewesen sein. Wahrscheinlich hielten sie mit ihren Ansichten nie hinter dem Berg, keine Masken, keine zweifelhafte Diplomatie. Da waren sie nun, fast in Reichweite. Und Deanna zufolge hatten sie um ihre Hilfe gebeten. Ein Teil der Bruderschaft der großen Schiffe.

Auf einmal kamen ihm Schuldgefühle. Wie sicher konnte er seiner Überzeugungen sein? Was hatte Reykow versucht, ihm klarzumachen, als er ihm im Korridor begegnet war? Was hatte seine ausgestreckte Hand zu bedeuten? Riker wußte, daß er Deanna mit seinen Argumenten verletzt hatte. Er erinnerte sich daran, wie blaß ihr Gesicht, wie traurig ihre Augen geworden waren, als sie ihn in diesem Moment angesehen hatte. Ein Streitgespräch mit Crusher war die Einfachheit selbst. Ärzte waren an solche Dinge gewöhnt, und Beverly war derart zurückhaltend, daß ihr Herz höchstens einmal am Tag schlug. Aber Deanna hatte nie gewußt, wie sie auf solche Konfrontationen reagieren sollte. Es lag einfach nicht in ihrer Natur. Er hatte sie getreten, als sie bereits am Boden lag.

Er ging auf den Kommandosessel zu und berührte das Interkom. »Derzeitiger Aufenthaltsort von Counselor Troi?« fragte er leise.

Unverzüglich tönte die Antwort des Computers über die stille Brücke, verdächtig laut. *»Counselor Troi befindet sich in der Isolationsabteilung der medizinischen Labors, Einheit Vier.«*

»Immer noch? Wie lange soll das eigentlich noch dauern?« Er verschränkte seine Arme hinter dem Rücken.

»Weitere Informationen zur Beantwortung dieser Frage nötig.«

»Ich habe nicht mit dir gesprochen. Widerruf.«

»Danke.«

»Nervensäge«, brummte er die zuckersüße Frauenstimme an und entfernte sich dann einige Schritte von ihr.

Irgendeinen Weg mußte es geben. Bis jetzt hatte gar nichts geklappt, aber irgend etwas mußte in absehbarer Zeit einfach funktionieren. Das Schiff zu trennen, hatte ihnen nur noch größere Schwierigkeiten eingebracht. Die Energie der Schilde zu erhöhen, hatte das Wesen lediglich angelockt und ihm zusätzliche Nahrung zugeführt. Auf die Phaser würde es wohl genauso reagieren, obwohl es sich dabei um eine andere Energieform handelte. Irgendeine Waffe mußte es doch geben, irgendeine Idee in Starfleets neuer Technologie, die sie hier herausbringen konnte. Die Idee war bereits da, redete sich Riker ein. Nur finden mußten sie sie noch. Außer ... daß alle Karten bereits auf dem Tisch lagen. Sie besaßen nicht genügend Informationen über den Feind.

Erwartungsvoll drehte er sich um und beobachtete Worfs hochgezogene Schultern, während sich der Klingone entschlossen über die wissenschaftliche Station beugte.

Riker seufzte und ging dann wieder auf und ab.

In einem Schiff wie diesem durch den Raum zu fliegen ... Wie leicht es einem da doch fiel, selbstgefällig zu werden, sich einzureden, daß das Deck stabil und das Schiff selbst unangreifbar war. Wie leicht man seine eigene Sterblichkeit vergessen konnte. Und wenn die Weisheit des Zeitalters auch noch Kinder an Bord holte – na ja ... die Sicherheit in Person, oder?

»Sir!«

Er wirbelte herum, aufgeschreckt von der Bestürzung und dem Vorwurf in der Stimme, die da über die Brücke wütete. Auf dem Oberdeck stürmte LaForge aus dem Turbolift.

»Wo haben Sie denn gesteckt?« verlangte Riker. Dann fiel ihm LaForges Aussehen auf – kleine elektrische Brandstellen auf seinem Ärmel, die dunklen Gesichtszüge vor Schweiß glänzend, die Wut, die sich trotz des Visors in seinem Gesicht spiegelte. Riker zögerte und formulierte seine Frage neu. »Was ist denn mit Ihnen passiert?«

»Data hat mich in die AR-Dekontaminationsanlage gesperrt und den Schutzschild kurzgeschlossen. Es hat eine Weile gebraucht, bis ich die Wandverkleidung abgerissen hatte und da wieder rauskam«, keuchte LaForge. »Mr. Riker, er ist weg.«

»Weg?« platzte Riker heraus. »Wohin?«

»Er ist in einem Shuttle davongeflogen und will sich auf die Suche nach dem Wesen machen. Und das ist Ihre Schuld, Sir.«

»Er ist... Sind Sie sicher?«

»Ich war gerade unten auf dem Flugdeck. Das automatische Logbuch in der Dockkontrolle behauptet, daß er das Schiff vor mehr als einer halben Stunde verlassen hat.«

»Worf! Überprüfen Sie das!«

»Das hilft nichts. Er hat alle Relais umgangen, die die Brücke alarmiert hätten. Er kennt die Tricks, Sir. Das wissen Sie genau.«

»Worf, versuchen Sie, ihn aufzuspüren.« In drei ausholenden Schritten war Riker die Rampe emporgestiegen. »Haben Sie irgendeine Idee, was er sich dabei gedacht hat?«

»Er hofft, Verbindung mit dem Wesen aufnehmen zu können, wenn er näher herankommt.«

»Und?«

»Was sollte sonst noch sein, Mr. Riker?«

»Kommen Sie schon, LaForge. Ich seh's Ihnen doch an. Was noch?«

»Nur eine Kleinigkeit, Sir. Weil Sie so freundlich zu ihm gewesen waren, möchte er herausfinden, ob er lebendig genug ist, daß dieses Wesen sein Bewußtsein absorbieren kann.«

Die Brücke wich vor ihm zurück, und Rikers Augen kniffen sich so hart zusammen, daß es schmerzte. Er streckte eine Hand nach ihnen aus und stützte sich mit seiner anderen Handfläche am Brückengeländer ab. »Oh nein«, stöhnte er. »Verdammt... woher hätte ich wissen sollen, daß er so empfindlich ist?«

»Muß er das denn sein?« schoß LaForge zurück.

»Verdammt«, murmelte er erneut. Dieses Mal war es ein Flüstern. »Worf, irgend etwas von dem Shuttle?«

»Keine Reaktion auf den Passiv-Sensoren, Sir. Ich verstehe das nicht. Selbst die Passiv-Abtaster müßten ein Objekt von der Größe eines Shuttles anzeigen.«

Riker deutete auf Worf, sah aber weiterhin zu LaForge. »Haben Sie dafür eine Erklärung?«

»Data ist nicht dumm, Sir. Wahrscheinlich hat er eine Art Sensorabschirmung zusammengebaut, damit ihm genügend Zeit für eine Flucht blieb, bevor wir ihn wieder an Bord beamen oder ihn mit einem Traktorstrahl einfangen. Auf den Aktiv-Sensoren würden wir ihn sofort entdecken, aber die Passiven haben nicht genügend Leistung, und Data weiß, daß wir nicht riskieren können, die anderen einzusetzen.«

»Was hat er vor?«

»Hat er mir nicht verraten. Ich weiß nur, daß er Aufmerksamkeit erregen will.«

»Worf, kann er das mit einem Shuttle?«

Der Klingone zögerte. »Mühelos, Sir. Er braucht nur die Bordwaffen einzusetzen.«

Riker trat einige Schritte zurück, verschränkte die Arme vor der Brust und bemühte sich, mit einem Problem fertig zu werden, das er selbst verursacht hatte. »Das wäre nicht nötig gewesen...«

»Wegen Ihrer Behauptungen war er aber überzeugt davon«, hielt ihm LaForge entgegen.

Riker bedachte ihn mit einem wütenden Blick. »Das reicht«, bellte er dann. »Ich weiß, was ich getan habe. Haben Sie auch einen konstruktiven Vorschlag?«

LaForge richtete sich auf — es sah fast so aus wie eine Habtachtstellung, aber nicht ganz — und wurde unvermittelt förmlich. »Jawohl, Sir. Erbitte die Erlaubnis, ein anderes Shuttle nehmen und ihm nachfliegen zu dürfen. Ich bin der Ansicht, daß das lediglich uns beide in Gefahr bringen und nicht die Aufmerksamkeit des Wesens auf die *Enterprise* lenken würde.«

»Und was tun Sie, wenn Sie ihn gefunden haben? Andocken und ihm auf die Finger klopfen?«

»Ich könnte die Koordination übermitteln, und Sie könnten uns beide simultan zurückbeamen.«

Riker hielt inne, und auf einmal floß der Sarkasmus, der ihn bislang vor seinem eigenen Fehler beschützt hatte, von ihm ab. »Gute Idee«, hörte er sich sagen, obwohl er es nicht hatte laut aussprechen wollen. Er ging zurück zu LaForge. »Aber Sie sollten nicht derjenige sein, der sich auf den Weg macht. Die eigentliche Ursache bin ich. Ich bin der Grund, weshalb er sein Leben aufs Spiel setzt, also bin ich auch derjenige, der ihm nachfliegt.«

»Sie, Sir? Sie haben doch behauptet, daß er nur eine Maschine ist. Daß er gar kein Leben besitzt, das er aufs Spiel setzen könnte.«

Riker unterdrückte den Drang, die Worte aus der Luft greifen und zerquetschen zu wollen, und musterte LaForge so intensiv, daß er an den silbernen Rippen des Visors und den toten Augen vorbei zum Kern von LaForges Sorge um Data sehen konnte. Er ging einen Schritt auf den Navigator zu. »Geordi, niemand braucht denselben Fehler zweimal zu begehen.«

»Woher wissen Sie, daß es ein Fehler war?« beharrte LaForge steif.

Doch die Antwort auf seine Herausforderung stand Riker bereits ins Gesicht geschrieben, und er hatte sogar die passenden Worte dafür. »Maschinen gehen nicht über ihre Programmierung hinaus. Keine Maschine hat sich jemals für einen anderen geopfert. Data hat beides soeben getan.«

LaForges steife Haltung entspannte sich, als er Rikers aufrichtige Überzeugung hörte und die subtilen psychologischen Änderungen bemerkte, die andeuteten, daß es der Erste Offizier ernst meinte. So wütend er auch war, konnte er doch nicht an seinem eigenen Wahrnehmungsvermögen zweifeln. »Sir, ich weiß nicht, ob er auf Sie hören wird. Sie wissen, was ich meine.«

»Ich sorge dafür, daß er auf mich hört«, gab Riker leise zurück. Er ging auf den Turbolift zu, drehte sich dann noch einmal um und schnippte mit den Fingern. »Verständigen Sie Dr. Crusher. Holen Sie den Captain aus der Isolation, stabilisieren Sie ihn und klären Sie ihn auf. Aber lassen Sie mir etwas Zeit, damit ich vom Schiff wegkommen kann.«

LaForge trat zögernd auf ihn zu. »Sir, könnte ich ...«

»Nein«, sagte Riker. »Sie bleiben hier. Und noch etwas!« fügte er mit einer ausladenden Geste hinzu, die die gesamte Brücke umfaßte. »Übernehmen Sie!«

Wie eine Lawine stürzten sich die schlechten Erinnerungen auf ihn, und es gab nichts, womit er sie aufhalten konnte. Nichts, das seinen Geist von ihnen ablenken oder ihm einen anderen Halt geben konnte. Kein Jucken, kein Blinzeln, nichts. Er konnte sich nicht länger mehr bewußt auf etwas konzentrieren, sein Geist bewegte sich aus eigenem Antrieb. Je mehr er sich bemühte, nicht an bestimmte Dinge zu denken, desto schneller raste sein Geist auf sie zu und verweilte dort. Er hatte keine Möglichkeit mehr, das Denken zu vermeiden oder den Vorgang auf angenehmere Dinge umzulenken. Nachdem die guten Erinnerungen noch einmal durchlebt waren, drang sein Geist tiefer und tiefer in jene Vergangenheit vor, die er schon vor langer Zeit zu beherrschen gelernt hatte. All die schrecklichen Ereignisse aus seiner Kindheit und selbst aus seiner Vergangenheit als Erwachsener drangen auf ihn ein, und es gab keinen Weg, sie aufzuhalten. Sein Geist war ein ausgedehntes Feld, auf dem all diese Dinge wie wilde Vögel herumpickten.

Warum beließ man ihn solange hier drinnen? Warum hatte man ihn hier vergessen?

Wenn er nur mit den Zehen wackeln könnte. Mit den Fingern. Irgend etwas. Sich seiner eigenen Gegenwart bewußt zu sein, wäre immerhin etwas. Sich atmen zu hören... alles weg. Sein Zeitgefühl war völlig ausgelöscht, so sehr er sich auch bemühte, es nicht aus den Augen zu verlieren. Der Geist arbeitete mit einer Geschwindigkeit von etwa vierundzwanzigtausend Worten pro Minute; von daher kam es ihm wahrscheinlich länger vor, als es tatsächlich gedauert hatte — aber wie lange? Wenn er blinzeln könnte, wäre er auch wieder in der Lage, die verstrichene Zeit abzuschätzen. Wenn er wenigstens Luft holen oder einen Finger bewegen könnte, hätte er einen festen Bezugspunkt. Wenn es nur irgendein Lebenszeichen geben würde... ein Zeitgefühl, ein Atmen, einen Herzschlag, irgendwas. Selbst die Feststellung, ob er wach war oder schlief und ob dazwischen überhaupt ein Unterschied bestand, fiel ihm schwer. Wie sehr er sich auch ständig ins Gedächtnis rief, wer er war und warum er hier war, entglitt ihm dieser Sinn doch beinahe noch im selben Augenblick. Seine Gedanken konnten nicht mehr länger Fuß in seinem Geist fassen. Dann setzten die Verzerrungen ein. Verdammt zur Redundanz seiner eigenen Gedanken, spürte er den Schrecken der Zukunft. Selbst Schmerz wäre ihm jetzt willkommen.

Sie haben mich vergessen. Sie haben vergessen, daß ich hier bin. Aber wo ist dieses Hier? Ich bin mir nicht mehr sicher. Wissen sie, daß sie mich zurückgelassen haben? Haben sie die Überwachung abgebrochen? Haben sie vergessen, daß sie einen Captain namens Picard hatten? War da nicht ein Wesen?

Riker wollte das Gebiet verlassen, das Wesen keinesfalls angreifen... Hat er die Gelegenheit genutzt?

Lächerlich.

Aber gab es überhaupt noch eine andere Erklärung?

Das Ding ist da draußen. Es muß erneut angegriffen

haben. Es hat uns alle geschnappt und nun ist dies die Ewigkeit für mich. Mein Gott, wir müssen alle im Inneren dieses Dings sein! Es gibt keine andere Erklärung. Warum sollte ich sonst schon so viele Tage hier sein? Wie kann es eine derartige Einsamkeit geben? Der Mensch ist für so etwas nicht geschaffen. Ich bin für so etwas nicht geschaffen. Ich will nicht.

Meine Arme. Sie fallen ab. Ich habe keine Schultern mehr, die sie festhalten könnten. Meine Ellenbogen wachsen... meine Knie... wie kann ich nach wie vor am Leben sein? Ich kann mich nicht mehr atmen hören. Ich kann nicht schlucken. Hör doch... nichts. Nichts. Wo ist der Rest? Wo stecken sie?

Der Tod fühlt sich nicht derart unnatürlich an. Aber ich bin nicht tot. Ich bin nicht tot. Aber Leben ist es auch nicht, und wie kann es außer Leben und Tod noch etwas anderes geben? Beverly? Überwachst du mich? Sie haben mich zurückgelassen. Sie glauben, ich wäre gestorben, und sie haben meine Leiche dem Weltraum übergeben und irgendwie ist mein Geist noch am Leben. Das ist ungeheuerlich... unverzeihlich. Ich kann mich nicht berühren. Ein menschliches Wesen sollte wenigstens sich selbst zur Gesellschaft haben. Wo bin ich? Laßt mich raus! Laßt mich nicht im Weltraum! Es ist so kalt...

KAPITEL 11

Troi ging vor der Isolationskammer auf und ab, die Arme verschränkt. Sie fröstelte, konnte aber nichts dagegen ausrichten. Frustration nagte an ihr, während sie nach den Worten suchte, um ihre Wahrnehmungen dem Captain zu erklären, Worte, die gut genug waren, damit sie hinübergehen und dieses Experiment abbrechen konnte. Der Geist war ihr Fachgebiet, und diese Art geistiger Verzerrung hatte sie immer irritiert. Man brauchte den Geist nicht aus seiner Form zu biegen, um ihn zu verstehen oder ihn zu diesem Verständnis zu zwingen. Und doch war Picard ein Mann, der dies tun würde – sich der geringen Chance auszuliefern, um seine Entscheidung sicherer zu machen.

»Trinken Sie einen Kaffee, Deanna«, sagte Dr. Crusher. Sie hatte es aufgegeben mitzuzählen, wie oft Troi zwischen der Kammer und den Anzeigen hin- und hergelaufen war.

Troi unterbrach ihren Marsch. »Wie geht es ihm? Haben Sie eine Ahnung?«

»Stabil, wenigstens körperlich. Das Enzephalogramm ist etwas unregelmäßig, aber das habe ich erwartet.«

Troi schüttelte den Kopf. »Es muß mich mehr getroffen haben, als ich dachte. Wie konnte ich zulassen, daß er sich das antut? Ich habe diese Prozeduren noch nie gutgeheißen.«

»Wenn es den Captain auch nur etwas sicherer werden läßt, war es die Sache wert.«

»Daran glaube ich nicht«, sagte Troi.

»Setzen Sie sich endlich hin!« Crusher bestellte eine dampfende Tasse Kaffee und reichte sie Troi. Tatsächlich mußte sie sogar die Hand der Counselor um die Tasse schließen. »Trinken Sie! Und vergessen Sie den Captain für einige Minuten! Ich kann Ihnen versichern, daß er Sie völlig vergessen hat.«

»Das bedrückt mich ja gerade.«

Crusher setzte sich und nickte, überprüfte erneut die Anzeigen, entdeckte keine Veränderungen, schlug dann die Beine übereinander und versuchte, ihrem eigenen Rat zu folgen. »Was ist mit Ihnen? Was tut es Ihnen an?«

Trois schwarze Augen starrten geistesabwesend in den Kaffee. »Sie belasten mich die ganze Zeit. Sie geben keine Ruhe... diese Fremden. Sie sind so verzweifelt, Beverly, und ihre Vertraulichkeiten spotten jeder Beschreibung. Ich glaube, nicht einmal ein Vollbetazoide könnte es begreifen. Ich habe mich so sehr bemüht, es dem Captain verständlich zu machen... und Bill...«

Crusher lehnte sich zurück und drückte tröstend Deannas Hand. »Nehmen Sie's nicht so schwer. Er hat getan, was er für richtig gehalten hat.«

»Wirklich?«

»Oh, ich denke schon.«

Troi spürte, wie sich ihre Lippen zusammenzogen, als sie den Ansturm der Gefühle niederkämpfte. »Ich wünschte, einer von uns beiden wäre... woanders.«

»Ich weiß«, sagte die Ärztin voller Mitgefühl. »Es ist schwer, sich mit jemandem auseinanderzusetzen, der in der Vergangenheit eine Rolle gespielt hat und nun plötzlich wieder auftaucht. Besonders, wenn er anderer Meinung ist.«

»Ich habe erwartet, daß er mich unterstützt.« Trois Stimme brach. »Wir kennen einander besser als jeden anderen auf dem Schiff. Von ihm hätte ich noch am ehesten erwartet, daß er meinem Urteil vertraut.«

»Es ist nicht seine Aufgabe, Ihrem Urteil zu vertrauen, Deanna, und das wissen Sie auch. Wenn überhaupt, dann ist es seine Pflicht, während einer Krise dafür zu sorgen, daß der Captain über jeden einzelnen Gesichtspunkt im Bilde ist.«

»Ach, Beverly, das ist aber nicht, was er getan hat. Ich habe es gespürt. Er glaubt wirklich daran.«

»Das ist sein gutes Recht«, besänftigte sie Crusher. »Etwas füreinander zu empfinden, bedeutet nicht, daß man auch geistig miteinander verbunden sein muß. Es ist in Ordnung, wenn man einmal anderer Meinung ist.«

»Das weiß ich, aber ...«

»Wie lange kennen Sie einander schon?«

»Oh, beinahe fünf Jahre.« Ein warmer Hauch von Nostalgie besänftigte ihre besorgte Miene. »Wir verbrachten eine sehr lebhafte Zeit zusammen, bevor er sich entschloß, sein Leben einer langfristigen Mission zu widmen. Es hat eine Zeit gegeben, als wir gemeinsam unsere Zukunft planten ... bevor uns klar wurde, daß wir verschiedene Dinge vom Leben erwarteten. Er war zuvorkommend und gentlemanlike, genau wie heute, vielleicht ein wenig brüsk und arrogant ...«

»Genau wie heute«, fügte Crusher mit spielerischem Lächeln hinzu.

Troi nickte. »Das«, ihr Blick umfaßte die gesamte *Enterprise*, »war ein Zufall, den niemand vorhersehen konnte.«

»Warum nennen Sie ihn Bill, wenn ihn alle anderen Will nennen?«

Trois Wangen erröteten, und sie brachte ein Lächeln zustande. »Ich hätte nicht gedacht, daß es so offenkundig wäre.«

»Ist es auch nicht. Ich bin nur erstaunlich aufmerksam, wissen Sie.«

Trois zartes Lächeln verbreiterte sich. »›Bill‹ klingt wie ein Wort in der Sprache der Betazed. Ein Wort, das mir gefällt ... es erinnert mich an meine Kindheit. Es gibt keine Übersetzung, aber es hat etwas zu tun mit ... oh, das sollte ich Ihnen lieber nicht verraten. Ich möchte ihn nicht bloßstellen.«

»Machen Sie schon.« Ein boshaftes Funkeln erschien in den Augen der Ärztin. »Stellen Sie ihn bloß!«

»Na ja, es bedeutet ...«

»Ja?«

»Rasierschaum.«

»›Bill‹ bedeutet ›Rasierschaum‹ in Betazoid?«

Troi spürte, wie ein leichtes Lachen aus ihr aufperlte. »Das Wort erinnert mich an eine bestimmte Sorte mazedonischen Rasierschaums, die mein Vater immer verwendet hat. Er war mit Immergrün-Geruch versetzt und...«

»Ah, das erklärt alles!« sagte Crusher. »Latente Kindheitseindrücke elterlichen Immergrüns. Da haben Sie's! Es ist nicht Riker, der Sie anzieht – es sind Tannenbäume! Und wenn man bedenkt, daß ich nur eine mittelmäßige Psychologin bin... Rutschen Sie rüber, Deanna, ich glaube, das gefällt mir. Warten Sie ab, bis Wesley davon erfährt. Rasierschaum Riker.«

»Beverly, Sie würden doch nicht...«

»Nein? Das wird sich wie ein Lauffeuer bei allen unter Zwanzig verbreiten...«

In ihrem Gesicht leuchteten bereits verschwörerische Gedanken, als die Tür zur Krankenstation aufglitt. Geordi stürmte herein und wies ohne Zögern mit einem Finger auf die Isolationskammer. »Holen Sie ihn da raus! Es gibt Ärger.«

»Captain? Captain? Jean-Luc, kannst du mich hören? Jean-Luc?«

Er hörte ihre Stimme. Tatsächlich kam es ihm so vor, als hörte er sie schon seit Jahren. Durch die entsetzliche Dunkelheit bewegte er sich auf sie zu, ein spiralenförmiger Tunnel mit glasierten Wänden, und nach einer halben Ewigkeit schlug er die Augen auf.

»Jean-Luc?« Beverly Crusher beugte sich über ihn, Unruhe auf ihrem Gesicht.

Er spürte, wie der Zorn in seinem Gesicht arbeitete, wieviel Mühe ihm das Sprechen bereitete, nun, da sein Körper das Wie beinahe vergessen hatte. Er fühlte sich verraten und aufgebracht, wollte sie fragen, weshalb man ihn so lange da drin gelassen hatte – warum sie ihn das hatten durchmachen lassen und weshalb sie zugelassen hatten, daß das Phänomen ihn und alles, was ihm lieb und teuer war, verschlang.

»Neurologische Funktionen erreichen Normalwert«, sagte irgend jemand hinter ihm. Noch ein Arzt. Wie hieß er doch gleich wieder? Mitchell? Genau, der Neurologe.

»Na endlich.« Sie seufzte. »Jean-Luc, verstehen Sie, was ich sage?«

Er brachte ein Nicken zuwege, und sein Kopf hämmerte protestierend. Er zwang ihn zu einer Bewegung, entdeckte dabei, daß sein Nacken in keiner besseren Verfassung war, konnte nun jedoch Counselor Troi neben seinem Bett stehen sehen. Ihre Miene glich jener Beverlys. Langsam legte sich sein Zorn, als er Realität und Traum wieder voneinander abgrenzen konnte. Als ob er aus einem lebhaften Alptraum aufwachen würde, mußte er sich sorgsam seinen Weg durch den Nebel bahnen, Punkt für Punkt entscheiden, was wirklich war und was nicht.

»Mein Gott...«, krächzte er. Seine Stimme klang nach Schotter. »Wie... wie lange...«

»Mehr als vierzehn Stunden in der Isolation«, antwortete Crusher. »Und wir haben noch zwei Stunden gebraucht, um Sie wieder wachzurütteln. Ich habe Ihnen ja gesagt, daß ich das an Ihrer Stelle nicht tun würde.«

»Vierzehn«, stammelte er. »Es hat sich eher angefühlt wie...«

»Scht! Wir stabilisieren Sie jetzt. Entspannen Sie sich einfach.«

Er ließ seinen Kopf zurück aufs Kissen sinken und starrte an die Decke. »Mein Gott...«

Er lag still, sich Trois unentwegtem Blick durchaus bewußt, aber unfähig, ihm zu begegnen. Die Verwirrung hemmte seinen Gedankengang. Es war, als ob er aus einem langen, verzerrten, unnachgiebigen Alptraum erwachte und nicht wußte, welche Teile davon nur ein Traum gewesen waren. Geblieben waren ihm die Schweißlachen zwischen seinen Fingern – seinen kostbaren Fingern, die er schon verloren geglaubt hatte – und die Kälte in seinen Füßen, die einfach nicht weichen wollte. Schließlich hörte er seinen eigenen Atem. Abgehackt und rauh zwar, aber dennoch freute er sich über das Geräusch. Er konzentrierte sich so sehr darauf, daß er sich fragte, weshalb sein Atem auf einmal so seltsam klang, als die Tür zur Krankenstation mit leisem Zischen aufglitt. Erst als Lieutenant Worfs massige Gestalt über der Counselor aufragte, trennte Picard die Wahrheit langsam von der Illusion.

»Sie haben gesagt, Sie würden uns verständigen, wenn er wieder bei Bewußtsein ist«, fauchte der Klingone Crusher an.

»Ich habe gesagt, ich würde Sie verständigen, wenn er sich wieder gefangen hat«, entgegnete Crusher unnachgiebig. »Hat er aber noch nicht. Aber ich verständige Sie schon, wenn es soweit ist, keine Sorge, Lieutenant.«

Doch Worf blieb, wo er war. »Schiffsangelegenheiten, Doktor.«

»Ich denke, das kann warten.«

Picard hob eine taube Hand. »Lieutenant«, mühte er sich ab, »Lagebericht.«

»Aye, Sir. Wir mußten Sie aus der Isolation holen, weil es einen neuen Notfall gibt. Commander Data hat sich eines Shuttles bemächtigt und ist in den besagten Sektor eingeflogen, um Verbindung mit dem Wesen aufzunehmen. Und Commander Riker fliegt ihm in einem Forschungsbeiboot nach.«

»Wa...« Picard hatte sich schon halb aus seinem Bett gewälzt, als es zu einem körperlichen Angriff der Ärztin, des Neurologen und zweier Internisten kam, denen es dabei tatsächlich gelang, Worf beiseite zu stoßen. »Was? Wann?«

»Zwei Stunden im Fall von Mr. Riker, Sir. Wir stehen mit ihm in Verbindung, aber er hat Data noch nicht gefunden. Wir beschränken den Funkverkehr natürlich auf ein Minimum.«

»Was für ein absurder... Helfen Sie mir auf.«

Crusher schüttelte den Kopf. »Stimulans.«

Ungläubig verfolgte Picard, wie sie den Injektor gegen seinen Arm preßte. Die Lage mußte noch komplizierter sein, als er sich das in seinem umnebelten Gehirn ausmalen konnte.

»Machen Sie keine raschen Bewegungen in der nächsten Stunde«, wies sie ihn an, während ihm die beiden Internisten auf die Beine halfen.

»Ich fürchte«, entgegnete er, »uns bleibt gar keine Wahl, als uns ein wenig rascher zu bewegen.« Während er mit seinen wiederentdeckten Füßen herumexperimentierte, fiel sein Blick auf Troi, die ihn aus einigen Schritten Entfernung erwartungsvoll ansah, die Miene gespannt und voller Hoffnung, begierig darauf, ihn zu fragen, was er erlebt und wie er sich entschieden hatte, und sich doch irgendwie vor dieser Frage fürchtend. Oder vielleicht besaß sie genügend Einfühlungsvermögen, um zu wissen, daß die Frage unnötig war: Er würde es ihr sagen, wenn er bereit war. Genau, das war es. Nun, da er in ihre großen exotischen Augen sah, fiel es ihm auf.

Er griff nach ihrer Hand. »Counselor«, sagte er mit fester Stimme, »würden Sie mich auf die Brücke begleiten? Wir sind jetzt weit genug gegangen.«

»Riker an Data. Riker an Data. Ich weiß, Sie sind da draußen. Reden Sie mit mir. Zwingen Sie mich nicht, meine Sendeleistung zu erhöhen. Auf den Nahabtastern erhalte ich nur ein schwaches Echo, und wenn Sie mich zwingen, den Sensorkegel zu erweitern, wird das Ding uns anpeilen und beide vernichten. Hören Sie mich?«

Es war das vierte Mal, daß er ihm damit gedroht hatte, und das vierte Mal, daß er damit scheiterte. Er bluffte; er hatte Datas Shuttle überhaupt nicht auf den Abtastern. Aber falls Data *annahm*, daß dem doch so war ... na ja, das war eben das Spiel. Er flog mit halber Lichtgeschwindigkeit und hatte das Sonnensystem schon halb erreicht. Auf seinem Achterschirm hing die *Enterprise* im schwarzen All. Auf einmal wirkten ihr schillernder Rumpf und die Gondeln sehr verletzlich. Selbst aus dieser Entfernung konnte er erkennen, wie knapp ihre Energievorräte waren. Statt ihres gewohnten hellen Leuchtens wirkten die Impuls- und Warp-Sektionen nun blaß und farblos. Die Lichterkette der rechteckigen Luken hatte sich in eine Reihe dunkler Schlitze verwandelt, und es waren weniger, als er eigentlich zu sehen erwartet hatte. Das Bild beunruhigte

Riker, diese verstummte Version eines Schiffes, das sich ansonsten nicht fürchtete, seine Macht zur Schau zu stellen. Heute wagte sie es nicht, wenigstens noch nicht. Nicht, bevor sie das bekämpfen konnten, dem sie sich nun gegenübersahen.

»Komm schon, Data, komm schon. Erlöse mich von meinem Leiden«, brummte er und adjustierte den Sensor auf seinem Steuerpult. Das Forschungsbeiboot bestand von Bug bis Heck fast ausschließlich aus Sensoren, den größten Teil seines Rumpfes eingeschlossen. Es hatte die Form eines Boots; seine Unterseite war so konzipiert, daß es am Rand einer Atmosphäre entlanggleiten konnte, die beiden Sensorhüllen an der Seite wiederum lieferten detaillierte Anzeigen über Windveränderungen, Sturmzusammensetzungen und sogar Mikroorganismen. Normalerweise hätte man es nur für Forschungszwecke eingesetzt, doch heute war es seine beste Chance, Data ausfindig zu machen. Es war kleiner und ein wenig schneller als ein Shuttle, und seine pinzettenfeinen Sensoren waren dank eines engeren Strahls in der Lage, ihm mit weniger Energieverbrauch mehr Informationen zu liefern als jedes andere Schiff, das ihm zur Verfügung stand. Hinzu kam, daß die Sensoren Datas provisorische Tarnvorrichtung ohne Mühe durchdringen konnten.

Natürlich ignorierte er das Offensichtliche – daß er in die völlig falsche Richtung flog und Data bereits eine Million Meilen von ihm entfernt war. Doch falls irgendein Teil von Data menschlich genug war, um allein auf seinen Instinkt zu hören, hätte ihm dieser Instinkt geraten, auf die Sonne zuzuhalten, dorthin, wo das Leben seinen Ursprung genommen hatte, wo es hingehörte. Wo das Wesen sich versteckt haben mochte.

Und so war der wirbelnde Gasriese einmal mehr Rikers Gefährte im Raum, der Gasriese, der Asteroidengürtel mit seinem restlos ausgelöschten Teilstück, nach dem Antimaterieabwurf der *Enterprise* nichts weiter mehr als Staub und kleine Splitter. Komisch – in der *Enterprise* wirkten die Entfernungen gar nicht so gewaltig. Ohne das massive Raumschiff um ihn herum rückte das Ganze für Riker erst in die richtige Perspektive, und obwohl sich am Zeitfaktor selbst nichts änderte, betonte seine Suchaktion die Distanzen nur noch, die er überwinden mußte. Gegen das schwarze Panorama wirkte sein Beiboot klein und unbedeutend. Was hieß hier ›wirkte‹, verdammt, es *war* klein.

»Data, bitte kommen.« Er bündelte den Funkstrahl enger und verschaffte ihm damit einige zusätzliche Meilen Reichweite. Andererseits würde sich dadurch die Schwenkdauer verlängern – alles war ein Kompromiß. Er nahm eine derart feine Justierung der Kontrollen vor, daß er die Änderung kaum auf den Anzeigen wahrnehmen konnte, leckte sich die Lippen und flüsterte: »Komm schon, Data. Zwing mich nicht, damit zu leben.«

»Hier ist Commander Data. Mr. Riker, bitte kehren Sie um.«

Riker zuckte zusammen, glotzte die Konsole einen Augenblick lang an und stürzte sich dann auf sie. »Data? Hören Sie mich?«

»Jawohl, Sir. Ihre Verfolgungsaktion ist unklug.«

Riker öffnete bereits den Mund zu einer Beleidigung oder einem Befehl, hielt dann jedoch die Luft an und wechselte im Nu die Gangart. So schnell seine Finger es erlaubten, versuchte er, die Minimalsensoren dazu zu bringen, Datas Position festzustellen, ohne dabei genügend Energie auszustrahlen, um das Wesen auf sich aufmerksam zu machen. Er zögerte, holte tief Luft und zählte bis zehn. »Data, ich weiß, was Sie hier beweisen wollen. Geordi hat es mir erzählt. Ich weiß, daß Sie das alles wegen der Dinge tun, die ich Ihnen an den Kopf geworfen habe, ich möchte Ihnen sagen... daß ich mich geirrt habe. Ich hatte kein Recht, diese Dinge zu sagen.«

»Ich weiß es zu schätzen, Sir. Aber das ändert nichts an der Richtigkeit Ihrer Bemerkungen. Sie haben mir geholfen, mich selbst besser zu verstehen, und dafür bin ich Ihnen dankbar. Ich empfange unberechenbare Daten über

das Phänomen, Sir. Es scheint sich laufend auf- und abzublenden. Wenn es erneut mit mir Kontakt aufnimmt, bin ich vielleicht nahe genug, um selbst zu senden.«

»Das könnte Sie umbringen. Versuchen Sie's erst gar nicht. Wir haben andere Methoden, das Ding zu bekämpfen.«

»Den Kampf mit ihm aufzunehmen, erscheint mir zum gegebenen Zeitpunkt unpraktisch, Mr. Riker. Es verwendet unsere eigene Energie gegen uns.«

»Möglicherweise hat Worf einen Ausweg entdeckt.« Riker ging auf Nummer Sicher. »Aber wir brauchen Ihre Hilfe bei der Aufstellung der Theorie. Kehren wir um und fliegen zurück, solange wir noch können.«

Es gab eine Pause, lange genug, um Riker nervös zu machen. Schließlich machte er sich an den Geräten zu schaffen. »Data? Ich schalte auf Bildübertragung.«

Der Schirm zu seiner Rechten flackerte, stellte sich scharf und zeigte ihm ein beruhigendes, wegen der niedrigen Sendeleistung von statischen Störungen durchzogenes Bild von Datas Gesicht. »Data, hören Sie! Ich möchte, daß Sie mit mir zurückfliegen. Sie sind ein zu wertvolles Mitglied der Besatzung, als daß wir es uns leisten könnten, Sie bei diesem verrückten Plan, mit dem Wesen Kontakt aufzunehmen, zu verlieren. Seien Sie vernünftig.«

Bedauern zeigte sich in Datas Miene, aber auch Entschlossenheit. *»Selbst wenn ich keine Möglichkeit finde, Verbindung mit ihm aufzunehmen, muß ich meine Suche dennoch fortsetzen, Sir.«*

Obwohl er wußte, was nun kommen würde, und so sehr er sich auch dafür haßte, den Anstoß dazu gegeben zu haben, stellte Riker die Frage, in die man ihn hineinmanövriert hatte.

»Warum?«

»Ich muß herausfinden, ob da etwas in mir existiert, was das Phänomen als Lebensessenz anerkennt. Ich muß wissen, ob genügend Menschlichkeit in mir steckt, damit man mich zerstören kann.«

Riker blinzelte in die Helligkeit des Schirms. »Data, überlegen Sie sich das noch mal. Das ist nicht sehr logisch, oder?«

»Nein, Sir. Aber es ist vielleicht meine einzige Chance, um herauszufinden, ob ich überhaupt am Leben, geschweige denn ein Mensch bin. Und wenn das Wesen mich nicht absorbieren will«, fuhr er mit mehr als beunruhigendem Gleichmut fort, *»habe ich meine Antwort. Dann kenne ich meinen Platz.«*

»Ihr Platz ist bei uns«, entgegnete Riker. »Soviel weiß ich jetzt. Sie tun etwas, das keine Maschine tun würde. Das reicht mir.«

Dann geschah etwas Bemerkenswertes: Data lächelte ihn an. Es war ein einfaches, spontanes Lächeln, kindlich und herzerwärmend, und es sah so aus, als sei er sich dessen nicht einmal bewußt. Die schwefelfarbenen Augen des Androiden funkelten auf jene lebhafte Art, die Riker nie aufgefallen war, solange er sich im selben Raum wie Data aufgehalten hatte, und doch war es jene Art von Lächeln, die von gleichzeitigem Bedauern durchtränkt war. Riker wußte, was das zu bedeuten hatte – er hatte dieses Lächeln oft genug gesehen.

»Picard an Riker. Hören Sie mich?«

Aufgeschreckt von der völlig anderen Stimme, die so unvermittelt aus dem Kommunikationssystem drang, zuckte er neuerlich zusammen und tippte auf die entsprechenden Kontaktpunkte. »Data, bitte warten Sie!« Der Schirm erlosch, und er schaltete auf einen anderen Kanal. »*Enterprise*, hier ist Riker.«

»Was zum Teufel machen Sie da draußen, Nummer Eins?«

»Ich bin dicht hinter Data, Captain. Ich führe gerade eine Dreieckspeilung für den Transporter durch.«

»Haben Sie seine Koordinaten? Er ist außer Reichweite unseres Niederenergie-Funks.«

»Jawohl, Sir. Ich rede gerade mit ihm. Wenigstens gebe ich mir Mühe.«

»Hat er Erfolg mit seiner Hypothese? Er dürfte das einzige Geschöpf sein, dem das Wesen je begegnet ist, das selber auf dem schmalen Grat zwischen Lebensform und Maschine steht. Er ist womöglich unsere einzige Chance für eine Kontaktaufnahme.«

»Das stimmt, Sir, aber ich bin der Überzeugung, daß das Risiko einfach zu groß ist, besonders für Data.«

»Dann trödeln Sie nicht 'rum. Besorgen Sie uns seine Dreieckspeilung, und wir beamen Sie beide an Bord. Ich kann es mir nicht leisten, Sie beide zu verlieren. Über die beiden Schiffe, die Sie sich angeeignet haben, unterhalten wir uns hinterher. Darauf können Sie wetten.«

»Jawohl, Sir, ich verste... Data! Hören Sie auf damit!«

»Riker, was ist los? Lagebericht!«

»Er hat die Waffensysteme des Shuttles aktiviert, Captain. Er will ins Blaue schießen, um das Ding anzulocken. Data, schalten Sie die Waffen ab. Das ist ein Befehl.«

»Bedaure, Mr. Riker«, entgegnete Data ruhig. *»Aber ich muß seinen Angriff auf mich ziehen, bevor Sie nahe genug herankommen, daß es Sie ebenfalls erwischt. Meiner Ansicht nach strahlt das Beiboot nicht genügend Energie aus, um seine Aufmerksamkeit zu erregen, solange Sie sich noch...«*

»Riker!« Picards Stimme schoß durch das System. *»Wir empfangen massive Energiewerte. Es muß direkt über ihm sein! Können Sie es sehen?«*

»Schalte um«, bellte Riker. Schweiß floß über seine Stirn, als der Bildschirm hell wurde.

Im Raum vor ihm verblaßte die eckige Form des Shuttles neben dem nur zu vertrauten und allzu häßlichen Spektralbild, das mittlerweile zu einem Alptraum für ihn geworden war. Blitzschnell näherte es sich Datas Shuttle und verschluckte es. Hilflos mußte Riker zusehen, wie es fast die Hälfte seines Blickfelds ausfüllte. Und kaum hatte es Datas Schiff verschlungen, als es auch schon einen langen, elektrischen Arm nach Riker ausstreckte.

Eiseskälte raste seinen Arm hinab, und er hieb mit der

Faust auf das Interkom. »*Enterprise*! Beamen Sie uns an Bord! Sofort!«

Fast im selben Augenblick spürte er das übelerregende Gefühl des Beamens. Der Captain mußte sich bereitgehalten, etwas Ähnliches vorhergesehen haben. Riker gab sich ihm hin, als ob das etwas nützen würde, und starrte auf den Bildschirm. Trotz der beginnenden Dematerialisation erlebte er noch mit, wie das Shuttle in Stücke gerissen und die winzigen Impulsmotoren von einer gewaltigen Explosion in den Raum geschleudert wurden.

Einige qualvolle Sekunden später hatte sich das Innere des Forschungsbeiboots aufgelöst, und die dunkelgrauen Wände des Transporterraums nahmen um ihn herum Gestalt an. Die weiche Beleuchtung über ihm, die glühende Plattform unter ihm ... und neben ihm eine zweite Gestalt, die sich langsam materialisierte.

Er griff nach ihr, so schnell er konnte, schreckte aber instinktiv vor der knisternden elektrischen Hülle zurück, die Data einmal mehr umgab. Diesmal schien sie eine ganz bestimmte Absicht zu verfolgen — oder bildete er sich das nur ein?

»Data!« rief er instinktiv.

Das elektrische Kraftfeld züngelte noch einige Male und baute sich dann ab. Noch im selben Augenblick lief Riker hinüber zu Data. Gerade rechtzeitig, um ihn aufzufangen.

Die Plattform erbebte, als Captain Picard und Geordi LaForge aus dem Nichts auftauchten und sich neben Riker und die zusammengebrochene Gestalt Datas knieten. Die Augen des Androiden starrten ins Nichts. Sein Herz schlug pflichtgemäß. Sein Puls pochte gleichmäßig durch die Handgelenke. Die Biomechanik erhielt die Hülle, die er seinen Körper nannte, nach wie vor am Leben. Die eigentliche Essenz des Lebens aber, die einen Mut bewiesen hatte, den keine Maschine nachzuahmen imstande war ...

... war verschwunden.

KAPITEL 12

In dem abgedunkelten Hauptlabor der Krankenstation lag Data unter einem Keil heller, engfokussierter Operationsstrahlen. Physiker, Neurologen, Mikroingenieure und Roboter hatten sich um ihn geschart, doch keiner war in der Lage, den vergifteten Apfel aus seinem Hals zu schütteln. Da lag er auf dem Tisch, einen friedlicheren Ausdruck im Gesicht, als einer Leiche zustand, eingefroren in einem Moment der Überraschung, vielleicht sogar der Offenbarung.

Die unnachgiebige Düsternis, die sich im Raum verbreitet hatte, erinnerte Picard an ein Werk von Poe. Ziellos lief er um die kleine Gruppe herum, sah ein weiteres Mal in Datas schillernde Augen und wünschte sich erneut, verstehen zu können, was der Androide in seinem letzten Augenblick zu Gesicht bekommen hatte. Sein Erlebnis in der Kammer war immer noch in ihm präsent und isolierte ihn von all den Leuten, die es nicht am eigenen Leib gespürt hatten. Er glaubte nun zu wissen, wie er sich die Wiederauferstehung vorzustellen hatte, wie es sein würde, wenn ihn dieses Ding einfing – mit dem Unterschied, daß er mit neuem Wissen wieder aufgewacht war und nun in der Lage war, dieses Wissen anzuwenden. Nach seinem Erwachen hatte er einige gewaltige Veränderungen in seinen Sinneswahrnehmungen bemerkt. Farben schienen heller, Gerüche schöner, Formen klarer. In derart vollen Zügen leben zu können, erfüllte ihn nach wie vor mit Staunen.

In Datas Gesicht drüben auf dem Tisch zeigte sich ein ähnliches Staunen, doch ihm war die Rückkehr versagt geblieben.

Als Beverly Crusher schließlich vom Tisch zurücktrat, spiegelte sich Hilflosigkeit, womöglich sogar Schmerz auf ihrem Gesicht, und ihr gertenschlanker Körper hatte ein wenig von seiner Anmut eingebüßt. Langsam ging sie auf die Ecke zu, in der Riker und Geordi ungeduldig auf sie warteten und sorgsam darauf achteten, einander nicht zu nahe zu kommen. Auch Picard drehte sich um und schloß sich ihnen an.

»Keine Hoffnung?« fragte er mit leiser Stimme.

Die Ärztin seufzte. »Nicht von uns. Soweit wir feststellen können, hält sein Androidengehirn den komplexen Körper nach wie vor am Leben. Aber es gibt kein Bewußtsein mehr. Wir wissen einfach nicht, was wir sonst noch tun könnten.«

Nun drehte sich auch Geordi, der bislang die Wand angestarrt hatte, zu ihnen um. »Wie hat es ihn erwischt?« verlangte er mit rauher Kehle zu wissen. Zum ersten Mal erlaubte er sich die Erkenntnis, daß er Data eventuell tatsächlich verloren hatte, auch wenn sein Herz noch immer schlug. »Wie konnte es einen Teil von ihm aufnehmen und... das da zurücklassen?«

Riker verschränkte die Arme und preßte eine Schulter gegen das Schott. Wie er mit einem Ausdruck des Bedauerns auf den Boden starrte, gruben sich neue Falten in sein Gesicht. »Wahrscheinlich hat das Ding keinen Unterschied zwischen Datas Körper und dem Shuttle gemacht. Wenn er völlig aus organischer Materie bestanden hätte, wäre sein Körper vielleicht in Rauch aufgegangen oder was auch immer dieses Ding mit organischer Materie anrichtet. Ich vermute, es hat etwas in ihm entdeckt«, fügte er düster hinzu, »das es haben wollte.«

Picard musterte seinen Ersten Offizier. Er hatte Riker noch nie so deprimiert gesehen, noch nie diesen steinernen Tonfall gehört. Irritiert darüber, daß er nicht zur Gänze wußte, was sich da zwischen seinen kommandierenden Offizieren abspielte, starrte er zu den Ingenieuren und Ärzten hinüber, die von Minute zu Minute hilfloser wirkten. Einer nach dem anderen trat zurück und schüttelte den Kopf über Datas reglose Gestalt.

»Womöglich hat Data seine Antwort gefunden«, sagte der Captain nachdenklich, »was auch immer geschehen sein mag.«

Brennende Wut flackerte in seinem Geist auf, eine Hitzeschicht unterhalb allen Denkens, die ihn innerlich zum Kochen brachte. Eine derartige Herabsetzung der Person würde er auf diesem Schiff nicht dulden. Zorn überkam ihn, als er sich vorstellte, daß Data auf ewig in diesem Phänomen gefangen sein würde, wie er bis in alle Ewigkeit erdulden mußte, was Picard in vierzehn Stunden Hölle kaum berührt hatte.

Die Schultern steif vor Ärger, drehte er sich zum Ausgang um. »Ich bin im Maschinenraum«, verkündete er kategorisch.

Er ging, doch er ging allein. Als er im Maschinenraum war, wischte er jedes Angebot der Ingenieure, ihm zu helfen oder ihn zu begleiten, beiseite. Achselzuckend ging er über ihre neugierigen Blicke hinweg, als er die Hochsicherheitskammern betrat und sie mit einigen Computerchips wieder verließ, um deren Beschaffung er niemand gebeten hatte. Schnell verbreitete sich die Kunde, daß der Captain hier war, etwas Privates zu erledigen hatte und dabei keine Unterstützung wünschte, und schon bald warf man ihm aus einem guten Dutzend von Verstecken im gesamten Maschinenraum-Komplex neugierige Blicke zu. Selbst in der Dunkelheit ragte er heraus, einfach deshalb, weil er sich hier nur selten zeigte.

Schließlich fingen die neugierigen Junior-Ingenieure damit an, sein Tun klammheimlich zu verfolgen. Dabei fanden sie sehr schnell heraus, daß Captain Picard nicht nur genau wußte, was er an den Computerkonsolen tat, sondern daß er seine Absichten auch sehr gut vor ihnen zu verbergen wußte. Sie fanden heraus, daß sie seine Aktivitäten etwa bis zur Hälfte verfolgen konnten, bevor sie das Muster seiner Computernutzung verloren. Also sahen sie ihm einfach zu, unfähig, ein Wort darüber zu verlieren, weil er eben der Captain war. Und wenn die Geräte jemandem gehörten, dann wohl ihm. Sie wußten, daß oben irgend etwas vor sich ging; warum war er nicht ebenfalls auf der Brücke? Im Flüsterton überlegten sie sich, ob man dem Ersten Offizier nicht Meldung machen sollte, doch es fand sich niemand, der dazu bereit war.

Also zog der rätselhafte Captain der *Enterprise* über eine Stunde lang durch den Maschinenraum, sprach zu keinem, entbot denjenigen, die ihm zu nahe kamen, nur ein geisterhaftes Lächeln, ließ sich hier und da nieder, eine Motte, die sich kurz an den Geräten zu schaffen machte und dann plötzlich weiterflog, und keine lebende Seele wagte es, ihm eine direkte Frage zu stellen. Zu zielstrebig war jede Bewegung, jedes Zögern, jede Berührung.

Dann verschwand er wieder. Ohne ein Wort, ohne einen Befehl. Er klemmte sich einfach mehrere Geräte für ferngesteuerten Computerzugriff unter den Arm und ging.

Dem Maschinenraum entronnen, bahnte sich Picard seinen Weg durch das abgedunkelte Schiff, über Leitern und Korridore, bis er in einem der oberen Decks stehenblieb und das nächstgelegene Interkom berührte. »Picard an Krankenstation. Mr. Riker, sind Sie noch da?«

Fast im selben Moment antwortete ihm Rikers energische Stimme. *»Ja, Captain. Keine Veränderung.«*

Picard betrachtete das kleine Bündel von Fernsteuerungen, das er bei sich trug. Sie wirkten ausgesprochen harmlos, wie sie so in seiner Armbeuge lagen, kleine Schaltkreisbündel in einem Gehäuse. Doch sie waren tödlich.

»Ich wünsche, daß Sie und LaForge in zehn Minuten auf der Brücke sind. Das ist jetzt weit genug gegangen.«

Die Worte drangen durch das Schiff, durchstießen den Mantel des Schweigens und der Dunkelheit, machten unmißverständlich klar, daß das Phänomen sich nun mit dem Captain würde auseinandersetzen müssen.

Bevor er die Brücke betrat, brachte ein ruhiger und in sich gekehrter Picard die Fernbedienungen an den entsprechenden Stellen des tief im Inneren der Brückenwartungsschleife verborgenen Kontroll-Layouts an. Dabei handelte es sich um einen schmalen Korridor von Zugangsterminals hinter den eigentlichen Wänden der Brücke. Hier wurden neue Schaltkreise in die Brückensysteme eingebaut, jene gewaltigen Hände des Raumschiffs, die alle Informationen verarbeiteten, die vom gewaltigen Computerkern aus durch den Primärrumpf flossen.

Picard machte Gebrauch von den Zugangskonsolen, verband sie zu einem einzigen Knopf auf der Lehne seines Kommandosessels. Er hatte sich überlegt, einen Code zu verwenden, den er von jedem Ort im ganzen Schiff eingeben konnte, den Gedanken aber schließlich verworfen und einen tatsächlichen Knopf eingerichtet, den es zu drücken galt. Und nur an einem Ort – dem Kommandosessel. Wenn er schon den Finger auf das Schicksal legen wollte, wollte er sich an seinem rechtmäßigen Platz aufhalten, im Herzen dieses majestätischen Schiffes.

Er kehrte auf die merklich melancholische Brücke zurück und betrachtete die erwartungsvollen Gesichter seines Publikums. Riker. LaForge. Troi. Wesley Crusher. Worf. Und andere, die jene Positionen bemannten, an denen er normalerweise Data erwarten würde. Die Operator-Kontrollen und Wissenschaftsstation 2. Er vermißte das Gesicht aus Blattgold und den sanften, harmlosen Gesichtsausdruck. Er vermißte ihn sogar sehr. Sein Zorn wuchs.

»Ich freue mich über Ihre Anwesenheit«, meinte er feierlich und ging auf seinen Kommandosessel zu. Im Gegensatz zu sonst verzichtete er dieses Mal jedoch darauf, die Hand auszustrecken und ihn beiläufig zu berühren. Dieses Mal war der Sessel eine Quelle roher Macht, und er wollte sich nicht verraten. »Ich möchte wissen, zu welchen Schlußfolgerungen Sie gekommen sind, wie wir uns am besten gegen diese Invasion wehren können. Wir werden das tun, und wenn wir das letzte Volt und das letzte Molekül dieses Schiffes dazu aufbrauchen müssen. Das Ding da draußen hat einen von uns bereits das Leben gekostet; es wird uns keinesfalls ein weiteres abverlangen. Und es wird unter keinen Umständen tiefer in die Galaxis vordringen. Wir werden es aufhalten, hier und jetzt.«

Deanna Troi ließ ihre Augen zufallen, so tief war ihre Erleichterung und Dankbarkeit. Picard bemerkte ihre Reaktion und verstand sie so deutlich, als wäre er selbst ein Betazoid. Als sie ihren Kopf hob und die Augen wieder aufmachte, schimmerten Tränen in ihnen, und sie lächelte beinahe – doch dann fiel das Lächeln von ihr ab und ihre Augen füllten sich mit Bestürzung. Nun sah sie in sein Herz hinein, soviel wußte er, sah das Wissen und die Entschlossenheit, die seinen Geist mehr als alles andere beschäftigten, ungeschützt vor ihren forschenden Gedanken, sah die Fernbedienungen, die nun an gewisse Schaltkreise in den unteren Bereichen des Schiffs angeschlossen waren und jene Dinge vollbringen sollten, an die ein Captain nur in Augenblicken höchster Verzweiflung dachte. Sie starrte ihn an und sah dann auf die Lehne des Kommandosessels hinab, auf die kleinen Kontrollen, die die leiseste Berührung des Captains an das gesamte Schiff übertrugen. Und den einzelnen blauen Kontaktpunkt, wie ein Pokerchip. Sie wußte es. Picard beobachtete sie, machte aber keine Anstalten, sie beruhigen oder um ihr Stillschweigen bitten zu wollen. Sie würde schweigen, das wußte er. Sie verstanden einander jetzt.

Riker trat vor – nicht gerade überraschend.

»Wir jagen ihm nach?« fragte er.

»Wir werden es töten, Mr. Riker.«

Der Erste Offizier zögerte, die Lippen zusammengepreßt. »Das klingt nicht nach Ihnen, Sir.«

Picard wußte, was hinter Rikers Augen und dem seltsam geneigten Kopf stand, und sah ihm direkt ins Gesicht. »Nein? Klingt es eher nach mir, diesem Räuber zu erlauben, ungehindert die Galaxis zu durchstreifen und noch mehr Leben aufzusaugen?«

Der Augenblick brachte einen spürbaren Ansturm der Erregung mit sich. Selbst Riker wurde plötzlich klar, wie lange er auf etwas gewartet hatte, das ein derart hohes Maß an Empörung in Picards Gesicht schreiben würde. Die braunen Augen des Captains waren schmale Schlitze, das römische Profil direkt zum Hauptschirm gewandt, das Kinn ein Fels, den man auf einen anderen Felsen gepflanzt hatte.

Und dennoch, trotz des Klanges von Picards Stimme, sah sich Riker gezwungen, das zu tun, was seine Pflicht war. »Was ist mit der Obersten Direktive? Wir können nicht die ganze Galaxis bewachen.«

»Selbst die Oberste Direktive braucht eine gewisse Flexibilität«, entgegnete Picard entschlossen, und es gab keinen Zweifel mehr daran, daß er bereits darüber nachgedacht, sich der schwierigen Frage gestellt und sie für sich beantwortet hatte. Er zögerte, bewegte sich dann nach vorne, alle Augen auf sich. »Aus der Ferne mag es vielleicht wie ein Utopia aussehen, Will«, sagte er laut genug, daß alle ihn verstehen konnten. »Aber wenn Sie es sich genau betrachten, ist es etwas völlig anderes. Es ist ein Tyrann; und das verlangt von uns, daß wir uns mit ihm auseinandersetzen. Ich werde diese Tyrannei nicht dulden. Sich vor einer Entscheidung zu drücken, ist eine eigene Art von Feigheit.«

Riker stellte sich neben den Captain, und die beiden Männer betrachteten den Hauptschirm und alles, was auf ihm zu sehen war. »Sind Sie sich so sicher?« Er fragte sich, weshalb ein Knoten des Widerstands immer noch in seinem Magen spürbar war. Er wußte nur zu gut, daß es Captain Picard nicht um Effekthascherei ging, daß dieser Mann lieber umkehren und in die entgegengesetzte Richtung flüchten würde, wenn es irgendeinen Weg gab, den Waffeneinsatz zu vermeiden, und dennoch hatte er diese letzte Bitte. Picard sollte ihm einfach nur bestätigen, daß er wirklich sicher war.

Doch der Captain schwieg sich aus. Von der Seite warf er Riker einen Blick zu, der besagte, daß schlichtes Schweigen seine Art war, das Recht des kommandierenden Offiziers auszuüben.

Riker nickte, trat einige Schritte zurück und verlieh damit seiner eigenen Haltung Ausdruck.

Der Captain drehte sich um und wandte sich vom Podium herab an die schwach beleuchtete Brücke. »Also gut, wie sieht es aus?«

»Sir«, meldete sich Worf im selben Moment von der gegenüberliegenden Bühne. »Wir sind zu dem Schluß gekommen, daß es den ersten Angriff auf uns deshalb abgebrochen hat, weil es die Grenze seiner Aufnahmefähigkeit erreicht hat. Wir haben die Energiemenge berechnet, die es bis zu jenem Punkt, an dem es sich zurückgezogen hat, aufgenommen hat. Wir sind der Ansicht, daß es möglich ist, das Wesen zu überladen.«

»Risiken?«

»Beträchtlich, wenn wir überhaupt die Möglichkeit dazu hätten. Unsere Phaser bringen einfach nicht genügend Energie auf, um zu tun, was getan werden muß. Es leitet die Energie schneller ab, als wir es aufladen können.«

Picard kniff seine Lippen zusammen und versuchte, sich ein solches Wesen vorzustellen. Andererseits brauchte er nur auf die unbestreitbaren Anzeigen zu sehen, um sich davon zu überzeugen, daß es ein solches Wesen tatsächlich gab. Hinter ihm schwirrten Stimmen durch den Raum, so lästig wie Fliegen für ein Pferd. Geordi. Wesley. Geordi. Wieder Wesley, der einen Einwand geltend machte. Das ständige Flüstern fiel Picard, der sich gerade bemühte, eine Lösung zu finden, bald auf die Nerven. Schließlich wirbelte er herum: »Haben Sie beide nun etwas hinzuzufügen oder nicht?«

Sowohl Geordi als auch Wesley zuckten zusammen, und Wesleys Wangen erstrahlten im leuchtendem Rot. »Äh ... nein, Sir.«

»Jawohl, Sir«, widersprach ihm Geordi.

»Aber es funktioniert doch nicht«, zischte Wesley und zupfte an Geordis Ärmel.

»Data hat dir doch gesagt, wie du es zum Laufen bringen kannst.«

»Aber was ist, wenn es nicht klappt?«

»Wenn du sowieso sterben mußt, ist eine Chance von eins zu einer Million besser als gar nichts, Wes!«

»Was zum Teufel!« brüllte Picard. »Wovon reden Sie eigentlich?«

Wesley versank in befangenes Schweigen. Geordi dagegen gewann den inneren Kampf gegen sich selbst und näherte sich dem Captain. »Wes hat eine Idee, wie man den Energieausstoß des Schiffes durch die Phasersysteme erhöhen kann, Sir.«

»Also gut, ich höre. Fassen Sie sich kurz.«

»Wesley, erklär es ihm.«

Wesley leckte sich die Lippen und pflanzte seine hagere Gestalt neben Geordi auf. »Na ja, es handelt sich um ein Phaserintensivierungssystem mit größerer Feuerkraft und geringerem Energiebedarf, Sir. Es spaltet den ersten Phaserzyklus in seine diversen Frequenzen und fügt die Phasen im letzten Zyklus simultan zusammen. Mr. Data hat mir einige Tips gegeben, wie man es zum Laufen bringen könnte, und Geordi glaubt, daß ...«

»Der Punkt ist, Sir«, unterbrach ihn Geordi, um die Fakten so schnell vor Picard auszubreiten, wie dieser es verlangt hatte, »daß wir die Phaser des Schiffes nach dieser Theorie modifizieren und das Ding mit ungefähr der fünffachen Energiemenge vollpumpen könnten, die es aufgenommen hat, als ...«

»Ja, ich verstehe den wissenschaftlichen Hintergrund, Lieutenant. Sehr radikal, was Sie da vorschlagen.« Picard trat von der Hauptschirmbank herab und stellte sich zwischen sie. »Aber dies sind radikale Zeiten.« Er berührte das Interkom, während alle anderen den Atem anhielten. »Picard an Maschinenraum. Argyle und MacDougal, versammeln Sie Ihre wichtigsten Leute und treffen Sie mich in drei Minuten im Konferenzsaal des Maschinenraums. Fähnrich Crusher, ich wünsche, daß Sie Ihre Theorie den Ingenieuren unterbreiten und die Entscheidung ihnen überlassen, ob wir sie verwirklichen können.«

»Sir«, platzte der Teenager heraus. »Ich könnte das Kristallfokussierungssystem genausogut selber konstruieren.«

Der Captain warf ihm einen bösen Blick zu. »Das werden wir den Profis überlassen, Mr. Crusher. Was Sie da beschreiben, bedarf der Zufuhr reiner Antimaterie, und damit spielt man nicht herum.«

Er entfernte sich, doch Wesley entwischte Geordis Griff in letzter Sekunde und folgte ihm. Wie Spuckebällchen schossen die Worte aus ihm hervor. »Sie behandeln mich noch immer wie ein Kind, obwohl ich auf der Brücke bin.«

Der Captain drehte sich um, und seine Stimme nahm eine eiserne Härte an.

»Sie sind deshalb auf der Brücke, weil ich es so entschieden habe, und nicht, weil Sie es verdient haben. Ihr Talent sprengt den Rahmen Ihrer Weisheit, junger Mann. Früher oder später werden Sie die unangenehme Tatsache akzeptieren müssen, daß die Erfahrung der Leute um Sie herum mehr wert ist als Ihre Begabung, und daß Sie, wie jedermann sonst auch, abwarten müssen, bis die Reihe an Sie kommt. Und nun denken Sie an Ihren Rang, halten Sie den Mund und folgen Sie mir in den Maschinenraum, wo Sie Ihre Gaben einsetzen und den anderen erlauben werden, dasselbe zu tun.«

Danach gab sich Wesley verständlicherweise etwas nüchterner, sah man einmal von den paar Minuten ab, während derer er seine Phasierungsidee im Detail erläuterte. Die Ingenieure starrten ihn mit offenem Mund an, runzelten die Stirn, rollten mit den Augen, blinzelten — die Reaktionen glichen einem Treffen der Vereinigten Hornhäute. Als sie schließlich in den Reaktorraum der Hauptphaser einmarschierten, hatten sie bereits die Hälfte der Mechanik und einen Großteil der Formeln in ihrem Kopf ausgearbeitet. Picard trat zurück und überließ die Intelligenzmaschine ihrer Arbeit. Er verfolgte auch, wie der mit einem hervorragenden Verstand und einem ordentlichen Maß jugendlicher Selbstgefälligkeit ausgestattete Wesley seinen ersten Eindruck von der Findigkeit und Abstraktionsfähigkeit erfahrener Ingenieure bekam. Jedes Mal, wenn die Ingenieure im Rahmen ihrer Diskussionen, die ihn schon lange hinter sich gelassen hatten, eine Frage stellten, leuchtete sein Gesicht vor Staunen und Ehrfurcht auf. Picard erkannte an Wesleys Miene, daß der junge Mann nicht einmal wußte, weshalb die Ingenieure einige der Dinge wissen mußten, die sie ihn fragten. Und für jede beantwortete Frage tauchten zwei neue Probleme auf, die gelöst werden wollten und an die er vorher nicht gedacht hatte. Nach einer gewissen Zeit begriff er langsam, weshalb sich seine Idee so sonderbar anhörte. Die Ingenieure betrachteten die Phasereinheit nicht als Einheit, sondern als Teil des ganzen Schiffes, als Teil der ausgeklügelten Systeme, Leitungen, Schaltkreise, Energien, Induktionsströme, Spulen und Kondensatoren, die sich allesamt gegenseitig beeinflußten. Es genügte nicht, daß nur die Phasereinheit funktionierte, sie mußte im Verein mit tausend anderen Einheiten funktionieren.

Sobald die Ingenieure seine Idee verstanden hatten, machten sie sich an die Fehlersuche. Nach mehreren Fehlstarts und einer vollständigen Neukonstruktion des seltsamen neuen Systems entwickelte sich die Theorie zur Praxis. Probleme, die Wesley nie vorhergesehen hatte, wurden entdeckt, umgangen oder an Ort und Stelle gelöst. Bald summten die harmonischen Wellen, die Sicherheitssysteme der Antimateriezufuhr schalteten sich zu, und all das hatte weniger Zeit in Anspruch genommen, als Wesley zum Bau des ursprünglichen Modells benötigt hatte. Er umkreiste das neue Gerät, eine sperrige, direkt an die Hauptphaserkoppler angeschlossene Einheit, und schüttelte seinen Kopf. Es sah ganz anders aus, als er es sich vorgestellt hatte. Er begriff zwar, welche Teile welchen Zweck erfüllten, aber es sah einfach ganz anders aus, als er sich das ausgemalt hatte.

Picard gefielen solche Blicke in einem jungen Gesicht. Er wertete sie als Zeichen des Erwachsenwerdens.

Schließlich kam der Chefingenieur der Phasersektion auf den Captain und Wesley zu, wischte sich die Hände an seinem Overall ab und zuckte die Achseln. »Besser wird's nicht, Captain.«

»Wird es funktionieren?«

»Kann ich nicht sagen, Captain. Eine Hälfte ist reine Theorie, die andere geraten. Der Systemzusammenschluß klappt problemlos, es hat Saft, die Antimateriezufuhr läuft und Sicherheitsvorkehrungen hat es auch. Ob es wirklich funktioniert, wird sich erst in einem Test zeigen.«

»Wir testen es im Gefecht«, sagte Picard wehmütig.

»Anscheinend bleibt uns keine andere Wahl. Wir können nicht ...«

»Riker an Captain! Notfall!«

Picard bellte in das nächstgelegene Interkom. »Picard. Was ist?«

»Es ist da, Sir. Unsere Gnadenfrist ist gerade abgelaufen.«

Und das mit Zins und Zinseszins. Als Picard und Wesley aus dem Lift auf die Brücke stürmten, war es nicht mehr länger dunkel. Rote Alarmsignale bluteten an jeder Wand, auch wenn sich die Hauptbeleuchtung noch nicht zugeschaltet hatte. Schrecklicher als je zuvor flackerte das vergrößerte, blaurote Fehlfarbenbild des Wesens über den Hauptschirm. An Backbord, Steuerbord und achtern – jeder Schirm zeigte die pulsierende Bedrohung. Die Brücke war von einem breiten, lückenhaften Kreis elektrischen Lichts umzingelt.

Die Brückenbesatzung starrte auf die Schirme, als ob sie einen unbewachten Ausgang suchte, einen Weg, der ihr die Flucht aus diesem Gefängnis erlauben würde, und dennoch wußten alle, daß sie nun die Reservetaktik des Wesens zu Gesicht bekamen, jene, die dann zum Einsatz kam, wenn alles andere versagt hatte.

Picard blieb auf der oberen Rampe stehen. »Steckt es in den Maschinen?«

Riker stürmte an Troi vorbei und auf das Unterdeck. »Nein, Sir. Es hat uns umzingelt und ballt sich mit einem Faktor von zwanzigtausend Kilometer pro Minute zusammen.«

»Also hat es uns noch nicht gefunden?«

»Es verwendet eine neue Taktik, um uns aufzuspüren. Es weiß, daß wir uns in einem bestimmten Radius aufhalten. Es hat das ganze Gebiet eingehüllt, den Gasriesen, die Asteroiden, alles. Nun arbeitet es sich zu uns durch. Offenbar ist es viel größer, als wir zunächst angenommen haben.«

»Momentaner Umfang?«

Worf reckte sich zur rechten Picards. »Etwa drei-Komma-eins Astronomische Einheiten, Sir. Kontrahiert weiter.«

»Mein Gott«, stieß Picard hervor. Er verstand das Bild jetzt: Sie befanden sich im Inneren einer gigantischen Faust — und diese Faust schloß sich langsam. »Worf, Ihre Ansicht! Können wir darauf feuern?«

Ein schrecklich finsterer Blick huschte über Worfs ohnehin schon grimmige Züge. Er haßte die Antwort, die er ihm nun geben mußte. »Nicht, solange es in dieser Gestalt ist, Sir. Seine Energieabgabe steht in direktem Verhältnis zu seinem Flächeninhalt. Wir können die Energie nicht schnell genug hineinpumpen, um es zu überladen.«

Picard umrundete die taktische Station und stellte sich neben Tasha Yar. »Dann müssen wir es dazu zwingen, sich wieder zusammenzuballen. Wo ist der Gasriese?«

Yar schüttelte sich und beugte sich über ihre Konsole. »Koordinaten Null-Komma-Sieben-Neun-Strich-Drei-Vier, Sir.«

»Halten Sie drauf zu.«

Riker kam nach achtern auf das Unterdeck. »Was haben Sie vor, Sir?«

»Wir werden uns hinter einem Baum verstecken, Mr. Riker.« Der Captain kam die Rampe hinunter und fuhr mit seiner Hand über das hufeisenförmige Geländer. Das seltsame Licht auf den Bildschirmen tauchte sein Gesicht in ein blutrotes Glühen. »Es dürfte kaum in der Lage sein, die gesamte Energie eines Stufe-Zehn-Gasriesen mit einem Durchmesser von achthunderttausend Kilometern aufzusaugen. Es wird sich entscheiden müssen, ob es in der einen oder in der anderen Richtung um ihn herumfliegt. Und wenn es das tut, muß es auf Distanz zu uns gehen.«

Riker drehte sich sofort herum. »Geordi, Null-Komma-Fünf-Null Unterlicht zum Gasriesen, enger Orbit.«

»Null-Komma-Fünf-Null, aye«, wiederholte Geordi und vermied einen Blick zur Operator-Station, wo Wesley Datas Platz eingenommen hatte.

»Und bereiten Sie eine Notübertragung an Starfleet vor«, befahl Picard mit ruhiger Stimme. »Einzelpuls und hoher Warpfaktor. Wenn wir es nicht schaffen, möchte ich wenigstens sichergehen, daß die Föderation weiß, was auf sie zukommt. Schilde auf Maximum.« Er hob die Hand, um seine Augen vor den gleißenden Bildschirmen zu schützen.

»Schilde ausgefahren«, meldete Yar unsicher. »Maximalenergie für Defensiv...« Sie unterbrach sich, starrte auf ihre Anzeigen und keuchte noch im selben Augenblick auf. »Sir, es bewegt sich auf uns zu!«

»Dichter an den Gasriesen. Dichter, LaForge!«

»Ich versuch's, Sir.«

Mit vernichtender Wucht krachte das Phänomen in die Schirme der *Enterprise*. Es wußte, wo das Raumschiff war, merkte jedoch sehr bald, daß es zwei Dinge aufgestöbert hatte – ein Schiff und einen Planeten, der beinahe zur Gänze aus einem Klumpen wirbelnder Energie bestand. Egal, wie sehr es sich zusammenzog, egal, wie sehr es seine Faust ballte, der Planet vereitelte alle seine Versuche, das Raumschiff zu verschlingen. Jedesmal, wenn sich das Ding um sein Opfer zusammenziehen wollte, wurde es vom Energieausstoß des Gasriesen zurückgetrieben. Krämpfe elektrischer Energie durchzuckten das Schiff und flossen in die aufgewühlte Atmosphäre des Gasriesen. Das Schiff widersetzte sich dem Angriff, schüttelte sich unter jedem neuen Energiepuls, der in die Schirme einschlug und sie von Sekunde zu Sekunde mehr belastete.

»Außenhülle heizt sich auf, Captain«, meldete Yar. »Wir kommen in die Atmosphäre.«

Picard ignorierte sie. »Näher ran, LaForge. Wenn es uns haben will, wird es sich uns stellen müssen.«

»Captain!« rief Troi. Als er weder die Geschütze abfeuerte noch auf den blauen Knopf drückte, verzerrte sie frustriert ihr Gesicht und blinzelte auf den hellen Schirm.

Als sich das Schiff erneut gegen die Mißhandlung wehrte, sprühte die Hälfte aller Konsolen auf der Brücke Funken. Überall stiegen bereits Rauchfäden auf, doch Picard erteilte keine weiteren Befehle. Er würde keinesfalls weichen und das Schiff auch nicht — obwohl er nun neben dem Kommandosessel stand und die Lehne mit dem blauen Knopf gepackt hatte.

»Captain!« brüllte Yar in diesem Moment und sah zum Hauptschirm auf. Während sie noch sprach, büßte jeder Bildschirm seine Farben ein, als ob das Bild vom hinteren Teil des Schirms abgesaugt werden würde. Auf dem Hauptschirm glühte das Wesen in seiner ursprünglichen, kompakten Gestalt.

»Halten Sie sich bereit!« mahnte Picard, doch es hatte den schützenden Baum bereits umflogen und sich auf das Schiff gestürzt, während der Gasriese neben ihnen weiterhin achtlos seine Kreise zog.

Eine gewaltige Faust aus Blitzen, viel mächtiger als noch vor wenigen Sekunden, drosch auf die *Enterprise* ein, und erneut suchte ein elektrisches Bombardement die Brücke heim.

»Phaser, Kernschuß!« befahl Picard über den kreischenden Lärm.

Das Schiff spie Energie. Jeder Schuß erschütterte die *Enterprise* bis ins Mark, und doch hielt sie den Strapazen stand, als das radikale neue Phasersystem Energien voneinander trennte, die lieber beisammen bleiben wollten, und sie erst im letzten Moment wieder zusammenpreßte. Das Wesen wand sich unter dem Angriff, schüttelte das Schiff durch. Um sich herum sah Picard, wie seine Besatzung von silbernen Lichtern und blauen Strömen angegriffen wurde.

»Schilde lassen nach...«, rief Yar von ihrem Posten über ihnen.

»Weiterschießen!« Picard klammerte sich an den Kommandosessel, als ein Strahl intensivierter Phaserenergie nach dem anderen durch das Schiff donnerte und ins Herz des Phänomens fuhr.

»Energieausstoß wird unregelmäßig, Sir!« meldete Worf über das elektrische Kreischen hinweg. »Es klappt.«

Plötzlich wurde das Schiff so heftig in seinen Grundfesten erschüttert, daß es jedermann in seinen Beinen spürte, und das Phaserfeuer hörte auf.

»Was...« Picard wollte sich umwenden, schaffte es aber lediglich, seinen Oberkörper nach Yar umzudrehen.

»Totale Phaser-Kernschmelze, Captain! Der Reaktorkern ist detoniert.«

Picards Herz sank in die Knie und erzitterte unter dem Mantel aus Elektrizität, der die Brücke nach wie vor einhüllte und langsam wieder stärker wurde.

»Captain!« Trois Gesicht tauchte neben seiner Schulter auf. Sie hielt sich mit beiden Händen an seinem Arm fest, Höllenqualen in den Augen. »Tun Sie's! Tun Sie's, Sir! Bitte!«

Er schaute auf den blauen Knopf, bewegte seine Hand darauf zu. Noch in der Bewegung, noch während er seine Muskeln dazu zwang, gegen den elektrischen Angriff anzukämpfen, fühlte er sein Ich schwinden. Die ersten Momente seines Erlebnisses in der Kammer... sein Bewußtsein trieb davon, verließ ihn...

Trois Stimme drang durch seinen Schmerz. »Captain!«

Der blaue Knopf lag nur wenige Zentimeter von seinem Daumen entfernt. Er konzentrierte sich darauf, klammerte sich an seine Identität und seine Erinnerungen, als wären sie Stricke, die in einem endlos tiefen Abgrund baumelten. Wenn er nur die Energie aufbringen könnte...

»Energie«, quetschte er durch seine zusammengebissenen Zähne hervor. »Der Gasriese! Yar!«

Doch sie war hilflos, wie festgenagelt an Worfs Rücken von den Blitzen, die mit jedem Pulsschlag stärker wurden, nun, da die Schilde bis aufs Äußerste belastet waren.

»Riker!« brüllte Picard.

Undeutlich sah er, wie sich Riker am Hufeisengeländer Schritt für Schritt zur taktischen Station hinaufzog.

Eine Gestalt preßte sich gegen Picards Schulter, und ein schmaler Umriß schob sich neben seinen Ellenbogen... eine Hand. Trois Hand. Sie griff nach dem blauen Knopf. Er hörte, wie sie sich abmühte, an ihm vorbeizukommen, den schrecklichen Angriff abzuwehren, wie sie es versprochen hatte.

Er holte mit der linken Hand aus und hielt sie zurück, doch ihre Entschlossenheit steigerte ihre Kraft ins Übermenschliche. Härter als zuvor preßte sie sich gegen seine Schulter, hieb mit ihrer Hand nach dem Knopf.

»Lassen Sie mich!« bellte sie durch die elektrischen Detonationen.

Mit letzter Kraft zerrte Picard sie vom Kommandosessel weg, und die beiden brachen in der Mitte des Kommandozentrums zusammen. »Riker«, keuchte Picard mit einem letzten Atemzug. »Beeilen Sie sich! Volle Wirkung!«

Während er noch sprach, rissen sich die leuchtenden Photonentorpedos von der Hülle los, rasten durch die Atmosphäre des Gasriesen in seinen aktiven Kern und zwangen ihn dazu, seine Energie freizugeben. Schuß um Schuß torkelte nach unten und bohrte sich in die ultraverdichtete Energie, um in gewaltigen Vulkaneruptionen wieder nach draußen gespuckt zu werden. Und das Schiff gab immer noch nicht auf, schickte weiterhin voll aufgeladene Photonentorpedos tief in den planetaren Reaktor, beschwor Explosion um Explosion herauf, bis es zur größten aller Explosionen kam. Die Hälfte des aktiven Planetenkerns detonierte und schoß in den Weltraum hinaus.

In einer gewaltigen Erschütterung brachen sich Megatonnen explodierender Materie gewaltsam Bahn und schleuderten das Schiff aus dem Orbit. Wild taumelte die *Enterprise* durch den Raum, warf ihre Besatzung wie Spielzeugpuppen hin und her und kam schließlich vierhunderttausend Kilometer vom Gasriesen entfernt zur Ruhe.

Picard rappelte sich wieder auf und stolperte nach vorne. Im nächsten Moment war Riker neben ihm. Um sie herum suchte die Besatzung Halt an ihren Kontrollkonsolen und versuchte, sich mit der Tatsache abzufinden, daß alle noch am Leben waren — *wirklich* am Leben.

Vor ihnen auf dem Schirm bäumte sich das Wesen gegen die leuchtenden Überreste des Gasriesen auf. Millionen kleiner Detonationen wüteten an jenen Stellen, wo es gezwungen war, die freigewordene Energie des Gasriesen aufzunehmen, bevor es schließlich in einer einzigen Explosion zerfetzt wurde.

Fehlfarbene Energieknoten breiteten sich durch das System aus, und auf einmal verschwand das Glitzern. Was blieb, waren Millionen formloser, sich rasch zerstreuender Kleckse, die in regelrechten Kaskaden am Schiff vorbei in den Weltraum trieben.

»Das hat es nicht verkraftet«, murmelte Riker heiser.

»Lagebericht«, keuchte Picard.

Yars Stimme zitterte. »Schilde ausgefallen... Hauptreaktor instabil. Der Phaserkern ist völlig ausgebrannt. Totalfusion. Da drinnen ist nur noch geschmolzenes Metall, Sir.«

»Ich wette, es stinkt ganz schön«, brummte Geordi, als er sich wieder in seinen Steuersessel zog und sachte seine Anlage berührte. Neben ihm hielt sich Wesley mit beiden Händen an der Operator-Konsole fest und zitterte. Sie wußten beide, was das zu bedeuten hatte. *Totalfusion*. Der ganze Kern. Irgendwie hatten all die Sicherheitssysteme verhindert, daß das Schiff Teil dieser Kernschmelze geworden war. Wesleys Modell hatte keine solchen Sicherheitssysteme besessen. Wenn er es eingeschaltet hätte, hätte es einen tödlichen Kurzschluß hervorgerufen, das Abschirmfeld um die Antimaterie wäre zusammengebrochen, und tausend Menschen hätten sich in nichts aufgelöst, ohne daß Starfleet je den Grund dafür erfahren hätte. Plötzlich war ihm schmerzhaft klar, weshalb es auf einem Raumschiff Vorschriften gab.

Wesley starrte weiter geradeaus und blinzelte gelegentlich. Es dauerte noch sehr, sehr lange, bis die Farbe in sein Gesicht zurückkehrte.

»Lagebericht über das Wesen«, bellte Picard, als er wieder auf die Beine kam.

Es war Worf, der schließlich auf der oberen Brücke vortrat und die sachliche Botschaft verkündete. »Aufgelöst, Sir. Keine Zentralmasse mehr.« Dann sah er Picard direkt in die Augen. »Sie haben es geschafft, Sir.«

Picard seufzte. Seine Schultern taten ihm weh. »Das war eine gemeinsame Leistung, Mr. Worf.« Er trat einen Schritt beiseite und griff hinunter nach Counselor Trois Hand.

Wie betäubt saß sie auf dem Boden, das Gesicht von tausenden Gefühlen gezeichnet, die sie nur langsam wieder unter Kontrolle brachte. Als sie ihre Hand um seine schloß, war ihr Griff schwach und zitterte.

Er hob sie auf die Beine. »Gut gemacht, Counselor«, meinte er dann vertraulich. »Ihre Prognose?«

Sie schluckte hart, sah dann zu ihm auf und zwang sich zu einer Antwort. »Ich kann sie nicht mehr wahrnehmen, Sir.«

Er lächelte. »Gratuliere.«

Troi nickte zitternd und bemühte sich einmal mehr um ihre Selbstbeherrschung. Einen Moment lang erfüllte Einsamkeit ihren Blick.

KAPITEL 13

Geordi LaForge saß am Steuerpult und hatte deprimierend wenig zu tun. Das Schiff mußte an Ort und Stelle bleiben, bis sich der Reaktorkern des Warp-Antriebs stabilisiert hatte. Außerdem konnte man die Gegend sowieso noch nicht verlassen. Kaum war die unmittelbare Gefahr in tausend Stücke zerfetzt, als sie sich ihrer Pflicht als Verlängerung der Föderation bewußt geworden waren. Erst mußte gewährleistet sein, daß die Gegend wieder sicher war, bevor sie überhaupt ans Weiterfliegen denken konnten.

Er war einer von lediglich fünf Mann auf der Brücke. Worf und Tasha besetzten das Oberdeck und speisten die komplexen Werte ein, die die ersten Reparaturen des Phasersystems organisieren sollten. Es würde Wochen dauern, bis die Folgen der Kernschmelze restlos beseitigt waren. Mr. Riker war auf dem Oberdeck und unterhielt sich leise mit Deanna Troi. Die beiden redeten schon geraume Zeit miteinander. Unter anderen Umständen wäre Geordi vielleicht neugierig gewesen, worüber sich die beiden unterhielten.

Eine ominöse Stille herrschte auf der Brücke. Die Grube im Zentrum seiner Seele wollte sich nicht füllen lassen. Egal, wie viele Lichter auf dem Steuerpult auch blinkten und summten und ihm von den eifrigen Reparaturen auf den unteren Decks berichten wollten, konnte er dennoch keinen Enthusiasmus aufbringen. Das Schiff war schon öfter angegriffen worden, und die Ingenieure lernten schnell. Die Reparaturen würden nur halb so lange dauern wie bisher. Dann würde sich das Schiff und seine Besatzung wieder an seinen Auftrag machen, etwas angeschlagen durch den Zwischenfall, womöglich sogar etwas stärker geworden, aber am Ende würden sie einfach weiterfliegen. Mitunter war das der Preis des Sieges. Keine wirklichen Veränderungen.

Mit Ausnahme des leeren Platzes neben ihm, der bald von jemand eingenommen werden würde. Jemand anderem.

Bitterkeit erfüllte seinen Geist. Welche Anerkennung würde man dem Opfer des Androiden zollen? Würde es eine Gedenkfeier für Data geben? Ein Weltraumbegräbnis, wie es einem Starfleet-Helden angemessen war? Noch befand sich die Leiche in der Krankenstation, leer und pulsierend, nicht wirklich tot, auch wenn sie nie wieder wirklich lebendig werden würde. Wie er so dasaß, fragte sich Geordi, ob er als einziger um ihn trauern würde. Wenn Picard und Riker nur den Tod genauso hitzig diskutieren würden wie das Leben. Oder ob es überhaupt eine Rolle spielte. Letztendlich hatten sie Data bereits im Stich gelassen, nichts würde das wiedergutmachen.

Nachdenklich starrte er durch sein Visor in den Weltraum, dessen Bild sich auf dem Hauptschirm zeigte. Die Überreste des Gasriesen brodelten noch immer, als seien sie Überbleibsel einer primordialen Explosion, sich weder ihrer Schönheit noch ihrer Bedeutung bewußt. Fast wie Data, der seinen Reiz und seinen Wert ebenfalls nicht erkannt hatte.

Geordi lümmelte sich in seinen Sessel, einen Ellenbogen auf das Steuerpult gestützt, und fühlte sich noch leerer. Es fiel ihm gar nicht auf, wie sehr er sich in seinen eigenen Gedanken verloren hatte, bis eine Hand auf seine Schulter fiel. Irgend jemand wollte was von ihm, und nur die Disziplin seiner Starfleet-Ausbildung bewegte ihn dazu, sich von seinen düsteren Gedanken loszureißen, sich aufzurichten und den anderen anzusehen.

Doch es war weder das vornehme Gesicht Picards noch die Große-Bruder-Miene Rikers, die da zu ihm herabsah. Was er statt dessen sah, war ein warmes infrarotes Leuchten, ein sanftes Gesicht und ein willkommenes Lächeln.

Er sprang aus seinem Sessel und stieß das Steuerpult beiseite.

»Data...«

Data bekam seinen Arm zu fassen, bewahrte ihn davor, über den Operator-Sessel zu stolpern, und lächelte weiter dieses warme kleine Lächeln.

Hinter ihm traten Captain Picard, Dr. Crusher und Wesley aus dem Turbolift und beobachteten das unerwartete Wiedersehen. Auch Commander Riker war sprachlos, als er sich von Troi losriß und die Rampe hinab auf sie zuging.

»Data!« keuchte Geordi ein weiteres Mal. Dann packte er Datas kühle Hand und sah dem Androiden tief in die Augen, als wollte er sich überzeugen, daß es wirklich Data war – und nicht irgendeine neue wissenschaftliche Errungenschaft, die lediglich den toten Körper zum Laufen bringen konnte und von der ihm niemand etwas gesagt hatte.

»Hallo, mein Freund.« Demut kroch in seinen Tonfall. »Es tut mir leid, daß ich dir das antun mußte.«

Geordi drückte ihm beide Hände, verzweifelt bemüht, jene Essenz des Lebens wahrzunehmen, die sich einfach nicht offen zur Schau stellen wollte, doch ihm fehlten die Worte.

»Captain«, platzte Riker schließlich heraus. »Doktor – was ist passiert?«

»Wir sind uns selbst nicht sicher«, meinte Beverly Crusher mit einem Achselzucken. »Er kam einfach wieder langsam zu sich und schaute sich um. Er war noch eine Weile desorientiert, aber wie Sie sehen...«

Riker packte Datas Arm und wirbelte ihn herum – nicht zu grob, aber auch nicht gerade sanft. »Data? Sind Sie in Ordnung?«

Der Androide nickte großzügig. »Ich fühle mich etwas durch die Mangel gedreht, Sir.«

»Wissen Sie, was Ihnen passiert ist?«

»Jawohl, Sir. Ich glaube, ich bin abgekratzt.«

Ein plötzlich atemloser Riker starrte ihn an und versuchte, seine Gegenwart zu verdauen. Es war einfach nicht normal, daß die Toten wiederauferstanden.

Data schien es ihnen nachfühlen zu können. Zumindest berührte ihn Geordis und Rikers Reaktion. »Ehrlich«, sagte er. »Ich weiß nicht, was mit mir passiert ist oder warum ich zurückgekehrt bin. Ich kann nur annehmen, daß das Wesen, als es in Schwierigkeiten kam, seine Fracht aufgeben und um seine eigene Existenz kämpfen mußte. Von all den Millionen Lebensessenzen war ich die einzige, die einen Platz hatte, an den sie zurückkehren konnte. Natürlich«, fügte er hinzu, »ist das nur eine Annahme.«

Nach einigen schnellen Atemzügen warf Geordi den anderen einen Blick zu, wandte sich dann wieder an Data und verscheuchte seine Erleichterung mit einem Lachen.

»Schon gut, schon gut«, sagte Picard geduldig. »Riker, Data und Wes Crusher, ich wünsche, daß Sie sich in fünf Minuten in meinem Bereitschaftsraum einfinden. Ist das klar?«

»Völlig klar, Sir«, murmelte Riker und ließ Data dabei keinen Moment lang aus den Augen. Diesmal hatte sein Blick etwas Fürsorgliches.

Data erwiderte seinen Blick und schenkte ihm ein dankbares Nicken.

Sichtlich nervös standen die drei im Bereitschaftsraum des Captains.

Einige Minuten lang wahrten sie freundschaftliches Schweigen. Schließlich ging Riker auf Data zu und reichte ihm die Hand. »Gratuliere. Sie haben die Antwort gefunden, die Sie suchten.«

Data nahm die angebotene Hand, obwohl er nun etwas befangen wirkte. »Nicht wirklich, Sir. Die Kriterien des Phänomens für das, was es als lebendig identifizierte, waren uns nie klar.«

»Hören Sie«, fiel ihm Riker ins Wort. »Was mich betrifft, war das die größte Autorität in Sachen Leben, die uns jemals begegnet ist. Sie mögen kein Mensch sein, aber das Phänomen erkannte irgendwas in Ihnen als lebendig. Und ... das genügt mir. Ich bin froh, daß Sie wieder da sind.«

Der Androide senkte den Kopf. »Danke, daß Sie mir nachgeflogen sind. Das — wie Sie es ausdrücken — genügt mir.«

Wesley verschränkte seine Arme. »Nun werdet mal nicht kitschig, Leute.«

Riker versetzte ihm einen Knuff. »Wenn du einmal gestorben und wiederauferstanden bist, kannst du meinetwegen von Kitsch reden.«

»Wie tief stecken wir nach Ihrer Ansicht eigentlich in der Patsche?«

Riker tat die Frage mit einem Achselzucken ab. »Keine Ahnung, was dich angeht. Aber ich hege meine Zweifel, ob der Captain Data oder mich für unsere genialen Taten beglückwünschen wird. Zwei Beiboote verloren, Befehlsmißachtung — nicht sehr erfreulich.«

»Wenigstens hat keiner von euch den Phaserkern zum Schmelzen gebracht«, bemerkte Wesley verdrossen.

»Stimmt, aber wir ...«

Der Captain kam herein, und sie gingen alle drei vor seinem Tisch in Habtachtstellung, einfach deshalb, weil ihm keiner in die Augen sehen wollte. Der Captain lief um seinen Tisch herum, setzte sich aber nicht.

»Gratuliere, Mr. Crusher«, begann er ohne Umschweife. »Ihnen wird das einzigartige Privileg zuteil, bei der dreiwöchigen Reparatur des Phaserkerns mithelfen zu dürfen. Eine seltene Gelegenheit für jemanden in Ihrem Alter.«

Wesley wurde wieder munter. »Danke, Sir!«

Picard warf ihm einen finsteren Blick zu, verärgert darüber, daß sein Sarkasmus an Wesley offensichtlich verschwendet war. »Wir werden sehen, ob Sie in drei Wochen immer noch grinsen.«

Das Grinsen entgleiste dementsprechend.

Picard ignorierte ihn und richtete seinen finsteren Blick auf Riker und Data. »Und was Sie beide und Ihren Hang zum Diebstahl von Starfleet-Eigentum und Extratouren angeht«, seine Stimme gewann an Intensität und Wildheit,

»lassen Sie das nicht zu einer Gewohnheit werden. Weg-treten!«

Sowohl Data als auch Riker waren zu verblüfft, um sich aus dem Staub zu machen, solange das noch ging, wenigstens nicht in den ersten paar Sekunden. Schließlich scheuchte Riker die beiden anderen mit einer Handbewegung hinaus und folgte ihnen dann. Ein Gefühl der Erleichterung überkam ihn, als das Schott hinter ihnen zuglitt. Gemeinsam traten sie auf die eigentliche Brücke und hielten jäh inne.

Nur Riker war noch zu einer sinnvollen Bewegung fähig — er berührte die Tür des Bereitschaftsraums und ließ sie erneut aufgleiten. »Captain«, rief er, ohne die Augen von dem Anblick abzuwenden. »Es wäre besser, wenn Sie sich das ansehen.«

Im nächsten Moment stand Picard an seiner Seite.

Gemeinsam mit der restlichen Besatzung betrachteten sie die ausgedehnte Brücke — eine Brücke, die von menschlichen Gestalten übervölkert war. Hunderte von menschlichen Gestalten, alle in Uniform. Seeleute. Kommandierende Offiziere aus alten Zeiten. Manche Uniformen waren blau, andere grün.

Im Zentrum der halbmondförmig angeordneten Reihe von Marineoffizieren aus längst vergessenen Tagen standen die geisterhaften Umrisse von Arkadij Reykow und Timofei Vasska. Schweigend richteten sie ihren Blick auf Captain Picard.

Auf dem unteren Deck starrte Troi sie an, Tränen in den hübschen Augen. Endlich fand sie ihren Frieden.

Captain Reykow hob die Hand zu einer Ehrenbezeigung. Im nächsten Moment taten es ihm die anderen Seeleute von der Erde gleich.

Picard räusperte sich. »Achtung!«

Seine Besatzung nahm Haltung an.

Dann hob er seine eigene Hand und entbot denjenigen seinen Gruß, um derentwillen er sein Schiff beinahe der Zerstörung preisgegeben hätte.

Captain Reykows Augen funkelten, als sei er noch am Leben. Er nickte dankbar, und seine Hand fuhr nach unten. Seine Männer taten es ihm gleich.

Dann löste sich der Halbmond aus Seeleuten von seinen Enden her langsam auf, und einer nach dem anderen verschwand.

Die *Enterprise* gehörte wieder den Lebenden.